사막의 환

사막의 꽃

조경선 소설집

도화

초판 1쇄인쇄 2015년 6월 27일
초판 1쇄발행 2015년 6월 29일

저 자 조경선
발행인 박지연
발행처 도서출판 도화
등 록 2013년 11월 19일 제2013-000124호

주 소 서울시 송파구 성내천로 39
전 화 02) 3012-1030
팩 스 02) 3012-1031
전자우편 dohwa1030@daum.net
인 쇄 미래프린팅

ISBN | 979-11-86644-02-7*03810
정가 12,000원

도화道化, fool는
고정적인 질서에 대한 익살맞은 비판자,
고정화된 사고의 틀을 해체한다는 뜻입니다.

차례

사막의 환幻

훅 끼쳐오는 지열과 끝없이 이어지는 모래언덕의 포위망이 남자를 질리게 한다. 1년 만에 생겼다는 짙은 구름이 천천히 움직이면서 광야를 덮어간다. 지난 밤 동쪽의 모래언덕 다섯 개를 강풍이 앗아갔다. 무너진 절벽 밑이 동공을 잃은 녀석의 눈처럼 어둡다. 사막은 밤낮의 얼굴이 너무 다르다. 해가 지고 별이 뜨면 차갑게 식어서 등을 돌린다. 뿐만 아니라 사방이 먹빛이다. 하지만 하늘에서는 별들의 잔치가 한창이다. 밤하늘의 별만 응시하다 바람에 날치는 모래에 놀라 남자는 자리에서 일어난다. 별들이 하르르하르르 무너져 내리는 저 먼 곳만 찬란하다. 이곳은 사람들만이 만들어내는 시큼하고 달콤하며 짭조름한 맛은 없으나 아름다운 밤하늘이 있다. 이번에는 또 어떤 늪을 만들려나. 차게 식은 모래언덕들이 몸을 비튼다.

　남자가 정말 이곳에 오고 싶었던 이유는 뭘까? 스스로 택한
유배지일까?

　창문을 본다. 마침 바람이 지나다 던진 모래알이 방안으로
툭툭, 싸륵싸륵 뛰어든다. 조금도 근사하지 않은 삶에 시달리
다가 남자가 뛰어든 곳이 사막이다. 사막의 모래들도 낯선 남
자의 방이 별천지인 줄 알고 투신하는 모양이다. 어린 시절 친
구들과 둠벙에 풍덩 뛰어들면 물은 그들이 주는 충격만큼 튀어
올라 흥분했다. 파리 한 마리도 죽이지 못하는 남자가 녀석의
동공을 찌르다니!

　방안의 모래들을 쓸어 모아 밖에다 버린다. 가칠한 모래를
손에 가득 쥐어 이 땅과 친해지는 연습을 한다. 아직은 남자의
아내 유진과 고국의 산천초목, 잘 닦인 도로, 찬란한 봄날의 햇
살들이 사막과 화해하지 못하게 하지만, 분명히 모래들은 어디
에서건 그에게 말을 건다. 사그락 싸르, 싸륵싸륵, 남자는 모래
의 채근이 있을 때면 가던 길을 멈추고 토굴에서 하듯, 모래를
한 움큼 쥐었다 놓는다. 먼지가 날면서 모래는 본래의 자리로
돌아간다. 하지만 모래 속에 생명들이 곳곳에 숨어 있다가 갑
자기 줄행랑을 치는 바람에 놀란 일이 한두 번이 아니다. 목이

탄다. 물, 물, 물 아무도 다가와 주지 않는다. 남자는 다시 풀썩 방바닥에 고꾸라진다.

남자는 환경 단체의 생태 연구원으로 몇 년 전에 사막에 왔다 갔다. 그때에 회원들이 가끔 사막 트럭을 타고 외지로 나갈 때가 있었다. 생태연구원인 남자는 회사에 낼 보고서 정리도 할 겸 혼자 남았다. 그때에 싸르락거리는 모래소리가 좋고, 우주와 교감할 수 있는 사막이 좋았다. 아마 돌아갈 집이 있고 반겨주는 아내가 있어서 아쉬울 게 없던 때라 그랬는지도 모른다.

안개 그물은 생의 언덕에 세워진다. 그곳은 장차 세워질 왕국 제일의 번화가가 될 곳이다. 사막에 집채만 한 트럭 한대가 뒤뚱거리며 들어온다. 한낮의 타는 열기를 이길 특수복을 입은 인부 다섯이 트럭에서 내린다. 그들은 시멘트와 물까지 싣고 왔다. 투명하나 두꺼운 특수 비닐에 시멘트와 모래, 물을 배율 맞춰 섞는다. 그것을 흔들고 밟아서 반죽한 후, 바위에 잇대어 바른다. 수천 킬로미터나 떨어진 곳에서 한 트럭분의 물을 짤 수 있게 안개를 불러오는 첨탑까지 세운다. 안개 그물 옆에 이런저런 부속품까지 설치하고 외관을 손질하니까 금세 화려하고 멋진 안개 그물 궁전이 된다. 거기다 언제 어디서든 5분이면 펼 수 있는 조립용 의자, 방한용 점퍼, 바지, 전지 히터까지 주고 간다. 참 고맙다. 안개 그물을 세우는 데 쓴 비용은 남자와 세계 환경단체가 반반씩 부담했다.

안개 그물 궁전은 화려해서 멀리서도 도드라진다. 남자는 안개와 구름을 짜는 위대한 문명의 힘에 감사하면서 틈만 나면 그곳에 간다. 머잖아서 관광객들도 몰려들 것이다. 아직은 물 부족으로 사절이다. 밤하늘의 별과 달이 남자의 친구로 가끔 초대된다. 술잔 두세 개를 자신이 끌어다 다듬어놓은 돌 탁자 위에 올려놓는다. 하나는 별의 술잔이고 하나는 달의 것이다. 남자는 누군가와 마주 앉아 재미나는 대화라도 하는 것처럼 혼자 말하고 혼자 웃으면서 잔 가득 술을 부어 놓는다. 사막이 온전히 어둠에 덮이면 별들은 저들만의 아름다운 세계가 펼쳐진다. 반짝이는 별들이 와르르 쏟아지고 유성우의 초록꼬리별이 꼬리를 길게 늘인다. 잠깐 아름다운 하늘을 보고 나면 몸에 감긴 냉기로 남자는 팔이 저리다. 이 땅이 어떤 곳인지 잘 모르는 유진은 남자를 따라오겠다고 했다. 혼자 남는 게 두려운데다 남자가 해주는 팔베개를 잊지 못해 하는 소리겠지만, 이곳은 가끔 살아있는 모든 것을 싹 쓸어버리겠다는 모래의 악령이 살고 있는 사막이다. 안개 그물은 그런 사막이 살아날 수 있다는 희망을 안겨준다.

남자는 안개 그물 때문에 신이 난다. 다리에 힘이 생긴다.

안개 그물은 안개와 구름을 청해 들이고, 거기서 얻은 물로 남자와 나무들을 먹인다. 새벽이면 생의 언덕에는 안개 그물에 걸린 수정물방울로 장관을 이룬다. 바다 쪽에 촉수를 꼽고 빨아들인 수많은 수정들이 대롱거리는 궁전은 환상적이다. 남자는 안개 그물이 만든 물을 사막트럭에 옮겨 싣는다. 동편 수목장에서 자라는 180여 그루 나무에다 물을 준다. 어떤 것은 비실거리고 어떤 것들은 튼실하다.

남자는 풀씨를 뿌릴 장소를 찾아 나선다. 주위에 사람 하나 없는 모래뿐인 사막, 따가운 햇살이 눈과 살을 찌른다. 더욱 선명해진 모래언덕들은 허풍을 떨 듯이 산을 만들기도 하고 탑을 쌓은 것처럼 보일 때도 있지만, 그것들은 어느 새 바람 빠진 듯 주저앉고 사라져 버린다. 그런 사막의 석양은 황홀하고도 서럽다. 초자연적인 이곳의 마력에 빠져있노라면 가까운 곳에서 모래 굴리는 소리가 난다. 돌아보면 한 마리 사막여우가 반갑다는 듯, 손을 까불댄다. 남자도 반가워서 다가가면 사막여우는 다가간 만큼 달아난다.

물이 없는 사막에서 여린 풀씨가 살 수 없다는 것은 불을 보듯 뻔하다. 하지만 남자는 땅에 언젠가는 풀씨가 살아 줄 것이라는 믿음을 갖고 있다. 그는 넘고 넘어도 또 넘어야 하는 모래언덕을 넘으면서 등짝의 땀을 닦는다. 입에서 단내가 난다. 선글라스를 벗어서 미세 먼지와 땀을 닦는다. 컵을 들어서 조수석 발밑에 있는 물통의 물을 따라 마신다.

남자가 세상만사에 시들해진 것은 사춘기를 심하게 앓던 중3이었던, 열여섯 살 꽃 같던 하영을 잃은 뒤부터다. 세상은 사막이다. 굽이굽이 모래언덕을 넘어야 하는 사막이다, 라고 생각하면서 남자는 스스로 사막에 왔다. 자신은 하영의 희망대로 사막 가꾸는 일을 계속하리라 맘먹는다. 간절히 바라는 것은 간절해서 반드시 이루어진다는 믿음을 갖고서. 모래언덕들과 친하게 지내기로 맘먹는다. 남자는 모아브네 집을 향해 간다.

전에는 오아시스였다는 땅 한편에는 가시풀이 자라고 있다. 그 뒤로는 밋밋한 땅이 꽤 넓다. 가시풀이 자란다는 것은 이 땅에 물이 있다는 증거다. 그래서 풀씨를 뿌릴 계획이다. 전에는 오아시스였으나 차차 물이 마르고 돌과 모래가 덮쳐 사람들이 다 떠났지만, 아직도 마을의 형태가 남아있다. 마을 사람들이 남기고 간 것들을 모아 지은 모아브네 집은 집채만큼 큰 바윗덩이를 의지하여 지은 집이다. 거의 다 허물어져 가는 흙집 안에 게르를 넣어서 매우 튼튼해 보인다. 남자는 모아브가 열어주는 문으로 들어가서 그의 아내 스라와 가벼운 포옹을 한다. 물을 얻어 마시고 모아브를 사막트럭에 태워 가시풀이 난 땅으로 간다. 둘은 두툼한 솜이불을 깔아놓은 듯, 모래가 내려앉은 땅을 정리하기 시작한다. 금방 몸에서 땀이 비 오듯 한다. 가끔 강한 바람이 모아놓은 돌도 흩트린다. 그럴 때면 차 속으로 피신했다가 나오기를 반복한다. 남자는 다시 돌을 모으고 돌이 없는 굳은 모래땅은 대강 모래를 퍼다 버린다. 엷어진 모래땅에다 듬성듬성 삽질을 한다. 모아브는 가시나무를 조심하며 돌을 모으고, 남자는 삽질한 땅에다 풀씨를 뿌린다. 허리가 아프고 기운이 빠진다. 팔도 아프고 모래 들어간 눈도 아프다. 터번을 쓰고 스카프를 둘렀어도 모래 먼지를 뒤집어써서 노인 같다.

토굴에 돌아온 남자는 대강 씻고 그대로 고꾸라져 잠이 들어 버린다. 너무 피곤하면 잠도 오지 않는다. 온몸이 욱신거리고 뼈마디도 아프다. 하지만 오늘은 정신없이 잘 잔다. 목이 탄다. 너무 피곤하여 목이 말라 일어나는 일도 고역이다. 물통과 부엌살림을 둔 발아래 칸을 나눠놓은 곳까지 기어가거나 걸어가야 한다. 남자는 조금 남은 밍밍한 물을 꿀떡꿀떡 들이켜고 다시 잠에 빠진다. 꿈을 꾼다. 생의 언덕 바위에 걸터앉는다. 탁 트였으나 흑빛 하늘에 뜬 별들을 보며 취한다. 황홀하다. 감은 눈을 다시 떠 야광 시계를 본다. 밤 9시다. 피곤한 몸 여기저기를 주먹으로 두드린다. 눈을 감은 채, 팔도 주무르고 허벅지도 탕탕 친다. 창 너머로 바라보이는 하늘에서는 별 잔치가 한창이다. 멀리서 타조 우는 소리가 난다. 키가 장수처럼 크고 몸집이 사람의 배 이상 되는 사막 타조이다. 긴 그림자를 거느리고 텅 빈 사막 가운데 서 있는 것만으로도 선인장과 더불어 명물이다. 밤에 만나는 타조는 무섭다.

남자는 긴 불황의 늪에서 허둥대던 회사에서 퇴출당했지만 유진에게 거짓말을 했다.

"오늘 회사에서 회의를 했어. 내가 사막의 생태계를 모니터링하는 사막연구원으로 뽑혔어. 나는 이제 사막에서 장기체류하기로 하고 가는 거야. 앞으로 한국에 못 오게 될지도 몰라. 이 집은 당신 가져. 우리가 결혼한 후에 평생 모아 산 집이잖아. 퇴직금의 반은 내가 가져갈 게."

너무 가물어서 안개와 구름도 놀러오지 않아 물을 만들지 못한다. 조금 모은 물로 아침은 빵으로 때우고, 남은 물은 점심에 마실 것이다.

남자는 다음 날도 풀씨를 뿌리기 위해서 토굴을 나선다. 사람의 발길이 닿지 않은 사막의 능선은 순결해 보인다. 마치 햇빛에 반짝이는 모래가 순결한 여체의 솜털처럼 빛난다. 쏟아지는 빛에 떠는 여체처럼 아름다운 게 있을까. 남자는 그런 생각을 하면서 눈부신 능선을 졸보기 눈으로 바라본다. 밤새 만든 새 모래둔덕에 거인의 발자국 같은 게 희미하게 보인다. 남자는 와아~ 소리소리 지르며 사막트럭의 가속 페달을 밟는다. 모래가 밀리면서 앞으로 나간다. 환한 얼굴 하나가 나타난다. 하영이다. 남자는 눈을 크게 뜬다.

중학교 3학년인 딸, 하영이가 까닭 없이 멍해 있거나 학원 파할 시간이 한참 지났는데도 집에 오지 않자, 유진은 아예 학원 앞에 차를 대고 딸을 기다렸다. 어찌된 셈인지 하영은 학원생들이 거의 나가고 드문드문 나올 때까지도 나오지 않았다. 유진은 학원이 있는 3층으로 올라갔으나 딸은 이미 유진을 피해서 학원을 빠져나간 뒤였다. 유진은 그런 딸 때문에 남자 몰래 괴로워했다. 말수가 줄고 얼굴에서 웃음이 사라졌다. 그런 일을 뒤늦게 안 남자는 하영을 다그치기 시작했다.

"왜 엄마를 피해서 도망간 거니?"

"공부에 흥미도 없는데, 학원에 가면 뭐해요?"

하영은 붉은 입술을 쭉 내밀면서 반항했다. 딸의 입술은 날마다 붉어 갔다. 부모의 잔소리와 따분한 공부에 질려 광채 나던 눈빛이 어두워지는 날에는 더욱 귀가가 늦었다. 그런 날, 하영의 입술은 애닯도록 붉어서 애비인 남자도 속으로 걱정이 늘었다. 어느 날 남자는 하영이 왜 마음을 못 잡는지 알고 말았다. 녀석과 만나서 자주 웃고 떠드는 딸을 봤다.

남자는 하영에게 여름, 겨울방학을 이용하여 사막에 나무

심는 봉사를 원했다. 하영은 남자가 사막에서 찍은 사진들을 들여다보면서도 시큰둥했다. 딸이 대답하지 않자 남자는 사막에 나무 심는 봉사요원으로 등록해버렸다. 하지만 하영은 좋아하는 녀석이 자신을 멀리하자 시름에 젖어 모든 것을 포기한 것처럼 보였다. 다행히도 딸은 '사막을 푸르게'라는 단체에 봉사활동 신청을 했다. 하영은 사막으로 떠나면서 오랜만에 입을 열었다. '아빠가 사막에 숲을 만든다고? 어떤 숲이 생길지 궁금하네' 했다. 딸이 여름방학을 이용하여 '사막을 푸르게'라는 단체를 따라 사막으로 떠났다. 블루진 반바지에 하얀 티를 받쳐 입은 하영은 공항 개찰구를 빠져나가면서 남자를 향해 모처럼 활짝 웃었다. 딸을 배웅하고 돌아오는 차 안에서 남자는 유진을 향해 소리쳤다.

"하영이가 마음을 바꾼 모양이야."

"글쎄, 당신한테 말을 거는 걸 보면 그래 보여. 뾰족하던 가시도 다소 줄어든 것 같고, 하여튼 요즘 틴에이저들은 괴물이라니까. 녀석은 다행히 다친 눈의 동공치료가 잘 된 모양이야."

"그래?"

"오랜만에 마음에 날개 다는 날이네."

"오랜만에 당신의 굳은 얼굴이 펴지네."

"하 하 하"

그렇게 6박 7일 일정으로 사막으로 떠난 하영이가 어이없게도 교통사고로 사막에서 주검으로 돌아왔다.

오늘도 남자는 모래언덕을 넘고 넘는다. 넘어도 또 넘어도 모래언덕은 그의 앞을 가로 막는다. 남자는 태양을 등지고 차를 세운 뒤, 선글라스의 미세먼지를 닦고 몸과 얼굴의 땀을 닦는다. 다시 차를 돌려서 해를 비스듬히 등지는 길을 보면서 페달을 밟는다. 멀리 큰 산이 보인다. 이상하다. 이번에는 은은한 꽃향기 대신 녀석의 땀 냄새가 난다.

1992년 8월 25일 오후, 그날 남자는 딸을 기다리다 근처 편의점에서 차가운 캔 커피 하나를 샀다. 뒤따라서 편의점의 문이 열리고 한 녀석이 들어섰다. 녀석은 500밀리 생수 하나를 사들고 벌컥벌컥 마셔댔다. 파릇한 녀석의 턱이 움직이고 물이 목울대를 통과할 때마다 싱싱한 생명력이 넘쳤다. 저런 녀석은 영원히 염치를 잃지 않을 것이며, 정직이 최선이 아닌 세상에서도 그는 정직 하나로 거뜬히 건강한 삶을 살아낼 거라는 생각이 스쳤다. 남자는 가슴이 설렜다.

아름다운 것을 보면 느끼는 보편적인 감정이라고 생각하면서도 자꾸만 편의점에서 한 녀석의 행동이 머리에서 맴돌았다. 늠름한 체격에 비해 성인이 되기 바로 전의 약간 수줍고 주저

하는 듯, 미숙한 녀석의 눈길도 생각났다. 희고 긴 손가락을 오므렸다 폈다 하길 세 번, 아마도 볼펜 쓰던 손을 운동시키는 모양이었다. 녀석은 성큼성큼 계산대로 가더니 계산을 마치고 나갔다. 녀석의 싱싱하고 풋풋한 모습을 훔쳐본 뒤, 그 다음 날에도 그 편의점에서 캔 커피 하나를 샀다. 처음에는 하영의 동태를 살피기 위해 그곳에 갔다가 다음날부터는 녀석도 보고 하영도 보기 위해 그곳에 갔다. 캔 커피를 마시면서 천천히 밖에 나가던 남자가 갑자기 쓰레기통 뒤로 몸을 숨겼다. 하영이 기쁨의 미소를 물고 녀석 옆으로 막 다가서는 중이었다. 역시 풋풋한 두 젊음이 솜사탕으로 뭉치는 것 같았다. 나비가 펄럭이는 것 같기도 하고 새소리가 나는 것 같기도 했다. 둘이 몇 발짝떼지 않아 녀석과 하영 사이에서 작은 다툼이 일더니 급기야 하영이가 울기 시작했다. 젊은 애들은 변덕스런 여름날 같다지만 남자는 긴장했다. 녀석은 우는 하영을 두고 혼자 길을 건너버렸다. 남자는 그만 화가 났다. 하영도 고집이 센 아이라 그대로 돌아서버렸다. 남자는 그 길로 녀석의 뒤를 쫓았다.

녀석의 땀내 나는 곳을 찾느라 폐달을 천천히 나누어 밟으면서 두리번거리던 남자가 고개를 숙인다. 이제 잊힌 줄 알았던 녀석의 얼굴이 다시 살아나다니! 거짓말처럼 모래 둔덕의 능선을 걸어오는 녀석을 본다. 죄를 진 남자는 두렵다. 헛것이겠지? 이제 자신이 제대로 미친 건가? 자신의 손을 살짝 깨물어본다. 얼굴을 만져본다. 하지만 다른 날과 다를 게 없다. 오히려 유진이 다가와 웃는다. 이번에야 말로 돈 것 아닌가 의심했지만 역시 신기루 현상임에 틀림없다.

유진의 분홍 슈트단추가 햇빛에 반짝였을 때 쯤, 남자는 자신의 뇌에 문제가 생긴 줄 알고 고개를 갸웃거려 보는데 마침 나타난 유진이 반가워서 실성한 것처럼 소리친다.

"유진, 당신 거기 서!"

악을 써 보지만 그녀가 돌아볼 리 만무하다. 차 안은 바람에 날려 들어온 모래만 가득하다. 이미 그녀는 그의 반대편으로 멀어져 간다. 맥이 빠진 남자가 숨을 몰아쉰다. 언덕에 차를 세우고 멍청히 앉아있다. 자신이 집을 떠나오면서 한 말이 생각난다. 남자는 날이 갈수록 환시에 시달린다.

"모든 문제는 시간이 약이야. 고통 없이는 어떤 일도 해낼수 없어. 당신도 중요하지만 나도 당장 죽을 것 같아. 당신이 희생해야겠어. 나 좀 놓아줘. 당신한테는 미안하지만 어쩔 수 없어. 내 남은 생은 사막과 함께 하는 일이고, 여린 당신은 가슴에 사막을 만들지 않는 일이야."

모래언덕 사이에 자리 잡은 그의 빈집은 사막 가운데 둥둥 떠 있는 하나의 돛배이다. 토굴은 그가 모든 것을 내려놓는 곳이다. 얼굴에 묻은 먼지를 씻기 위해 머그잔 두 개 분량의 물을 대야에 붓는다. 그 물에 수건을 적신다. 수건이 물을 먹자 세 숫대야는 언제 그랬냐는 듯이 바싹 마른 바닥을 드러낸다. 붉디붉은 꽃이 보인다. 앞 모래산 아래 붉게 핀 선인장 꽃이 보인다. 꽃이 피려면 목이 탈텐데…… 유진은 바람 한 올 놓치지 않는 사막여우같은 애민한 후각을 가진 그를 사랑한다. 남자가 자신의 가슴에 묻혀있는 유진과 하영의 이름을 부른다. 가슴속은 어느 새 뜨거운 사막이 되고, 너른 사막 가득 가족이 차오른다. 그의 눈가에는 소금처럼 말라버린 슬픔의 흔적이 남아있다.

아침 일찍 일어난 남자는 안개 그물로 간다. 다행이다. 밤에 구름이 몰려 왔나? 안개 그물의 물통이 다른 날 보다 많이 차올라 있다. 반가운 나머지 차오른 물통의 호스를 뽑아 사막 트럭 물탱크와 연결해 놓는다. 오아시스가 부럽지 않은 날이다. 거기다 날씨까지 지글지글 타지 않으니 기분 좋은 날이다.

남자는 사막트럭 운전석에 앉는다. 다른 날보다 물이 묵직하게 출렁일 탱크를 돌아본 뒤, 페달을 밟는다. 사막트럭의 페달을 밟으면서 어제 신기루에 속은 자신을 떠올린다. 여러 번 속았으면서도 여전히 속는다. 기분 좋은 남자는 카 오디오를 튼다. 존댄버의 테일 미 홈, 컨트리 로드를 따라 하면서 씨를 뿌릴 장소를 향하여 차를 몬다. 1년 만에 비가 오려나? 그가 사막에 온 후, 처음 보는 흐린 날씨다. 덥지 않아 창문을 약간 내리고 하늘을 본다. 바다처럼 푸르기만 하던 하늘이 내려앉을 것처럼 낮고 어둡다. 남자는 10킬로미터를 달려온 후, 이마에 흐르는 땀을 닦고 씨를 뿌린 땅을 훑는다. 황무지 수천 평과 광야를 보면서 차에서 나와 모아브를 데리러 간다. 그들 부부는 모래가 반이나 섞인 모래 밥을 먹으면서도 이곳 황무지에 남아서 끈질기게 살아가고 있다. 그가 오아시스를 살릴 거라고 믿는 모아브도 15살 된 사랑하는 딸, 에나를 모래 폭풍에 잃는 비운을 겪는다. 모아브의 딸은 사랑하는 청년과 데이트 중이었다. 서로 얼싸안고 쓸어주며 솜사탕처럼 달콤한 사랑에 빠져 있었다. 순간, 휘익 하늘로 빨려 올라가는 모래 폭풍 하나가 생겼다. 허무하게 모래 폭풍 속으로 사라지는 딸을 본 모아브는 자신을 잊고 놀라서 모래 폭풍 속으로 달려들었다. 에나와 그녀의 남자는 부둥켜안고 필사적으로 모래기둥 속에서 빠져나오려 했지만 허사였다. 모아브는 아직 명이 다하지 않았는지 공중에 떴다가 뚝, 떨어졌다. 그 뒤부터 모아브는 작은 바람만 불어도 가슴이 철렁 내려앉으면서 딸의 환상을 본다. 모아브는 이곳에 숲이 생기면 자신의 사랑하는 딸, 에나도 살아날 것이라고 믿는다. 모아브는 지금도 그 생각만 하면 가슴이 뛰고 머리가 아프다. 바람이 먼 사막 어딘가에 딸을 버렸을 것 같아 밤에도 모아브 부부는 깊이 잠들지 못한다.

반달이 뜬 날 밤, 남자는 의자가 든 가방을 들고 안개 그물 궁전이 있는 생의 언덕으로 간다. 마시던 술병을 옆구리에 차고 온 남자는 술병뚜껑을 열어 술 한 모금을 마신다. 찌르르 목구멍을 타고 내려가던 술이 목구멍 가운데에서 딱 걸린다.

"캑캑"

목울대에 불이 붙어서 활활 타기 시작한다. 배는 부글거리고 속은 매스껍다. 언제부턴가 그에게 속이 더부룩하고 쓰린 증상이 왔다. 고국의 의사 친구한테 물었더니 병원에 가보라 한다. 물을 많이 마셔라. 물 부족으로 위의 활동이 부진해서 그럴 수도 있다. 별의 운행이 좋을 때에 밖에 나가서 별을 헤는 것도 건강에 좋아. 그 무엇도 살지 못하는 악령의 땅이 그에게 병을 주는 모양이다. 물이 부족한 사막은 식물도 물 없이 많은 시간을 버텨야 한다. 일을 하다보면 일에 취해서 물 먹는 것을 잊을 때도 많다.

발밑에서 스멀스멀 기어오르는 찬 기운을 발로 휘젓는다. 양털담요로 온몸을 감싼다.

살아있는 것들은 물이 적어 힘든 땅이다. 남자 혼자 이 땅의 주인노릇을 하려니 교교하고 고적하기가 조문객 없는 초상집 같다. 때론 친구이자 향수를 달래주는 명약인 술. 가족을 대신하던 술이 이제는 그의 몸을 공격한다. 잘 마시는 술은 아니다. 하지만 사막이 술을 부른다. 여기 와서는 모아브가 있어서 견딜 만했다. 남자는 이곳에 와서 비로소 모아브란 단 한 명의 국민에게 존경 받는 왕이 된다. 남자는 달빛을 향해 술병을 들어 올린다. 달빛에게 건배 제의를 하고 소리친다.

"여정구 왕 만세!"

그가 허공에서 술잔을 내리자 바로 앞에 사람이 서 있다. 깜짝 놀란 남자는 하마터면 구리술잔을 놓칠 뻔 한다.

"모아브!"

남자는 모아브를 안는다. 한없이 조용해서 미쳐버릴 것만 같은 땅, 모아브의 느닷없는 방문이 놀랍고 구세주처럼 반갑다. 모아브도 가슴에 딸을 묻고 사는 사람이다.

"자네 아주 잘 왔네. 그렇잖아도 술은 고독을 더 짙게 만드는 약이라 나 혼자 몸을 비틀고 몸부림치던 중인데, 자네도 그런가?"

"우리 딸이 자꾸 방문을 두드려."

"여기 앉아봐. 아주 기분 좋아지는 의자야."

그가 의자에 앉아 있다가 일어나 만세를 부르던 일이 멋쩍어서 모아브에게 아부한다.

"어때 좋지?"

"좋아."

"딸이 방문을 두드린다고? 자, 한 잔 해. 세상에서 가장 비싼 술이야."

"에나의 환상이 수시로 보여. 아버지! 나 좀 살려줘, 하고 울부짖는 통에 돌아버리겠어."

"그건 말이야. 자네가 평소에 우리 딸만은 도시로 떠났어야 한다는 늘 그런 아쉬운 생각을 했다는 증거야. 딸을 잃고 나니까 후회가 되었던 그 일이 환상으로 보이는 거지. 진즉 도시로 나가서 노동이라도 할 걸. 그게 애비 마음이야."

"정말 그럴까? 그 이야기에 나는 조금 위로를 받았어."

"나도 자네와 마찬가진데 뭘. 늘 까칠한 아픔이 이 가슴에 고여 있다네. 이 사막에 뛰어 들었지만 그런다고 죽은 애가 살아오겠나. 자식 떠난 후, 계절에 상관없이 피던 눈물 꽃, 어느새 말라 버렸어. 오죽하면 이런 사막으로 들어왔겠나. 그 눈물의 씨앗을 사막에 뿌리면 딸 닮은 숲이 만들어질 거란 믿음이 생겨서 여기 온 것이야. 내 아내는 아내대로 혼자서 슬픈 세월을 보내고 있지. 그래서 말인데 우리, 각자 자기 딸의 모습대로 씨를 뿌리는 거야. 모아브는 모아브 딸의 모습을, 나는 내 딸의 모습대로 땅에다 대강의 그림을 돌로 표하고 그 안에 풀씨를 뿌리는 거야. 누구 딸이 더 많은 싹을 내나 내기 하자구. 하하."

"그것 좋은 생각이네. 혹시 알아? 딸이 애비의 피와 땀이 뿌려진 이곳으로 찾아올지."

오후에 세계 녹색 연맹에서 다시 풀씨 100킬로그램이 도착한다. 풀씨 포대가 산을 이룬다. 지하실로 풀씨 포대자루를 나르는 일도 만만찮다. 풀씨를 싣고 온 인부들에게 하루 품삯을 주기로 하고 포대를 지하실로 옮겨 달란다. 그들은 신속하게 일을 처리한다. 그와 모아브는 각각 50킬로로 각자의 딸들 형상을 나란히 만들어 거기다 먼저 뿌려야 한다. 하루에 1킬로그램을 뿌린다 해도 100일 동안 같은 일을 해야 한다. 푹푹 발이 빠지거나 너무 단단해서 삽질, 괭이질을 하고 풀씨를 뿌릴 때면, 나지 않을 것을 뻔히 알면서 일하는 자신들이 한심하다는 생각을 한다. 하지만 딸들에게 풀씨를 뿌린다고 생각하니 같은 일을 하는데도 어제와는 달리 온몸에 힘이 솟는다. 아마도 빈 광야, 빈 하늘 때문인지 이곳은 가족을 절실히 그리게 한다. 가끔 불면의 밤이면 아내와 하영이 찾아온다. 그때마다 차갑게 느껴지던 달마저 따뜻해 보였다. 형상이지만 하영에게 주는 양식이라 생각하니 몸가짐이 다르고 마음이 다르다. 헛된 짓을 한다싶어 종종 실의에 빠질 때도 있던 땅, 사막인데, 따뜻한 봄날 풀어져 다소 부드러워진 고국의 흙으로 보인다. 이제부터는 이 일이 결코 무모하거나 멍청한 짓이 아니다. 딸들에게 양식을 주는 일이다. 자신들을 배반하지 않을 것이라고 믿었던 억지의 다른 이름인데도 그는 풀씨를 뿌리는 내내 활기가 넘친다. 바람이 불면 모래와 풀씨가 한꺼번에 얼굴을 강타하고 온몸으로 쏟아져 들어와서 무섭게 쓰리고 아프다. 풀씨는 깔끄럽고 모래는 얼굴에 박혀서 아프다. 모아브는 이 땅에서 자라고 늙어가는 사람이라 잘 견딘다. 그렇게 양 끝에 서서 일주일 이상 풀씨를 뿌린다.

밤마다 안개 그물 밑에 서서 남자는 물통에 모아놓은 물을 물탱크에 채운다. 그러나 그 일이 그렇게 만만치 않다. 그것은 안개를 짜고 구름을 짜는 일이다. 남자는 새벽에도 밖에 나가 받아놓은 물을 사막 트럭 위의 물탱크로 옮겨 담는다. 그 바람에 허리도 아프다. 한국에서 가져온 물파스와 찜질팩 등 비상약품도 거덜 났다. 남자는 집에 오면 잠깐 눈을 붙인 뒤, 아침 식사를 하고 시원한 시간에 씨 뿌리는 땅으로 출발한다. 얼마 안 가서 사막의 열기는 찜통을 방불케 한다. 그는 그날도 풀씨 한 포대를 헐어서 반 이상 뿌린 뒤였다. 얼굴은 따갑고 몸은 고달프다. 땡볕은 달군 드럼통 같고 몸에서는 줄줄 땀이 흐른다.

풀씨를 뿌리던 그가 몸에 천을 감은 미이라 하나를 본다. 깜짝 놀라 그 자리에 멈춰선 남자는 혹시 하영이 온 거 아냐? 의

심하면서 그것을 노려본다. 그때 미이라는 딱 열대여섯 먹은 계집애처럼 헤픈 웃음을 터트린다. 남자는 더욱 긴장한다. 자세히 보니 미이라는 모아브이다. 긴장한 남자에게 모아브가 소리친다.

"사막이 숲이 되려면 한없이 힘을 빼야겠어. 왕이여!"

"놀랐잖아."

"히히, 이제 단단한 땅은 끝이야. 모래뿐인 땅이 나왔네."

그의 말이 끝나자마자, 땀에 전 모아브가 넘어진다. 온몸을 모래로 휘감은 모아브의 기묘한 모습이 햇볕에 반짝인다. 멀티 켑을 쓰고 그 위에다가 또 감아 두른 터번까지도 땀과 모래로 범벅이 되어서 남자를 놀라게 한다.

"우리 왕도 마찬가지야. 반짝이는 눈만 아니면 영락없이 미이라야 히히. 후유, 어때? 이렇게 땀을 흘리니까 잡념 없어서 좋잖아?"

"……."

토굴에 도착한 남자는 물통을 기울여서 물을 마신다. 그는 옷을 벗고 나서 밥을 안치고 수건을 물에 적셔서 온몸을 닦는다. 너무 위악적인 모래들의 기세와 피로에 눌려 남자는 눈을 감는다. 그런 그의 가슴에 심한 통증이 찾아온다.

"잘될 거야. 이깟 통증쯤 뭐 대수야."

그의 감은 눈 속 가득 유진이 차오른다. 남자는 밤이 지나고 나면 아침이라는 진실만큼 사막에 가면 고독하다는 사실을 알고 왔다. 외로움이 통증으로 나타난다. 남자는 자다가도 가끔 복통으로 배가 아파서 방안을 빙빙 돈다.

"아이구 배야, 아이구 배야!"

별빛이 차츰 빛을 잃어가는 새벽이면 새가 퍼덕이는 대신 가끔 타조가 그의 손바닥만 한 창문을 콕콕 쫀다. 물을 달라는 신호이다. 그래도 남자는 가슴 통증으로 자리에서 일어나지 못한다.

끝도 없는 이 사막은 본래 바다였다. 출렁이고 돌아서서 다시 출렁이면서 누구에겐가 수수만 번 고백했지만 돌아온 것은 통증이다. 결국 바스러져 모래뿐인 사막, 남자는 모아브와 함께 사막 트럭을 타고, 인가가 있는 오아시스 도시 콜데아로 나가 두 집의 생필품을 사 온다. 그가 갈 수 없을 때에는 모아브가 두 집 생필품을 낙타에 싣고 온다. 모아브는 자신의 붉은 머리색깔처럼 성질이 사납고 인정머리가 없지만 그가 반드시 오아시스를 회복할 사람이라며 그에게 순종하고 왕처럼 대한다.

마침내 신의 선물인 새싹이 삐죽삐죽 나온다! 죽을 것 같은 고독과 마른 빵 같은 권태 속에서 우화 속의 궁전 뜰처럼, 옛

오아시스 터에 새싹이 나온다. 돌짝밭에 두툼한 모래이불이 깔린 땅에다 뿌린 풀씨들이 삐죽삐죽 올라온다. 먼저 나고 나중 나온 새싹들이 갓 난 참새 주둥이처럼 노랗다. 전에 모아브가 이 땅에다 수없이 씨를 뿌려봤다고 한다. 하지만 일정한 기간에 물을 주지 않아서 그런지 싹이 나지 않았다. 그래서 그가 거기에 씨를 뿌린다고 했을 때 모아브가 말렸다. 지금 남자는 가슴이 벅차올라 하늘로 둥실 떠오를 것 같다. 애쓴 보람이 눈앞에 증거로 나타났다. 모아브와 남자는 서로 얼싸 안고 춤을 춘다. 아마도 지난밤에 딸들이 와서 싹을 틔운 모양이다. 저만치 딸들이 타고 온 마차가 한 대. 그들이 장차 숲이 될 땅을 돌아본 흔적으로 발자국이 보인다. 분홍빛이 날 것 같은 발자국들, 남자는 기쁨에 차서 모아브를 보고 소리친다.

"자네는 이제부터 저 풀밭이 자네 딸이네. 딸이 옆에 있으니 얼마나 좋은가. 지금부터는 슬퍼하지 말게. 다만 그동안 딸에게 못다 한 사랑 이야기와 마음에 걸려서 내려가지 못 했던 가시 박힌 일들을 새싹 올라오는 밭에다 털어놓게. 밤잠 설치며 기다리던 딸이 옆에 있으니 걱정 말고 푹 자게. 해가 뜨면 딸에 대한 사랑을 말로 풀어놓게. 딸을 잃고 나니 그동안 딸한테 잘해 주지 못한 게 잘해 준 것 보다 훨씬 많지 않던가? 나도 이제부터 내 딸에게 고해성사하듯 못해 주어서 마음 쓰렸던 일, 미처 깨닫지 못해 훈육으로 일관했던 일들에 대해서 용서를 구할 생각이네. 아직도 애들이 떠나지 않았나? 저기 딸들이 타고 온 마차가 보이지 않나? 하하"

남자가 농담까지 섞어가면서 사진기를 꺼낸다. 사진을 찍어서 녹색 연맹에 보낸다. 하늘에서 찍지 않았으나 파릇한 밭의 형태가 자기 딸 형상 그대로이다. 그는 몸이 아파 고국으로 돌아갈 수 없어 보인다. 남자는 섧게 운다. 하영의 이름을 부르고 유진을 부르고 아버지를 부르면서 평평 운다.

"하영아, 네게 고백할 게 있다. 실은 아빠는 죄인이다. 이기적인 아빠는 너를 울리는 녀석을 순간 용서할 수 없었다. 나도 녀석이 좋았다. 녀석을 보고 너처럼 가슴이 떨리던 순간, 녀석을 좋아하는 너를 이해할 수 있었다. 수려한 외모, 아직 미지에 대한 호기심으로 가득 찬 눈, 꿈을 품은 손가락. 아빠는 너와 녀석이 멀어지는 게 두려운데다 잠깐 발작인가 싶게 휘청했다. 헌데 내가 근사한 녀석의 동공을 찌르다니! 그런 큰 죄는 남의 일로만 알았다. 지금 생각해도 믿기지 않는다. 그게 평생 이 애비를 잡고 늘어졌다. 지금 같으면 죄를 짓기는커녕, 그 녀석과 저녁이라도 함께 했을 것이다. 밤에 녀석이 괴한의 습격을 받았다는 풍문이 떠돌았다. 난 그때 바로 자수하고 싶었다. 허나 네가 무서웠다. 너는 녀석이 오는 길목에서 늘 서성였다. 그런

너의 모습을 보며 혀를 차던 애비가 녀석의 등을 세차게 밀었다. 하필이면 날카롭게 튀어나온 돌에 녀석이 안구를 찔려버렸다. 엎드린 녀석은 일어나질 못했다. 애비는 많이 놀랐다. 급히 녀석에게로 다가갔으나 네 얼굴이 떠올랐다. 눈을 감싼 녀석의 손은 피범벅으로 붉었다. 나는 119에 전화하고 돌아섰다. 녀석의 외마디 소리는 지금도 귀에 쟁쟁하다. 이 애비는 그때 놀란 가슴으로 누구와 마주 앉아 오순도순 얘기할 수가 없었다. 그 당시 애비는 너를 바로 볼 수 없었다. 하영아, 미안하다. 그깟 대학이 뭐 대수라고, 그런데 다음이 더 문제였다. 너는 그 녀석을 만날 수 없게 되자 그만 실의에 빠지고 말더라. 결국 너는 전에 아빠가 등록해둔 '사막 가꾸기' 봉사요원으로 떠났다. 하영아, 이 아비를 용서해라."

남자가 새싹을 향해 눈물을 흘린다. 이미 깊은 병이 든 뒤라 심한 고통에 시달린다. 구토를 하고 복통으로 쩔쩔맨다. 엉엉, 통곡도 한다. 아무도 없는 광야에 남자의 울부짖는 소리로 가득하다. 그것은 한꺼번에 쏟아놓는 후회의 통곡 같기도 하고, 만족해서 웃는 웃음소리 같기도 했다. 그렇게 한참 혼자서 자신의 내면을 정리한 후, 사막 트럭을 타고 집에 왔다. 역시 푹 꼬꾸라져 한 숨 자고 난 남자는 복통으로 시달리다 안개 그물 궁전으로 나온다. 이번에 그는 하늘 가득 찬란한 별을 보면서 손을 들어 소리친다. 마치 사막이 푸른 초원인 양 수많은 양떼를 풀어먹이는 목동의 대장처럼 큰 소리친다.

"저 위쪽 양이 넘어져 버둥대잖아. 저놈들은 성질이 급한데다 두려움에 그만 죽고 만다고 몇 번 말했어? 왼쪽에 주저앉은 놈은 또 뭐야. 다리가 짧아서 못 일어난다고 했잖아. 모아브, 어서 가서 일으켜 줘. 양이란 놈은 말이야. 누군가의 도움 없이는 살아갈 수 없다니깐 그러네."

남자는 말을 마친 뒤, 울컥울컥 토하기 시작한다. 고통으로 초죽음이 되어서 푹 고꾸라진다.

그날 밤에도 토굴에 돌아온 남자는 돋기 시작한 은하를 보면서 물을 찾는다. 그 사이 희미하나마 유진을 몇 번 불렀고, 몇 번인가 심하게 몸을 뒤채다가 벽을 긁는다. 검붉은 피가 입 밖으로 나왔지만 아직은 심하지 않다. 남자가 악을 쓴다.

"거기 누구 없어? 하영아아!"

누구 하나 놀라 뛰어오는 이가 없다. 단지 별빛만이 온 하늘을 뒤덮는다. 하늘은 은하가 강처럼 흐르고 별똥별이 날아간다. 남자는 자빠지고 벽에 부딪혀 넘어지면서 발에 바지를 꿰고 웃옷을 걸친다. 마지막으로 하영 숲을 보기 위해서 비척비척 토굴 밖으로 나온다. 때마침 그곳에 도착한 모아브가 깜짝 놀란다. 모아브가 사태를 파악하고 집 근처에 세워놓은 사막

트럭의 문을 연다. 남자를 업은 모아브가 조심조심 그를 운전석에 내려놓는다. 이미 기력이 다 떨어졌으나 의식은 그가 살던 서울 천호역 근처 시끄러운 시장골목에 들어선다. 유진과 하영 사이에 선 남자는 저녁 찬거리를 고르는 가족 사이에서 삶의 본질을 보고 행복을 느낀다. 고국의 한 귀퉁이에서 가족의 따스한 손을 더는 놓지 않겠다는 듯, 모아브의 손을 놓지 않으려고 안간힘을 쓴다. 남자가 핸들을 잡고 층계를 오르듯, 숨을 몰아쉬며 천천히 돌린다. 사막 트럭은 천천히 움직이지만 남자는 숨을 헐떡인다. 퀭한 눈으로 모아브를 올려본다. 모아브는 남자를 다시 업고 토굴로 들어간다. 모아브가 말한다.

"힘을 내요. 당신은 우리의 왕이며 희망이야. 내 딸이 올 거야. 정신 차려요!"

남자가 눈을 뜬다. 그는 더듬더듬 말한다.

"나는 아마 암 말기인 것 같다. 안개 그물에서 채집한 물을 트럭의 탱크에 옮겨 담을 때에는 트럭 엔진을 끄고 작업해라. 안 그러면 사고가 날 수도 있다. 이것은 하영 엄마 전화번호고, 이것은 '사막을 푸르게' 단체 전화번호고, 여기 동그라미 해놓은 것은 세계 환경단체 전화번호이다. 내가 못한 숲 만들기 사업은 모아브, 자네가 완성해라."

고통으로 일그러진 남자는 숨을 몰아쉰다. 복통 때문에 앞으로 고꾸라진다.

"하영아아!"

남자의 입에서 울컥울컥 피가 솟는다.

1999년 가을, 아침에 유진은 '사막을 푸르게' 사무실에서 걸려온 전화를 받는다. 유진은 바로 사막에 가기 위해 비행기 티켓을 구한다. 남자는 혼수상태인데도 유진을 애타게 기다리느라 눈을 감지 못한다. 유진이 도착한다. 사람의 말소리에 희미하게 눈을 뜨는가 싶더니 유진을 본 남자가 그녀의 손을 잡는다. 물론 남자는 며칠 전과는 달리 희미한 미소까지 띠고 있다. 죽음의 강을 건너기 전, 다시 돌아와 유진의 손을 잡은 것이다. 남자의 얼굴이 환하게 피어난다. 세상은 그의 이름 앞에 '사막의 전사'라는 호칭을 붙여준다. 녹색 연맹에서는 장차 있을 숲이름을 '하영 숲'이라 한다. 생의 언덕에서는 여전히 안개 그물이 눈을 껌뻑이며 물을 채집한다. 유진은 신생의 땅이 될 하영의 숲을 둘러본다. 수천 평이나 되는 새싹 난 땅을 보면서 남자의 노고와 고통을 느낀다. 가슴이 아프고 저리다. 광야 한쪽에 쪽배처럼 떠있는 신세계. 외로운 남자의 투쟁과, 죽기 전에 이미 죄를 다 밝힌 듯, 그의 외로운 투쟁. 그래도 지글지글 끓지만 지상인 이 땅. 낮에는 밝고, 밤에는 하늘 가득 반짝이던 별천지인 이 땅. 유진은 눈가를 훔친다. 사막 트럭과 남자가 쓰던 대강의 유품을 정리하여 모아브에게 준다. 쓰고 남은 돈, 1만2천 달러가 든 통장도 쥐어준다. 그밖에 편지나 사진 등은 챙겨든 채 유진은 사막을 나온다.

내 생명의 꽃 보아뱀

　　　　　날렵하게 생긴 빨간 승용차 한 대가 우리 집 앞에서 멎었다. 장미꽃 한 송이가 툭 떨어진 것처럼 강렬했다. 차문이 열리더니 애완견 한 마리를 세워 안은 아롱엄마가 내렸다. 그녀가 누르는 대문 벨소리는 늘 성급했다.

"딩동, 딩동, 딩동"

그녀의 숨찬 벨소리에 내가 나갔다. 우리 가족은 염치를 모르는 그녀를 마땅찮아 했다. 밤새 그리운 것을 그리워하다가 달려온 것처럼 아롱엄마는 대문이 열리자 나와 눈 맞출 겨를도 없이 곧장 보아에게로 갔다. 사람을 보러 온 게 아니라 보아를 보러 온 것이다.

우리 집 대문 옆 유리집에는 2미터에 가까운 아름다운 비단 구렁이, 레인보우 보아뱀 한 마리가 살고 있다. 아롱엄마는 붉은 노을을 배경으로 하마를 먹어치우던 텔레비전 속의 보아가 동양의 온화한 작은 나라 한국에 와 있다는 사실이 신기한 지 자주 우리 집에 출근했다. 보아는 낯선 이곳에 온 후, 쥐꼬리를 잡고 휘둘러 제 눈앞에 던져주면서 '우리 보아'라고 속삭이는 딱 한 사람, 그 사람만 좋아했다.

그날 아침에도 보아는 내가 던져준 쥐 다섯 마리를 받아먹었다. 오늘 따라 붉은 빛이 뱀딸기처럼 선명한데 그런 보아가 나무 위로 올라갔다. 아롱엄마의 호들갑이 귀찮은 듯, 나무사이에서 붉은 혀를 날름거렸다. 복싱선수의 잽처럼 보아가 혀로 날리는 잽에 근처에서 얼쩡대던 다람쥐 한 마리가 사라졌다. 아롱엄마가 소리쳤다.

"아롱아, 보아 좀 봐!"

아롱엄마는 보아를 보면서 환호했다. 보아는 연신 잽을 날리면서 대가리를 내둘렀다. 우리가 도시라는 시멘트 정글 속에서 살지만 마음 저편에는 늘 자연을 그리워하기에 저마다 아파트 베란다에 화분 두셋 가꾸며 사는 것이다. 보아 또한 정글을 그리워하는지, 나무 위로 곧잘 올라갔다. 이끼가 나무인지 나무가 이끼인지 모를 원시림 위를 흐르다가 운수 나쁘게도 삭막하고 답답한 시멘트 정글에 와버린 보아였다. 나는 그런 보아뱀을 보아라고 불렀다.

한국의 성남시장까지 와버린 보아의 현실은 아주 혹독했다. 뱀 장수의 손에 넘어간 보아는 성남시장 한복판에서 종일 목을 잡힌 채, 구경꾼들의 눈요깃거리가 됐다. 가끔 짙은 안개가 그 도시를 덮었다. 그럴 때 보아는 마른 몸에 물을 대듯 맘껏 숨을 쉬었다. 구정 문방구점 옆 500여 평 공터에서 보아를 미끼로 허풍을 떠는 뱀 장수의 몸을 타면서, 보아는 구경꾼들 틈으로 타는 노을을 봤다. 뱀 장수의 몸에 감겨 거꾸로 바라보는 구경꾼들의 웃는 입에서는 공해에 찌든 질 나쁜 총천연색 안개가 피어났다.

수수만 년 동안 깊어진 원시림에 소떼와 금 캐는 기계가 밀려오면서 무섭게 줄어들던 정글, 보아 역시 깊은 땅속에 묻혔다가 드러난 금처럼 일시에 밝은 빛에 노출되었다. 보아는 태곳적 기운을 온몸에 두르고 느릿느릿 태평하게 살다가 갑자기 그물에 갇혀버렸다. 근처에 사는 보아의 친구들 역시 보아와 같은 신세가 되고 말았다. 그렇게 시멘트 정글로 들어온 지 1년 넘은 불우한 레인보우 보아뱀.

보아는 짙푸른 정글에서는 어디든지 스며들 구멍이 있었다. 지면과 작은 구멍에 닿기만 하면 바로 작은 폭발이 일어나던 그곳, 보아가 지나가는 길목마다 곤충들이 튀거나 날아올랐다. 툭, 투둑, 툭, 꾸국 정글의 반응에 보아는 으스댔다. 금파리 같은 경우에는 짝짓기 하는 동안에 보아가 지나가면 놀란 암컷이 수컷을 잡아먹었다. 보아는 나무 위에 똬리를 틀고 나무아래 먼 곳과 가까운 곳 보기를 좋아했다. 보아는 원시의 깊은 숨결로 몸통이 굵을 수 있었다. 그러나 그곳을 떠나온 뒤, 보아는 처절했다. 손가락만 하지만 자유로운 실뱀들을 부러워하게 됐으니까.

아롱엄마는 유난히 수선스럽다. 나는 그런 그녀가 싫었다. 아침에 피우다만 담배꽁초에 불을 댕겼다. 작은 연기밭이 나를 가뒀다. 그 사이로 햇살 피어나는 고향의 논둑길이 보였다. 봄, 연한 삘기 순과 순녀, 열두 살짜리 그녀는 두 눈이 붉도록 삘기 순을 찾았다. 섬뜩하게도 스르르르, 순녀 바로 옆에서 먹구렁이가 도망갔다. 순녀가 놀라서 내게 붙었다. 나는 순녀를 놀라게 한 그 뱀을 잡아 죽여야 했다. 적어도 순녀 앞에서는 그래야 하는 줄 알았다. 알량한 남자의 힘을 우리 아버지는 그렇게 가르쳤다. 그 일이 있은 후, 나는 먹구렁이를 잡아 죽이는 대신 삘기를 뽑아 그녀에게 바쳤다. 중학생이 되어서도 우리는 가끔 만났다. 내가 마지막으로 그녀를 본 것은 고3 겨울방학이었다. 아롱엄마가 호들갑을 떨 때면 먹구렁이에게 놀란 순녀가 생각났다. 갑자기 보아가 보았을 법한 아마존 강가의 플라밍고를 떠올렸다. 나는 방에 들어와 백과사전에서 '플라밍고'를 찾아

봤다. 플라밍고 사진은 장관이었다. 10만 마리가 넘는 분홍빛 플라밍고 무리들이 만든 하나의 섬은 환상적이었다. 나는 50살이 넘도록 국내를 벗어나 본 적이 없었다. 단지 외국인들이 많이 사는 주식을 사 본 적은 있었다. 한 때 운이 좋아 주식으로 돈을 번 적이 있었다. 그때 내 시계는 세계와 연결되어 돌아갔다. 다우 지수와 나스닥 지수가 밥상 위에 자주 올랐다. 그때는 잘 나가는 듯했다. 그러나 다우와 나스닥 지수가 동반하락하면서 결국 주식으로 번 돈을 다 날렸다. 그리고 수순처럼 울화병이 찾아들고 몸이 쇠약해졌다. 나는 집안에만 박혀 있다가 그대로 죽는 것 아닌가 싶었다. 그래서 작년 가을부터 해질 무렵이면 밖에 나갔다. 성남시장 공터에는 나 같은 부류들이 가벼운 웃음을 날릴 수 있는 구경거리가 있었다. 바로 뱀 장수 구경이었다. 그런데 어찌된 운명인지, 나는 꿈에도 생각해 본 적이 없는 뱀 장수의 부하가 되고 말았다.

"자아 날이면 날마다 오는 게 아냐. 그렇다고 달이면 달마다 오는 게 아냐. 산 넘고 바다 건너 예까지 왔어. 기회는 단 한 번, 지금 뿐이야! 아주머니 아저씨, 시집 못 간 아가씨, 부끄러워 말고 다들 이리 가까이 와 봐!

이것이 무엇이냐? 지리산 정기를 흠뻑 빨아들인 바로 이것.

밤이면 마누라가 무서운 분, 비실비실 오줌방울 션찮은 분, 정력에 그만인 이 뱀이야 말로 폐, 위가 썩어가는 사람도 이놈 한 방이면 싸악 나아버려. 그 이름도 무서운 칠점사. 물리면 일곱 걸음도 못 가서 죽어버린다는 바로 그 비암이여! 약효는 죽어가는 당신을 살려. 그리고 또 있어. 살아있는 무지개. 우리 집에 만 있는 보물. 어이 김 씨, 그놈 좀 꺼내 와 봐!"

뱀 장수가 나를 불렀다. 나는 그런 장소, 그런 일에 엮인 자신이 창피했다. 어색해서 약간 비실비실 그에게 다가갔다. 내가 보아를 들어 뱀 장수에게 건넸다.

"사람들은 뱀을 보면 징그러워 하지만 그게 아네요. 이놈이 정글 안에서는 왕자요 둘둘 말고 있으면 하나의 지구며, 석양빛을 받으면 붉은 보석이야. 보아야, 일어서 봐! 어서 직선이 되어 보란 말이야. 뱀은 적을 만나면 바로 맨몸으로 맞서 싸우고, 뱀이 땅을 기어 다닌다고 얕보지 말라 이거야. 뱀은 대기의 기운을 읽는 재주가 뛰어나. 그런 점에서 사람보다 훌륭해. 우주의 변화에 민감한 이놈은 대처하는 능력이 귀신이여. 사람보다 훨씬 지혜로운 이놈, 땅기운을 잘 읽는 이놈이야 말로 우리의 오장육부의 약한 부분을 잘도 안다 이거야. 그래서 이놈이 녹아버린 약은 만병통치약이요. 언제 아팠냐 싶게 성성해져버려."

칠점사를 손에 든 뱀 장수가 숨도 안 쉬고 몰아쳤다.

"이 사람은 한국에서 뱀을 제일 잘 아는 쇠 '금'에, 뱀 '삿'자 김사랑입니다. 뱀을 어떻게나 사랑하는지 뱀사랑이야. 이 사람이 여기 오기 전까지는 폐병으로 다 죽어갔어요. 헌데 보십시오."

하자 사람들의 시선이 내게로 쏟아졌다.

"보시다 시피 지금 이렇게 튼튼하지 않습니까? 그게 다아 이놈 덕입니다. 여기 보십시오. 이렇게 목에 무지개가 섰지 않습니까?"

뱀 장수는 목에 건 보아를 가리켰다. 보아는 유순하게 약장수의 몸 이곳저곳을 주억거렸다. 뱀 장수의 오른손에는 칠점사가 들려있었다. 칠점사의 몸뚱이는 길게 뻗어 있다가 가끔 온몸을 뛰어말았다. 그는 다시 뱀을 팔기 시작했다.

"몸뚱이에 점이 일곱 개 박혔다 해서 칠점사. 이것이 어디 좋으냐 할 것 같으면 장이 고장 나고 폐가 안 좋으며 간이 나쁜 사람한테 직방이야. 또 있어요. 각종 종양과 어혈을 풀어주는데 그러면 종양은 무엇이고 어혈은 무엇이냐?"

내가 사내의 시중드는 일을 하게 된 것은 순녀 때문이기도 했다. 뱀 장수 구경을 하면서 어린 시절을 추억했다. 며칠 전, 휴대전화가 울렸다. 향우회 총무인 경섭이었다. 그리고 난데

없이 순녀 이야기를 했다.

"언젠가 자네가 말하던 순녀가 세상을 떴다능만. 강원도 산속에서 시체로 발견되었는데 그 옆에는 뱀이 똬리를 틀고 있었데. 평소 순녀는 지병이 있었다능만."

"가족이 없었나?"

"왜? 가족 모두 미국이민 갔다가 순녀만 몸이 아파 고국이라고 찾아왔던 모양이등만."

그런데 하필이면 왜 뱀이 그녀를 지켰을까? 뱀이 순녀와 무슨 특별한 인연이라도 있었던가? 그러나 혼자 중얼거렸을 뿐, 답은 없었다.

아름드리나무는 각종 짐승들의 집과 먹이를 줬다. 보아는 가끔 아마존 강가에 서있던 경비행기가 이곳 시멘트 정글과 깊은 연관이 있었다는 것을 나중에야 알게 되었다. 아마도 이곳 도시의 시멘트 정글에 뱀들이 구멍을 뚫으려다가는 되레 제 대가리가 박살날 것이다. 이곳은 모두 시멘트로 지은 건물들이었다. 아파트와 상가가 빼곡한데 상가에는 극장, 세탁소 대형 마트, 헬스장과 사우나장이 세트장처럼 이어졌다.

아롱엄마 역시 보아의 싱싱한 원시성 때문에 틈만 나면 우리 집에 뛰어드는 모양이었다. 아롱엄마는 아내의 친구였다. 그녀가 호들갑을 떨며 아롱이 비위 맞추는 소리가 났다. 그 바람에 눈을 뜬 보아는 갈라진 혀로 연신 잽을 날리면서 스르르 몸을 풀었다. 보아는 장식처럼 놓인 사각 나무그릇의 모서리를 감고 돌았다. 보아가 불안할 때 곧잘 하는 짓이었다. 그러다 스르르 장판 밑으로 숨어들었다. 다시 아롱이가 컹컹 짓자 무슨 일인지 보아는 번들거리는 대가리를 내밀더니 유리집 안에 서 있는 편백나무 위로 기어올랐다. 붉은 바탕에 마름모꼴 무늬로 치장한 보아는 빛의 방향 따라 농담의 변화를 보란 듯이 햇빛 밝은 쪽 나무 위로 천천히 기어올랐다. 보아는 하나의 징그러운 무지개였다.

"어머! 아롱아, 보아 나왔다. 저것 봐. 참 멋지지?"

아롱이는 툭 튀어나온 눈알을 굴리면서 마른 뒷다리를 버둥 댔다. 아롱엄마는 그런 아롱이를 괴치 않았다. 보아는 다이빙을 하려나 대가리를 빳빳이 들고 긴 혀를 날름거리며 나무 밑을 보았다. 마침 나무 밑에는 냅킨이 깔려 있었다. 보아의 배설을 위한 가로 1m 80센티미터, 세로 1m 70센티미터의 냅킨이었다. 보아는 냅킨에서 희미하게나마 원시림 냄새를 맡았다. 보아는 그 냅킨을 배설에 쓰는 것이 아니라 원시림처럼 정겨운지 그것을 둘둘 말고 장난을 칠 때가 많았다. 특히 기온이 뚝 떨어진 다음날 더욱 심했다. 아마 보아는 고립무원인 이 도시가 몹시 춥고 고독한 모양이었다.

"김 씨, 보아한테 줄 쥐 좀 사 오지. 자, 돈."

뱀 장수는 내게 만 원짜리 한 장을 내밀었다. 뱀 장수는 오늘 기분이 좋았다. 장을 펼친 지 3시간도 안 됐는데 벌써 10만 원을 벌었다. 나는 돈을 받아들고 뛰었다. 내가 좋아하는 음식을 사러 가는 것처럼 그랬다. 보아의 먹이를 사려면 버스를 타고 20여 분 가야 했다. 연구기관들이 늘어서 있는 수향동 사거리를 지나 오른쪽 골목으로 꺾어들면 토끼, 오리, 닭, 흑염소, 오골계, 고양이 등속을 파는 가게들이 있었다. 그곳을 지나 5분 정도 더 가면 이색 동물 먹이를 파는 흰쥐, 개구리 등속의 가게들이 있었다. 개구리나 흰쥐 역시 천 원이었다. 거리에 나오면 큰 먹이보다는 주로 작은 쥐를 샀다. 큰 먹이는 보아의 공격성을 자극하기 때문이었다.

뱀 장수를 하던 빈터에는 뱀 토막들과 핏자국으로 어지러웠다. 나는 즉각 무슨 일이 났구나 하고 느꼈다. 뱀 장수가 구경꾼들 가까이 칠점사를 들이미는데 졸음 운전하던 자가용이 그곳에 처들어 왔다. 그리고 뱀 장수의 옆구리를 쳐버렸다. 공터는 순식간에 아수라장이 되었다. 구경꾼 두엇도 가벼운 부상을 입었다. 칠점사의 최후는 볼썽사나웠다. 토막 난 칠점사의 떨어진 꼬리와 몸통이 흉했다. 뭉개지고 잘려진 칠점사는 징그럽고 역했다. 경찰차가 사이렌을 울리며 나타났다. 그 장소를 말끔히 치우라 했다. 내가 시장에서 사 들고 온 쥐와 개구리가 촘촘히 짠 철망 속에서 버둥댔다. 항아리 뚜껑을 열어 본 나는 안전한 보아를 보았다. 나는 오른손으로 보아의 대가리를 들어올린 다음, 보아의 번질대는 몸뚱이에다 여러 번 입을 맞췄다.

"에구 네가 나를 살렸구나!"

"아니, 어디 갔다 이제 왔어? 뱀 장수가 입원한 병원 전화 번호 적어놨어. 허리 다리 다 다치고 에구 이제 어떻게 살지 원."

나는 보아에게 쥐를 던져주고 그 길로 문방구 한 씨가 알려 준 병원으로 달렸다. 수술실에서 아직 안 나왔다는 뱀 장수를 한 시간 남짓 기다리자 다친 허리를 고정대에 고정시키고 다리역시 깁스한 뱀 장수가 침대에 실려 나왔다. 그의 침대 뒤를 그의 아내가 따랐고 내가 따랐다. 병실에서는 뱀 장수 침대 위 천정에 흰 천 조각을 매달았다. 뱀의 허물 같은 그것은 뱀 장수가몸을 일으켜 세우는데 쓰는 보조 기구였다.

내게는 운수 좋은 날이었다. 내 불행을 막아준 것은 보아였다. 다음 날부터 내가 공터에서 어설픈 뱀 장수를 시작했다. 물론 보아를 목에 두르고 쓰다듬거나 다른 뱀의 약효에 대한 설명은 없었다. 시끌벅적한 뱀 장수의 분위기와 그의 구수한 허풍에 웃어주던 사람들이 내가 하는 장사에는 모이지 않았다.

단지 단골이거나 병이 있는 사람들이 가끔 나를 찾을 뿐이었다. 그렇게 하찮게 버는 돈이나마 뱀 장수의 약 값으로 들어갔다. 땅거미가 질 무렵이면 그의 아내가 나타나 내가 번 돈을 가져갔다. 그리고 나중에 뱀 장수를 정리하면서 뱀 장수는 그동안 수고했다며 레인보우 보아뱀을 내게 넘겨주었다.

10월 중순이 되자 바람이 쌀쌀했다. 보아의 유리집에 열선 처리한 전기장판이 들어갔다. 거기다가 정글을 연상하는 엘리코니아 꽃과 바스오 나무의 싱싱한 푸른 잎이 프린트된 원색 담요를 깔아 보아의 월동준비를 끝냈다. 보아는 흐르듯 천천히 나무를 타고 오른 후, 나무에 제 몸뚱이를 칭칭 감거나 담요 위를 기어 다녔다.

텔레비전에서 갑자기 추워진다는 일기예보가 나오던 날 밤, 나는 보아네 유리집에 들어갔다. 담요를 쓰고 나무처럼 팔을 벌린 내 어깨 위로 보아가 천천히 기어 다녔다. 나는 사람과는 거의 소통이 없지만 보아와는 가끔 그렇게 놀았다. 내게는 보아가 고독을 달래주는 연인이며 용돈을 벌어주는 효자였다. 유순한 보아는 생전가야 불평 한마디 할 줄 아나, 그 무엇을 요구하길 하나, 때로는 옹졸한 폭군으로 군림할 법도 한데 그것도 아니고, 그저 먹이만 준다면 한껏 피어나는 몸뚱이가 무지개로 아름다울 뿐이었다. 돈을 벌기만 하지 한 푼 쓸 줄 몰랐다. 뿐만 아니라 침묵으로 일관하는 부드럽기 짝이 없는 나의 애인 보아였다.

"보아뱀, 그거 귀엽대. 아주 유순해."

"땅을 기는 동물인데 유순하고 말게 뭐 있어. 하늘이 뭔지 모르기 때문일 거야."

뱀 장수에게 출근한 지 일곱 달 만에 나는 정글에서 온 보아를 내 집에 들여와 함께 살게 된 것이다. 보아는 원시림 냄새가 나는 종이가 있으면 그 위에 똬리를 틀었다. 그때서야 우리는 원래 종이가 나무였다는 사실을 깨달아야 했다. 원시림은 종이가 되고 종이는 젖은 나무였고 새들의 보금자리였으며 보아가 놀던 놀이터였고 보아가 먼 곳을 보며 꿈꾸던 곳이었다. 하마와 코끼리를 삼켰다는 보아뱀의 조상들에 비하면 지금은 사람들의 애완용으로 전락해 버린 슬픈 운명의 보아였다.

얼마 전, 쨍 맑던 하늘에서 갑자기 비가 왔다. 마침 지나던 사람들이 상점 지붕 밑에서 비가 그치기를 기다렸다. 그러나 비는 그치지 않았다. 비를 피해 있던 대부분의 사람들은 시간이 지나자 에이, 안 되겠구먼 어쩌고 하면서 그 자리를 떠나갔다. 그때 시장 통을 떠돌던 떠돌이 김 씨가 보아 곁으로 왔다. 나는 떠돌이 김 씨를 경계했다. 그를 향해 어서 가라고 쫓았다.

그날 장사는 비 때문에 공치는 날이었다. 나는 어쩔 수 없이 보아를 그물망에다 넣었다. 김 씨가 돌아서서 가는 것을 보고 나는 문방구점 주인과 보아의 전 주인 이야기를 했다. 그런데 김 씨가 보아를 밟고 도망갔다. 어찌나 세게 밟았던지 보아는 온몸을 뒤틀면서 상대를 집어삼킬 듯이 성을 냈다. 보아의 살기가 하늘을 향해 하나의 직선으로 꼿꼿이 서 버렸다. 사람들은 보아의 장대 같은 길이와 그 당당한 아름다움에 혀를 내둘렀다. 나는 성난 그놈에게 더욱 반해서 정신이 없었다. 주식으로 많은 돈을 잃은 뒤에는 뭘 살판이 났다고 세끼를 꼬박꼬박 챙기느냐며 밥을 보고도 손사래를 쳤었다. 하지만 보아를 데려온 뒤부터 나는 기가 살아나고 세끼를 꼬박꼬박 챙겼다. 내 자신의 건강을 챙기는 것은 보아를 위한 것이었다. 건강해야 하는 쪽은 보아보다 내 쪽이었다. 만약 내가 아프면 보아가 노을을 볼 수 없기 때문이었다. 나는 천성이 직선 쪽이라고 할까? 한번 자기 맘에 들면 거덜이 나도 믿는 성격이었다.

보아는 이제 시장에 가면 특수제작 된 진열장에서 놀았다. 나도 허송세월한 뒤늦게 사랑을 쥐듯, 뱀탕에 쓰는 뱀의 급소를 쥐고 여자의 옷을 벗기듯 뱀 껍질을 벗겼다. 내 잔인성을 확인하는데 걸리는 시간은 단 2분이었다. 그러나 내가 그 장사를 할 수 있는 힘과 용기를 얻는 것은 순전히 보아 덕이었다. 나는 그놈만 목에 걸면 그놈이 내뿜는 원시성 때문인지 말레이에 살고 있는 피그미제족의 추장 같았다. 아니 실제로 추장이 된 듯 호기를 부렸다. 보아는 대가리를 위아래로 내둘렀다. 보아는 움직이는 붉은 꽃이었다. 보아는 온화한 나라의 한 귀퉁이에서 돈 버는 정글로 거듭났다.

"아롱아, 보아 좀 봐라."

보아를 본 아롱이는 번번이 아롱엄마의 품에서 버둥거렸다. 그렇게 무서워 떠는 아롱이를 보면서 아롱엄마는 호호, 웃었다. 그녀도 우리 집에 온 하나의 정글에 흥분했다.

"아롱아 고만 짖어. 보아가 화낸다."

나는 아롱엄마가 마음에도 없는 말로 나 들으라고 하는 소리란 것을 알고 있었다. 촐싹대는 아롱이가 귀여워서 가끔 깔깔대는 그녀는 진귀한 보물을 독점한 행운에 번번이 흥분했다. 그리고 흥분에 못 이겨 그만 일을 저질렀다. 언제 열었는지 유리관 안에 아롱이의 다리를 드밀었다. 아마도 보아뱀이 예까지 온 것에 대한 흥분이 과했던 모양이었다.

"아롱엄마, 안 돼요!"

나는 거실에서 마당으로 나가는 계단을 후다닥 뛰어내렸다.

"거 왜 유리 뚜껑을 그래요? 위험한데!"

"어머! 우리 아롱이, 이를 어째 분아, 느네 보아가 우리 아롱이를……"

"맙소사!"

"이를 어째!"

아롱이의 몸뚱이가 보아 입속으로 들어가고 아롱이의 남은 몸통 일부가 필사적으로 버둥댔다. 아롱이를 잡고 있던 그녀의 손도 아롱이를 놓치지 않으려고 필사적이었다. 이미 보아의 밥이 되어가는 아롱이는 장마철 강한 물살에 맥 못 추는 수초처럼 보아의 입속으로 빨려 들어갔다.

"위험해요! 빨리 손 놓아요!"

아롱이를 놓치지 않으려고 용을 쓰는 그녀가 위험했다. 그녀까지도 먹힐 것 같아 나는 급했다. 내가 놀라 아롱엄마의 손을 탁 쳤다. 그녀는 아롱이가 보아 뱃속으로 사라지는 모습을 안타깝게 바라보면서 발을 굴렀다. 밤이면 보아가 삼킨 아롱이를 꺼내 같이 놀까? 정글은 생존의 법칙만 있는 게 아니라 아울러 천국의 법칙도 있을 테니까. 하지만 지금 당장 눈앞의 장면은 그리 낙천적인 생각을 할 수가 없게 됐다.

"이를 어째! 보아야, 우리 아롱이 어쩌지?"

아롱엄마는 보아를 보고 사정하고 있었다. 봉합을 하듯, 꿀꺽 아롱이를 삼킨 보아는 아무 일도 없었다는 듯 시침을 뗐다. 울퉁불퉁한 몸통을 접어 스르르 유리집 밑으로 내려앉았다. 미끈하던 보아의 몸통이 꿈틀댔다.

"아롱아, 아롱아, 불쌍한 우리 아롱이!"

발을 동동 구르던 아롱엄마는 유리집의 스텐 뚜껑을 탕탕 치면서 소리쳤다.

"분이야, 어떻게 좀 해봐. 우리 아롱이 좀 어떻게 해봐. 아이구 이를 어째. 아롱아, 아롱아!"

아롱엄마는 넋이 나간 얼굴로 아내를 불렀다. 아내도 온몸에 오싹 소름이 돋는다며 울상이었다. 그때 보아가 천하를 삼킬 듯이 입을 쩍 벌렸다. 우리는 모두 놀랐다. 보아도 어느새 시멘트 정글 법칙을 익혔다. 보아는 우리를 놀리듯 아롱이의 몸통을 반쯤 게워냈다 다시 입 속으로 넣었다 하기를 여러 번 반복했다. 아롱엄마의 애간장을 녹이기 위한 보아의 계산된 작전인 지도 몰랐다.

"아롱아, 불쌍한 우리 아롱아. 어떻게 좀 해봐. 분아, 우리 아롱이 좀 살려줘!"

보아의 몸속에서 아롱이는 계속 꿈틀댔다. 아롱이의 튀어나온 뼈가 닿는 곳마다 아롱이의 무늬도 변했다.

"어머! 아롱아,"

보아는 유리집 안을 쉴 새 없이 흘러다니며 칼끝 같은 혀로 연신 잽을 날렸다. 날렵한 잽에 닿기만 하면 그 무엇도 당할 재

간이 없어 보였다. 지금 보아는 저절로 찾아든 먹잇감에 매우
흡족해서 쇼를 하는 중이었다. 뿐만 아니라 꿈을 방해받은 화
풀이로 잽을 날리는 중이었다. 그래서 보아의 움직임이 요란했
다. 보아 뱃속의 아롱이는 여전히 살아 움직였다.

"분아, 어떻게 좀 해봐!"

이번에는 보아가 붉은 잇속을 드러내며 우리 모두를 삼킬
듯이 온몸을 뒤틀었다. 그 바람에 아롱이의 몸이 목구멍까지
올라왔다. 보아는 입을 쫙 벌렸고 그래서 아롱이가 팡풍처럼
튕겨 나오는 줄 알았다. 하지만 아무 일도 일어나지 않았다. 아
롱엄마가 악을 썼다.

"아롱아아아~"

보아는 유리집이 비좁은 듯 뒤채더니 휘익 몸을 감아 바닥
에 내려앉았다.

"아니 이럴 수가!"

아롱엄마는 보아의 유리집을 탕탕 쳤다. 탕탕 칠 때마다 보
아는 더욱 기세등등해서 유리집을 휘저었다. 스트레스 받은 보
아가 유리집 밖의 아롱엄마까지 삼키지 않을까 싶었다. 아내가
나를 향해 삿대질을 했다.

"집안에 뱀이 다 뭐야. 도대체 당신 정신이 있어요 없어요?"

"안녕하십니까? 아주머니."

그는 얼마 전에 차 사고로 입원했던 뱀 장수였다.

"아니, 이분이…퇴원하셨어요?"

"며칠 됩니다. 퇴원은 했지만 집에 있을 수가 있어야지요."

건장했던 사람이 차 사고로 홀쭉했다.

"김 씨, 왜 이리 소란해?"

"불상사가 생겼어요. 저놈이 강아지 한 마리를 꿀꺽했어요. 뭐 좋은 방법 좀 없을까요?"

"흥, 저놈의 조상들은 굴곡진 물살 따라 흐르는 동안 나라도 삼키고 바다도 삼킨 놈들인데 그깟 강아지 한 마리쯤 가지고 웬 호들갑이야?"

"저놈의 배를 갈라. 저놈의 배를 가르란 말이야."

아롱엄마가 소리쳤다. 이제 그녀는 남의 애인쯤은 안중에도 없다. 뱀 장수의 눈이 빛났다. 하지만 아롱엄마는 여전히 내 옷 자락을 잡고 늘어지며 소리쳤다.

"어서 저놈 배를 갈라요. 우리 아롱이 죽어요."

"……아롱엄마가 보아뱀을 한 달만 데리고 있으세요. 아롱 엄마의 심정 충분히 알겠어요."

"뭐라구요? 지금 불난 집에 부채질 하자는 거예요? 우연아 버지, 그렇게 안 봤는데 아주 엉뚱한 데가 있군요. 저더러 저 무서운 물건을 데리고 있으라고요?"

아롱엄마가 무섭게 나를 노려보았다. 내가 뱀 장수답게 능청을 떨었다.

"나도 저놈을 몹시 사랑하거든요. 그런 내 사랑 배를 가르라고 하시다니 어이없는 일 아닙니까? 문제가 크구먼요."

그때 뱀 장수가 앞으로 나섰다.

"이러면 어떻겠습니까? 보아의 배를 가른다면 새끼 보아 한 마리를 김 씨한테 사주세요. 아주머니는 그 새끼가 저놈처럼 클 때까지 김 씨의 용돈을 계산해 주시는 겁니다."

"이보세요!! 당신 누구야? 내겐 아롱이가 사는 낙이요. 한 송이 백합이었다고 하더라도 이건 너무 심한 요구잖아요?"

"허, 거 참. 김 씨도 보아가 낙이요 애인이며 용돈 대는 효자였거든요."

뱀 장수는 병원비 때문에 병원에서 쫓겨났다. 하필 무보험 차에 다쳤다.

"우리 아롱이 좀 봐. 아직도 꼼지락거리잖아. 살아 있어요. 살아 있다구요!"

보아의 뱃속에서 꼼지락거린다는 아롱엄마의 말은 거짓말이었다.

"보아 새끼 뱀 값 백만 원과 저 놈이 한 달이면 이백만 원씩 벌었지. 하지만 팔십만 원만 주세요."

"저 배 좀 보세요. 우리 아롱이가 얼마나 답답할까? 아롱아."

아롱엄마는 여전히 보아의 뱃속을 오해했다. 그녀가 밖으로 뛰쳐나갔다. 뱀 장수가 쌩 소리 나게 나가버린 아롱엄마 뒤를 따라 찔뚝이며 뒤따랐다. 그들이 사라진 거리 쪽으로 구경꾼들이 향했다. 웬일인지 뱀 장수가 다리를 절며 되돌아왔다.

"보아를 핸들링해 주자고. 보아가 스트레스로 또 곡예를 하면 큰일이야. 무슨 불상사가 생길지 모르잖아. 자, 어서 이리 내 와봐. 내가 핸들링해 줄게."

나는 보아를 유리집에서 꺼냈다. 뱀 장수 앞에다 패드를 깔고 집채만 한 보아를 일자로 놔주었다. 그는 불편한 다리를 직각으로 꺾었다. 다리가 불편한 뱀 장수는 그 큰 뱀을 앞에 놓고 절을 하는 것처럼 보였다. 그는 누구보다 보아의 성질을 잘 아는 전 주인이었다. 뱀 장수의 손이 보아의 몸뚱이 위에서 피아노를 쳤다. 보아의 몸을 부드럽게 쓸고 주물렀다. 보아도 기분이 좋은지 반듯한 일자가 되었다. 뱀 장수는 자신의 아픈 다리를 세웠다 구부리면서 보아도 그만큼 들었다 내려놓았다. 그는 정성껏 보아를 핸들링 했다. 그의 손이 지날 때마다 죽은 아롱이의 뼈가 울퉁불퉁 파도쳤다. 뱀 장수를 지켜보던 나는 담배를 꺼내 화장실로 갔다. 그 사이 뱀 장수의 태도가 이상했다. 내 눈치만 살피던 뱀 장수는 내가 보이지 않자 보아를 목에 걸었다. 그가 아롱엄마에게 보아를 넘겨줄 경우, 그는 돈 삼백만 원이 생겼다. 나는 보아가 사라진 것을 뒤늦게 알고 보아를 불렀다.

"보아야, 보아야."

뱀 장수가 뛰었다. 그의 불편한 다리가 삐끗하는 바람에 목에 감았던 보아가 스르르 땅에 떨어졌다. 놀란 뱀 장수가 잽싸게 보아를 잡았지만 그것은 꼬리였다. 뱀 장수는 일른 보아의 꼬리를 두 번 감아 급소를 잡으려 했다. 보아는 몸을 휘휘 감더니 서서히 일어섰다. 바람을 불어넣으면 풍선이 굵어지듯 보아의 굵은 몸통이 일어서자 뱀 장수는 더 이상 보아의 꼬리를 잡고 늘어질 수 없었다. 보아는 긴 혀로 연신 잽을 날렸다. 모여 있던 구경꾼들이 놀라서 소리쳤다.

"어머! 무서워라."

"저건 아마존에서 온 구렁이 아냐!"

이번에는 보아가 뱀 장수 머리를 덥석 물었다. 사람들의 비명이 터졌다. 사람들이 일제히 뒤로 한 발짝 물러났다. 휴대폰에서 일제히 카메라 불빛이 터졌으므로 보아가 잠시 주춤했다. 서서히 뱀 장수가 보아의 몸통 안으로 빨려들어 갔다. 뱀 장수의 머리통이 안보였다. 보아의 목덜미가 부풀었다. 나는 두 팔을 뻗어서 보아의 몸통을 잡았다. 큰 배터리처럼 보아의 몸통에 매달렸다. 이번에는 뱀 장수의 버둥거리던 다리가 보아의 입속을 들락거렸다. 보아의 입속에서 메케한 연기가 피어났다. 갑자기 보아의 피가 내 무게를 지탱하는 쪽으로 몰렸다. 그부분이 뜨거워지기 시작하더니 그 부분만 붉어졌다. 한 송이붉은 장미가 보아의 목덜미에 피어났다. 또한 그것은 나에 대한 애정의 표시였다. 보아는 휘익 소리와 함께 몸속에서 검은연기를 풀풀 쏟아냈다. 오염과 시멘트 독에 찌든 악취로 사람들은 코를 쥐었다. 누군가 회칼로 보아를 내려치려다가 도망갔다. 뱀 장수가 공중에서 쿵 소리 나게 떨어졌다. 나도 뛰어내렸다. 그날 석간신문에 누군가 찍은 핸드폰 사진이 대문짝만 하게 실렸다.

보아는 공중에서 온몸을 뒤 틀더니 곧추섰다. 그 놈은 약간휘었으나 일직선이 된 무지개였다. 그리고는 우리에게 우아한포즈를 취한 다음 서서히 내려앉더니 리을 자를 그리며 숲속으로 사라졌다. 우리는 넋이 나간 채 그 모습을 바라보다가 눈을돌렸다.

뱀 장수는 마치 양수를 뒤집어 쓴 듯, 보아의 소화액으로 범

벽이었지만 살아있었다. 우리는 그의 머리를 물로 씻어낸 뒤 곧바로 병원으로 옮겼다. 이쪽을 향하여 달려오는 사이렌 소리들이 날카롭게 튀었다.

그날 찍은 사진 들 중 두 편이나 그 해 세계 컬렉터 포토제닉 상에 최우수상과 후보상으로 선정됐다.

난초

주머니에서 지갑을 꺼냈다. 20년 전, 난초가 내게 준 낡은 비단지갑이었다. 한 땀 한 땀 정성들여 수놓은 배꽃이 오래되어 보풀이 일었다. 그 보풀은 복숭아털처럼 반짝였다. 이제 지갑을 버려야 할 때가 왔다. 나와 그녀와의 특별한 관계, 그것 때문에 그녀가 준 지갑을 버리지 못했었다. 난초는 내 꿈이 무엇이고 그것을 반드시 이룰 것이라 믿었다. 내가 성공할 수 있는 씨알을 넣어줬던 지갑. 즉 내게 미국 갈 제 반경비를 넣어줬던 바로 그 지갑이었다. 버리기 위해서 지갑 속을 봤다. 접힌 종이 한 장이 나왔다. 접힌 종이를 펼치자 낙엽처럼 바스러져 버렸다. 내가 쓴 일기부스러기였다. 부스러기 종이에 난초, 할머니, 이런 단어가 보였다.

　"길이 열렸군. 길이 열렸어."

할머니의 그 말이 곧 내 운명이 되었다. 나는 비단지갑을 쓰레기통에 버렸다. 쓰레기통에 버린 지갑을 다시 봤다. 낡았지만 늘 내게 감사의 마음을 갖게 했던 물건이었다.

우리는 맑고 투명할 수만은 없다. 그래서 때로는 가끔 오해가 생겼다. 난초가 무슨 오해를 하고 내게 불쾌하게 대하는지, 그게 나를 궁금하게 했다. 아무튼 난초를 봐야 했다.

어머니 산소를 돌아본 후, 나는 배꽃 피는 난초네 고향으로 향했다. 고속버스 좌석에 앉자 호텔 방에서 가방에 넣고 나왔던 맥주 캔 하나를 꺼내 마셨다. 그것은 그녀의 불확실한 거취를 더 이상의 확인 없이 찾아나서는 내 불안을 잠재우는 데 필요했다.

서울을 빠져나온 버스가 경기도 방향으로 접어들자 첩첩산중의 시작이었다. 버스가 산 하나를 끼고 돌 적마다 아랫도리를 숨긴 뒷산이 다시 앞산처럼 내 앞에 다가섰다. 경기도에서 강원도로 이정표를 바꾼 도로는 우리네 인생길처럼 심하게 구불댔다. 난초네 집에서는 산길의 가로등 불빛이 하늘로 가는 안내 길 같았다. 불쑥 튀어나온 바위에도 어둠이 내리고 풀벌레 소리가 뚜렷해지면 경건하기까지 한 곳이었다. 산속에서 보는 밤하늘은 청춘의 막연하고 초조한 불안감을 아름다운 생각으로 바꿔주는 묘한 힘이 있었다.

내가 탄 버스는 구불구불한 산길을 많이도 빙글거렸다. 두 시간 동안 고속버스가 빙글거린 뒤에 휴게소에 도착했다. 거기서 비빔밥을 먹고 난 뒤, 습관대로 커피 한 잔을 사 마셨다. 앞산을 보면서 커피를 마셨다. 마주 보이는 산밑의 산사태 방지용 구조물도 반듯했다. 비스듬히 올라간 철책 난간도 정갈했다. 누군가가 매단 손수건이 깃발처럼 펄럭였다. 내가 타고 온 고속버스에 오를 시간이 됐다. 나는 일회용 컵을 구겨 쓰레기통에 버렸다. 출발할 때의 불안은 사라졌다. 버스가 고속도로를 달렸다. 산을 비껴 앉은 작은 다랑이 논에서는 벼가 파랗게 자라는 중이었다. 버스에서 도중에 그녀에게 전화를 여러 번 했지만 번번이 실패였다. 그렇다면? 다시 불안이 밀려왔다.

나는 오늘 아침 호텔 방에서 난초에게 전화를 했다.

"아, 여보세요? 나, 석주야."

"누구라구요?"

"나, 김석주라니까."

"어머! 석주 오빠."

"어제 밤늦게 서울에 도착했어."

"…… 그래요? 이게 얼마만이에요?"

"우리 전화통화는 가끔 했었지. 허나 내가 한국에 나와 난초를 만나는 것은 20년 만이지. 헌데 목소리가 왜 그래? 어데 아프기라도?"

"예, 좀……"

"이번에는 난초 만나려고 일부러 나왔어."

"많이 바쁘시다더니, 이제야 시간이 났군요."

"그랬어. 암튼 시골 형님네 집에 갔다 와서 만나자구. 시간을 아주 정하지. 내일 강남 터미널 옆 호텔 커피숍에서 오후 3시에 만나지. 꼭 나오기야."

"저, 서울에 없어요."

"딸 공부 때문에 서울에 있다더니, 그럼 어디에 있어?"

"전 지금 오빠를 만나고 싶지 않은 데 어쩌죠? 오빠네 고향에 들렀다가 그냥 미국으로 가서야겠어요. 오빠, 다음에 봬요. 정말 미안해. 오빠. 그럼……"

나는 한 대 얻어맞은 기분으로 멍해 있다가 난초의 고향에 가기로 맘먹었다. 미국에서 들고 온 그녀의 선물보따리가 갑자기 바위처럼 무거웠다. 선물 꾸러미를 버리고 싶었다. 난초가 내게 거짓말을 하고 있을 것이다. 그 먼데서 온 나를 반기지 않는 데에는 반드시 무슨 사유가 있을 것이다.

난초네 집으로 가는 산말랑은 온통 푸른빛이었다. 감자 캐고 메밀 심는 다른 곳과는 달랐다. 대부분 배추밭이던 그곳은 마치 저만 혼자 살 궁리를 하는 것처럼 보였다. 산밑의 너른 땅에는 붉은 팥알이 달린 듯, 다닥다닥 피는 개별꽃. 당신한테 온 마음을 빼앗겨 당신 발소리만 듣고도 초롱한 눈으로 달려갈 거예요 하는 듯, 초롱초롱 달린 꽃, 나는 모든 것을 당신께 바친다는 꽃말의 냉이꽃이 지천이었다. 앵초, 민청가시덩쿨, 연복초들이 땅바닥을 뒤덮고 있었다. 아름다운 우리 풀꽃들이 바람 불 때마다 한들거리는 모습을 보고 난초 할머니는 '너들 이렇게 내 마음 다 뺏을래?' 했다나? 난초 할머니, 안터댁은 그곳에다 당장 천막을 치고 이사를 했다. 당신의 아들을 살릴 곳은 복수초 초롱꽃들이 만발한 이곳이라야 한다는 생각에서였다. 그녀는 아침이면 새소리와 천막 안으로 살며시 들어오는 햇살을 보면서 눈을 떴다.

"난초 애비 청년 시절에는 눈만 남아 수수대에 눈 박아놓은 것 맹키로 켱했어. 하나밖에 없는 자식 죽기라도 하면 어쩌나 자나 깨나 걱정이었지. 지금은 스키장이 들어와서 없어졌지만 스키장을 담벼락처럼 둘러싼 산이 있었지. 그곳에 벼락 바위라고 손처럼 휘어진 검은 바위 하나가 있었지. 나는 늘 그 절벽 밑에 가서 우리 아들 건강하게 해달라고 신께 기도했었지. 산을 내려오면서는 풀뿌리 채 채취한 풀들을 깨끗이 씻어 효소를 만들었어. 봄이면 풀뿌리를 50여 종 캤어. 품팔이로 돈을 벌면 대부분 항아리를 샀어. 그때는 30개, 50개, 주욱 늘어선 항아리만 봐도 배불렀지. 효소는 한 해 이상 묵혀야 하니까 그동안이 문제잖아. 효소가 발효되기 전에는 약초를 캐다 절구통에 찧어 즙을 냈지. 아무튼 효소가 1년 되면 어느 정도 발효되는데 3년 지나야 완전 알칼리로 변하지. 우리 몸은 효소의 조화가 깨져서 병이 나거든. 육식에 시달리고 인스턴트식품에 길들여지는 사이 몸이 산성화되어 버리는 거야. 나는 그런 것을 진즉에 알았기 때문에 아들을 데리고 자연 속으로 깊숙이 들어오고 말았어. 아들이 효소를 먹은 지 2, 3년 되면서 혈색이 살아나고 차차 약을 줄였어. 언젠가도 말했지만 난초 애비가 훤한 모습으로 돌아올 날을 기도하는 동안 나는 환영으로 보았지."

나도 그 집에서 자주 효소를 얻어 마셨다. 아니 할머니를 도와 풀뿌리를 캐고는 했었다.

효소가 안터댁에게 며느리도 데려다 줬다. 어느 날 그 집에 서울에서 전화 한 통이 걸려왔다.

"여보세요? 그 댁에서 효소를 판다기에 전화했어요."

"예, 효소 팝니다만 아무 한테나 팔지 않는데요."

"아무 한테라뇨. 효소가 필요한 사람한테 파는 집 아닌가요? 아니면 누구한테 팔아요?"

"저흰 그저 아는 사람들과 조금 나눠 먹을 정돕니다. 대량으로 하는 게 아니라서요. 드리지 못해 미안합니다."

"아, 여보세요? 거기 찾아가려면 어떻게 가야 하나요?"

며칠 후 일요일, 그 집에 한 여자가 찾아왔다. 야무져 보이나 얼굴이 파리한 젊은 여자였다. 안터댁은 산야채로 밥을 지어 그녀를 대접했다. 그렇게 인연을 맺은 여자는 서울에서 초등학교 교편을 잡고 있었다. 여교사 역시 위궤양으로 시달렸으며 만성피로증후군에 시달렸다. 몇 달이 지났다. 그녀가 안터댁을 찾아왔다. 다소 침울하고 기운 없어 보였다.

"병이란 효소의 균형이 깨지는 것을 말하는 것이여. 우리 아들 좀 보라고. 우리 아들도 도시에서 돈 몇 푼 번다고 밤이면 술 마시고 낮에는 매연 마시고, 나중에는 무슨 병인지도 모르게 시름시름 말라비틀어지더라고. 저러다 죽겠다 싶어서 아들 데리고 이리 들어와 버렸어. 설마 죽기야 하겠어? 돈 한 푼 없이 배포 좋게 이리로 들어와 버린 거여. 어때 선상님도 선상이고 나발이고 다 치우고 이리 들어와 버려요. 우리 셋이 삽시다."

"아이고 죽겠네."

여교사는 안터댁의 말이 어이없는지 하품을 했다. 그런데 또 안터댁이 말을 받았다.

"병만 없고 꿈만 있으면 멋지게 살 수 있어. 그깟 선상질 관두고 여기 들어와 버려. 나랑 셋이서 인간 연구를 혀. 나는 효소 담그고 자네들은 학문적인 일을 연구하라 이 말이여. 모두 곁에 있어도 내 몸 아프면 모두 망상일 뿐이여. 것도 안 되면 여기서 일자리를 구하면 되는 것 아니여?"

여교사는 그런 일 절대 없을 거라며 배짱 좋게 받아쳤다.

그런 일이 있었던 후, 이상하게도 여교사의 무기력 했던 몸이 차차 생기를 찾아갔다. 그런데다가 어찌된 셈인지 아들은 여교사가 오면 곁눈질이 잦았다. 남녀 간 사랑은 곁눈질로부터 시작된다던가?

큰소리는 쳤지만 정말 설마 했던 일이 벌어졌다. 서울에서 교편을 잡고 있던 여교사가 이 산골이 좋단다. 정말 안터댁의 효소가 여교사를 살맛나게 한 모양이었다. 그렇다고 이런 산골 짝에 뛰어들다니! 오겠다면 환영은 하지만. 이 산골에 오려면 바르고 단단한 의지와 인내심이 있어야 했다. 도중에 욕심이 앞서버리면 헛일이었다. 그렇게 되면 마음이 흔들려 버리고 사물에 곧잘 현혹당해 버린다. 아들과 여교사가 주고받은 편지가 수십 통이라지만, 퇴직을 너무 일찍 결정한 것 아닌가 싶어서 안터댁은 내심 찜찜했다. 효소를 만드는 일은 인내심을 필요로 했다. 효소가 충분히 발효되기까지 참을 줄 알아야 했다.

"어머니, 어머니!"

깜짝 놀라 사방을 둘러봤으나 안터댁은 소리의 임자를 찾지 못했다. 주위는 온통 하얗다. 오냐. 하마터면 눈 궁에 함에 넣을 한복 상자를 잃어버릴 뻔했네. 눈 덮인 먼 산, 숲이 우우 소리쳤다. 깊은 수렁을 벗어나 집에 온 안터댁의 발에는 나갈 때 희게 닦아 신었던 고무신 두 짝이 보이지 않았다. 사람에게는 아무리 의지가 단단하고 현실에 충실하다 할지라도 마음 저변에는 허무가 흐르고, 곁에 마음 맞는 사람이 함께 했으면 하는 바램이 있다. 그랬는데 정말로 안터댁의 바램대로 여교사를 며느리로 맞이했다. 안터댁은 며느리와는 18년을, 둔내에서는 45년을 살다가 88세, 미수를 끝으로 세상을 뜨셨다.

내가 둔내에 온지 1년 후였다.

나와 난초는 노간주나무 밑을 지나는 중이었다.

"오빠, 내가 미국 갈 돈을 빌려줄게."

"네게 그럴 돈이 어딨어? 괜히 사람 마음 설레게 장난치지 마."

"장난인지 아닌지 두고 보면 알잖아."

"흥, 도라지 팔아 돈 좀 만졌다고 사람 놀리기야?"

나는 그녀에게 눈을 흘겼다. 난초네 형편이 내게 그런 인심을 쓸 정도가 못 됐다. 미국에 가려면 비행기 티켓을 사야하고 약간의 여유 돈도 있어야 했다. 미국에 오겠다면 내게 초청장을 보내겠다는 첨단 칩 회사에 다니는 절친한 친구가 있었다. 그 친구는 장차 우리나라도 첨단 산업으로 승부를 봐야한다며 내게 할 수만 있으면 어떻게 하던지 미국에 오라고 했다. 그 친구가 어서 들어오라 자꾸 채근을 했다. 큰 노간주나무에서는 싱그러운 나무 냄새가 났다. 다시 난초가 내 손을 잡았다.

"왜 믿기지 않아?"

"느네 형편에 어림없는 얘기잖아? 그리고 왜 내게 돈을 주냐 말이야?"

"미국에 가면 분명히 출세할 수 있다며?"

"난초 네가 날 출세시키겠다 이거야?"

"그렇다니깐 그러네. 못 믿겠으면 말고."

"아냐. 난 지금 지푸라기라도 잡고 싶은 심정이야. 하지만 네가 내 마누라도 아닌데 왜 그래? 어떻게 날 믿어?"

"할머니가 늘 오빠 얘기를 하셨어. 머리도 좋지만 운을 타고 난 사람이래. 내가 오빠한테 10년 후에 받을 요량으로 노간주나무 1,000그루 값을 주께. 어때? 이자는 오빠가 알아서 주고 말이야."

물론 인생에서는 행운이 찾아와 미소 짓는 그런 아름답고 황홀한 순간이 있다지만 난초처럼 산속에서 한 땀 한 땀 수를 놓듯, 노동으로 살아가는 데 그녀에게 돈을 받는다는 것은 내키지 않는 일이었다. 오히려 내가 그녀에게 행운을 안겨줘야 한다고 생각했다.

난초네 집은 산속에 있었다. 산속을 지키는 수호신처럼 100년 된 굴참나무가 서 있는 언덕을 내려오면 풀이 사람의 키만큼 자란 빈 땅 사이로 좁은 비포장도로가 나타났다. 갑자기 풀 냄새 사이사이 지천으로 자라는 허브나무에서 흐르는 허브 향으로 아! 이곳이 낙원이구나, 감탄하던 곳이었다. 난초네 집은 드문드문 떨어진 집 두엇을 지나 산밑에 있었다. 난초네 집 앞에는 작은 동산이 있었다. 동산 아래 밭이 있고 밭밑에 난초네 논이 있었다. 내 젊은 시절에 운명적인 파문이 일었었다. 친구한테 내 이름을 빌려줬다가 빚쟁이한테 쫓겨서 찾아든 곳이 난초네 집이었다.

시외버스가 횡성 읍내에 섰다. 차에서 내려 택시를 탔다. 택시 기사는 내가 말한 장소를 네비게이션에 찍었다.

"그 근처에 교회가 있군요. 걱정 마세요."

전에는 숲을 헤치고 좁은 길을 따라 들어가던 오지였다. 지금은 오지에 아스팔트길을 냈다. 워낙 구불거리는 길에다 또 낭떠러지가 심한 곳이었다. 옛날에는 서낭당이 있었는데 그 자리 그 언덕 위에 교회가 들어섰다.

"20년 만이라. 우정 꼭 가셔야 할 길이면 빠른 길로 질러간다 쳐도 올 때는 빈차로 와야 하기 땜시 왕복 차비는 주셔야 함다."

"알았어요. 갑시다. 데려다만 주신다면 그게 문제겠어요? 대신 내가 이 차를 그대로 타고 오면 어떻게 되죠?"

"그냥 메타 값만 내면 됨다."

"알았습니다. 그리합시다."

택시가 군소재지를 벗어나 둔내 고랭지로 달렸다. 열린 차창으로 스미는 바람에 시골 특유의 퇴비냄새가 코를 스쳤다. 연어가 모천으로 와 알을 낳는다더니, 사람도 어릴 때 옛 동산을 그리기에 명절 때면 고속도로가 미어지는 것이다. 난초가 고향산천의 미를 포착하여 그림으로 남기듯이, 난 이곳과 그녀를 잊지 못했다. 다시 횡성 읍내 삼거리를 지나서 산을 끼고 돌자 전에 주막을 했던 빈집이 나왔다. 그 집을 끼고 돌자 차 한 대가 겨우 다닐법한 좁은 산길이 나왔다. 다시 메밀밭이 보였다. 반가웠다. 굽은 허리로 메밀밭에서 일하던 난초 할머니를 떠올렸다. 금방이라도 그분이 아이구 허리야! 하실 것 같았다. 메밀밭이 희게 물결쳤다. 난초 할머니는 세상을 떴으나 내 추억 속에 계셨다.

"여기서부터는 천천히 갈 수 밖에 없슴다."

경사진 길옆에 협동조합 팻말이 붙은 작은 창고가 나타났다. 그 옆으로 휘어져 뻗은 길이 속도를 내지 못하게 했다. 차가 10여 분 달리자 듬성듬성 집이 보였다. 그 중에서도 빈집이 많이 눈에 띄었다. 내가 변해버린 이곳에 실망하는 눈치이자 기사가 말했다.

"많은 문화시설이 들어옴서부터 더 이상 과거의 고랭지가 아님다. 온난화로 이곳도 변화 많았지요. 저기 저 언덕 너머로 우뚝 솟은 건물 보이죠? 청정지역에 공장 굴뚝이 뭡니까? 물론 지역 경제에 보탬이 된다고 좋아라 하지만 강원도는 누가 뭐래도 청정지역이래요. 우리는 저거 탐탁지 않게 봄다. 오히려 오염 때문에 일부에서는 강원도 특유의 특성을 잃었다고 야단이래요. 분명히 낸중에는 지역 경제에 막대한 지장을 가져 올 거라구 단정적으로다 말하는 사람들도 있슴다."

깊은 생각에 잠겨 있는 듯한 산중의 이미지는 더 이상 강원도의 것이 아니었다.

"이제 여기도 더 이상 청정 지역이 아님다. 저 너머의 골프장이 생기면서 농약 살포로 고랭지농작물에 피해가 많슴다. 주민들도 시름시름 앓는 사람 많슴다. 할 수 없이 이곳 주민들은 도시로 스며들고 도시에 가서는 도시 빈곤층으로 전락한다, 이겁다."

"그렇다고 옛날 그대로 둘 수도 없고, 발전했다는 것이 결국 다아 파헤쳐 본래의 모습을 망가트리는 일이니, 우리같이 오랜만에 찾아드는 이방인에게는 더 이상 아름다운 산천이 아니군요. 산천이 이러니 사람인들 이곳에 남아 살겠어요? 내가 찾는 사람도 있으리라는 보장이 없고, 이거 갑자기 불안해집니다. 어서 가봅시다."

"아! 저기 저게 언덕 위의 교회래요. 저 너머 동네가 손님이 말씀하신 동네 맞습까?"

"아! 맞습다."

나는 기사 말투로 대답했다.

20여 년 전에는 무엇을 해서 먹고 살아야 할지 막막했었다. 낙후된 내 조국에 비해서 문명이 발달한 미국으로 간다는 사실이 낙원을 향해 가는 줄 알았다. 하지만 흘러가는 구름이 태양 아래 머물듯이 가끔 담배를 물거나 틈이 나면 조국과 난초 생각이 났다. 차가 조금 더 달리자 앞이 툭 트였다. 산 설고 말이 설던 나라에서 최첨단 기술을 익히느라 힘들었다. 막막하고 숨이 찰 때마다 대롱거리며 나타나는 한 여자, 난초. 그녀의 집이 모습을 드러냈다. 나는 차창을 활짝 열었다. 전보다 더 빈집이 많았다. 산에는 하얀 풍력발전기가 돌고 먼 산 저쪽에서는 연기 오르는 굴뚝이 보였다. 산위에는 재벌 기업에서 운영하는 스키장 광고 대형 입간판이 서 있었다. 여전히 뻐꾸기가 울었고 조롱조롱한 금낭화 꽃들이 지천이었다. 반가웠다. 전처럼 배추바다를 이루지도 않았다. 난초네 집이 500미터도 안 남은 곳에서 나는 차를 세우고 기사에게 기다리라고 했다. 아름드리로 변한 은행나무, 노간주나무들 속에 파묻혀 있는 그녀의 집이 또렷이 보였다. 그녀의 아버지는 약초 재배를 했었다.

"여보게 누가 맘대로 나무를 넣으라 했나? 그건 말이야. 내가 이 묘목의 어머니가 된 심정으로 애정을 듬뿍 실어서 심어야 한다네. 즉 나무를 똑 바로 세운 뒤, 뿌리를 쫘악 펴서 심어야 한다네. 이제 뭔 소린지 알 것 능가? 그래야지 자네가 나무의 어민 줄 알고 말을 잘 듣는다니까."

"하하, 참 어르신도, 말을 잘 들었다는 표시가 뭔데요?"

"물을 듬뿍 주고 며칠 지나면 뿌리를 견고히 내린 놈은 말을 잘 들은 거네. 또 있어. 밤이면 마치 큰 구멍처럼 뻥 뚫린 느낌을 주는 두엄이 무엇보다 나무의 어미 노릇을 단단히 하지. 보기에는 저래도 자연은 자연을 알아본다니까. 그래서 저게 꼭 필요해. 나무를 심을 때는 반드시 두엄을 흙과 함께 섞어 넣어야 하거든. 그런 뒤, 겉흙으로 마무리하고 밟아줘야 하는 거야."

갑자기 통증이 내 가슴을 쑤셨다. 난초는 왜 나와 만나는 것을 원치 않을까?

내가 횡성군청으로 전근 온 아버지 따라 횡성 중학교로 전학 와서 첫 등교 때였다. 다리 아프다고 길거리에서 울고 있는 난초를 내 자전거에 태워주었다. 알고 보니 그녀와는 같은 동네에 살고 있었다. 난초는 키가 작은 편이었다. 그러나 공부도 잘 하고 재주가 있어서 교내 그림대회에는 매번 1등을 했고 노래자랑에도 나가 차상을 받고는 했다. 나는 친구가 없는데다가 서울에서 왔다는 이유 하나로 난초의 각별한 관심을 받았다. 그 뒤 온 가족이 다시 서울로 이사, 고등학교를 졸업하고 대학에 들어가는 동안 주욱 소식을 끊고 살았었다.

"계세요? 계십니까?"

"누구세요?"

아, 사람이 살고 있었다. 많은 장독대도 보였다. 콧날이 상큼한 20대 초반으로 보이는 아가씨가 나와서 나를 살폈다. 난초를 닮았다.

"난초 씨를 찾아왔는데요."

"누구시죠?"

"난초 씨 친굽니다. 미국에서 20년 만에 나온 석주라면 압니다. 꼭 좀 만나고 미국에 들어가야 해서 그래요."

"성함이 뭐라 하셨죠?"

"김석주요."

"잠깐 기다리세요."

양순해 보이는 저너가 쉐터 앞자락을 여미면서 안으로 들어갔다. 열린 문 저쪽에는 예의 마당중심에 무성한 잎에 폭 싸인 등나무가 보였다. 그 뒤로는 옹기 항아리가 침묵 속에 늘어서 있었다. 문양을 넣어 예쁘고 미끈하게 만든 것이 아니라 푹 퍼진 아지매의 엉덩이같이 투박한 항아리였다. 그것들이 100여 개 늘어 서 있었다. 헌데 지금은 그 반으로 보였다. 전에는 옹기그릇에다가 난초 할머니가 효소도 담그고 간장, 된장도 담갔었다.

내 검은 머리에 서리 내리듯, 이 집도 낡아 기와지붕에 풀이 돋아 바람에 하늘거렸다. 20여 년 전 여름, 나와 난초 아버지가 앞뜰에 심어놓은 은행나무가 하늘을 찔렀다. 그의 정성으로 하늘을 찌를 듯이 자란 나무만 남고 사람은 떠났다. 집 뒤로 돌아가 봤다. 홍 단풍나무 몇 그루와 내 허리쯤 되는 키 작은 은행나무가 2~300평의 뒤뜰 빈 땅 한쪽에 서 있었다. 내 땅인 듯싶은 땅은 선뜻 가름이 어려웠다. 아까 본 처녀가 뒤뜰까지 돌아와 나를 불렀다.

"손님, 어머니가 들어오시랍니다."

내가 처녀를 봤다.

"아가씬 누구요?"

"아 예, 딸이에요."

"그렇군. 엄마를 많이 닮았어. 헌데 엄마가 어데 아픈가?"

"예, 엄마가 많이 편찮으세요. 엄만 지금 폐암 환자에요. 그래서 누구와 만나는 것을 무척 싫어하세요."

"그래? 그럼 저 아래 택시를 보내고 들어갈 거요. 먼저 들어가요."

나는 택시를 보내고 되돌아왔다. 집 앞에 서 있던 난초의 딸을 따라 안으로 들어갔다.

아직 계량하지 않아 옴팍한 옛 나무 청을 지나 문지방 하나를 넘었다. 간이식 부엌에는 작은 싱크대 하나와 가스레인지가 보였다. 그곳을 지나 다시 나온 처녀를 따라 들어간 방에는 눈이 푹 꺼진 중년 여인이 기운 없이 웃고 있었다.

"이 먼 곳까지 오느라 고생이 많았겠어. 오빠, 어서 와!"

난초가 어제 만났던 사람처럼 나를 흔연히 대해 줬다.

"잘 지냈어? 난 또 못 보는 줄 알고 속 많이 태웠네."

나도 어제 만났던 사람처럼 그렇게 대했다. 난초네 방은 산쪽에 붙은 창 때문인지 방에서는 풀냄새가 났다. 아! 이 풀냄새, 정말 좋다. 나는 난초를 보면서 숨을 깊게 들이마셨다.

"아, 여기 공기 좋아. 환자한테는 그만이야."

내가 왔다니까 난초도 생기가 나는지 몸을 꼿꼿이 세우려고 노력했다. 나는 다소 격한 목소리로 그녀를 불렀다.

"난초!"

"여기까지 올 줄은 몰랐어!"

미리 내가 오는 것에 대비해서 집안 청소를 하고 몸단장을 한 듯 깔끔한 모습이었다. 나를 보고 그녀가 다시 환하게 웃었다. 입주위의 주름이 칡넝쿨처럼 얽혔다 흩어졌다. 그녀가 내 손을 잡았다. 우리는 얼싸안고 서로의 등을 다독인 뒤 팔을 풀었다.

난초는 강원도에서 여고 졸업 후에 취미로 그림을 그리며 아버지 일을 거들었다. 난초는 결혼한 지 5년 만에 딸 하나를 두고 혼자되었다. 그녀의 남편이 충청도로 바다낚시를 갔다가 장마로 차오르는 바닷물에 그만 세상을 놓고 말았다.

벽에 걸린 난초 할머니와 아버지, 어머니 사진이 보였다. 나는 일어나 사진을 향해 고개를 숙였다. 난초 아버지 이영하 씨 말씀이 떠올랐다.

"땅이란 진정한 생명의 근원지야. 밟혀 굳어가면서 쓰레기도 받아들여 제 것으로 녹인단 말이야."

하고 웃던 난초 아버지. 타국에 살면서 화나고 쓸쓸할 때면 교훈처럼 그 말이 떠올랐다. 혼자되어 할머니와 함께 딸을 키우면서도 무척 밝았던 그녀의 아버지가 그리웠다.

"오빠도 많이 변했네. 오빠 이제 미국에서도 엘리트니까 사는 덴 걱정 없지 뭐. 콜록."

난초가 기침을 했다. 다시 심하게 콜록거렸다.

"보시다시피 내가 많이 아파…… 그렇게 된 데에는 다아 그럴만한 이유가 있어. 몇 년 전에 이곳에 지독한 흉년이 들었었어. 왜냐하면 저 윗마을에 한국에서 제일 큰 골프장이 들어섰고 스키장이 들어섰거든. 그러면서 샘물이 마르고 이 주변 일대의 생태계가 무너지면서 하나, 둘 사람들이 떠나기 시작했어요. 나는 돈도 궁하지만 무엇보다 사람이 없으니까 무서웠어. 골프장 인부로 다니면서 취미로 계속 그림을 그렸지만 마음이 허전한 건 마찬가지였어. 그때부터 불면증에 시달렸어. 거기다가 아버지가 노환으로 앓기 시작했어. 농사일과 약초 재배는 자연히 내 차례였죠. 한시도 쉴 틈이 없으니까. 저 애가 내 딸인데 그때쯤은 간호전문학교를 졸업하고 간호사로 병원에 취직이 됐었지. 주말이면 저것이 서울과 이곳을 오르내리는데 고생이 이만저만이 아닌 거야. 콜록콜록. 지금은 아예 직장에 휴직계를 내고 여기 내려와서 내 시중을 들어요. 집안이 풍비박산 나버렸어."

"딸하고 서울로 가지 그랬어?"

"그것도 쉽지 않은 게 저 약초들 때문에 꼼짝도 못해. 가끔 약초 사러오는 사람이 있거든. 거기다가 난 서울이 싫여."

나는 담배 생각이 났지만 참았다. 창밖을 봤다. 좁은 산길이 너른 도로로 변하였고 고불탕한 산길 역시 깨끗하게 포장되어 있었다. 숲을 이룬 모감주나무 수백 그루가 눈에 들어왔다. 그녀에게 노간주나무 1,000그루 값 외에 꽤 많은 돈을 보내면서 내 나무도 사서 심어달라고 했었다. 난초는 자신의 집 옆에다가 땅을 사서 은행나무 묘목 수백 그루를 심었노라 했었다.

미국 갈 자금을 대겠다는 난초의 말은 나를 들뜨게 했다. 산 위에서 부는 바람과 산에 걸린 구름, 낮게 뜬 산안개는 나를 태워 항해할 기구들로 보이기 시작했다. 나는 천군만마를 얻은 셈이었다. 세상의 달콤한 맛을 보기도 전에 정부의 구조화된 모순에 대들다가 과외공부 선생으로 번 돈마저 다람쥐 도토리 까먹듯 다 까먹고 내 수중에는 땡전 한 푼 없었다. 이조의 대원군 시대 경복궁 건립 목적으로 당백전을 걷던 그 시절처럼, 이 땅에 태어난 나는 고달플대로 고달픈 꿈만 꾸는 청춘이었다. 그때 친구가 용돈 몇 푼을 주면서 아파트 추첨만 하게 되면 내 이름 석 자는 필요 없으니 내게 이름 석 자를 빌려달라고 했다. 이름을 빌려주고 돌아서자 난데없이 빚쟁이들이 몰려 왔다. 그

덫을 피해 난초 집에 왔었다. 나는 난초가 건넨 돈을 보고 다짐했다. '난초야 알았어. 새 세상 새 천지에 가면 새 학문, 새 기술로 너를 구하고 나라를 구할게' 하늘을 봤다. 내 유년의 별자리, 카시오페어를 찾았다. 쏟아질 듯 하늘에서 반짝이는 별들, 나를 위압하던 산들이 난초가 준 지갑을 받아 쥔 뒤부터는 내가 껴안을 세상의 허리로 보였었다. '고맙다 난초야! 난초 할머니 고맙습니다.' 나는 두 손을 힘주어 잡았다. 난초, 그녀는 내 인생의 약초고 효소였다. 그랬던 난초였다.

88올림픽과 2002월드컵을 개발 수단으로 프로젝트화한 서울이 전국의 은행나무를 모두 사들인다는 소문이었다. 런던이나 중국처럼 기화방초나 기암괴석을 들여놓은 정원은 아닐지라도 적어도 삭막하다거나 음산한 느낌은 주지 않아야겠다는 통치자의 생각이 아마도 길거리에 은행나무라도 심자고 한 모양이었다. 가을이면 노오란 은행잎이 구르는 도심의 정취라니! 하기는 도심에다가 소나무를 심을 수도 없었을 것이다. 난초네 집에서도 열여섯 그루의 키 큰 은행나무가 팔렸다.

"산용이는 이 도라지 좀 저리로 옮겨줘."

나는 그들 모자가 달아놓은 도라지 뭉치들을 구석으로 옮겼다. 내일아침 일찍 일어나 포장해서 출하할 물건들이었다. 난초 아버지는 이곳에 터전을 마련하고 난 뒤부터 체중이 많이 불었다. 코가 잘생긴 난초 아버지 김영하 씨는 양 귀 끝이 희끗하고 구레나룻 자국 역시 희끗거렸다. 김영하 씨는 다리도 길었다. 그래서 전체적인 인상은 미남이었다. 하늘 향해 잘 자라주는 나무를 바라보는 이영하 씨의 눈빛은 날아오르는 학을 연상할 정도로 신선 같은 느낌을 주었다. 나는 그런 난초 아버지가 좋았다. 난초 어머니는 난초 어려서 세상을 떴다.

다음 날, 남은 도라지를 캐기 위해 난초와 함께 다랑논 옆의 너른 밭으로 갔다. 바람이 시원했다. 맑은 바람은 아직도 가시지 않은 나의 흥분을 자극했다. 나는 도라지꽃이 보이는 밭에다 소쿠리를 내려놓는 난초를 보듬었다. 고랭지의 청정한 도라지 덤불의 쌉싸롬한 향내가 난초에게서 났다. 나는 도라지와 난초에게 취해 있었다. 그녀의 입술을 찾았다. 달콤한 이 입술! 난초가 몸을 움츠렸다. 난초는 오르지 못할 나무는 쳐다보지 않겠다며 몸을 굳게 닫아걸었다. 하지만 나는 난초를 안지 않고는 견딜 수 없었다. 내 앞날에 대한 답답한 벽을 단번에 헐어준 난초! 우리 난초. 나는 난초를 안고 놓지 않았다.

난초는 어제 예초기로 잘라놓은 도라지우듬지를 들면서 내게 눈을 흘겼다. 나는 호구라는 삼지창 농기구로 도라지 밭을 뒤집었다. 아직 송낙 깊이 눌러써 스님처럼 보이는 순정한 백도라지 꽃을 보면서 도라지 덤불을 예초기로 잘라나갔다. 노동이 좋은 것은 애닯은 감정을 바람과 땀으로 씻을 수 있기에 좋았다. 나물이며 약초인 도라지는 값이 셌다. 내가 미국 가는데 도라지도 힘을 보탰을 것이다. 난초를 만나 내 인생의 비전을 세웠다. 내 앞날은 선명했고 투자자는 현명했다. 적어도 그래보였다. 밭 저쪽 지척에 있는 난초를 봤다. 난초는 도라지 캐는 데 정신을 쏟고 있었다. 나는 누군가에게 내 행운을 자랑하고 싶었다. 그것이 메아리 되도록 소리치고 싶었다. 산에서 뻐꾸기가 울었다. 땅에는 잘린 도라지꽃무더기가 퇴비로 쌓이고, 밭두렁 저쪽에는 쑥들과 초롱꽃들이 수북했다. 나는 일하던 손을 멈췄다.

"저 산 위의 구름 좀 봐!"

"금세 구름이 갈라지면서 묘하게도 그 자리에 미국의 자유민주주의의 상징인 존 F 케네디의 얼굴이 떠올랐다 사라졌다. 일본 작가 하나는 케네디의 암살에 모건과 록펠러가 개입했다는 주장을 했었다. 철강 값에 얽힌 자본가가 대통령이 자신들의 말을 듣지 않자 대통령을 제거했다. 즉 모건과 록펠러가 암살자 오스월드를 고용했다고 했다. 놀라운 주장이었다. 자본이 세계를 쥐고 흔드는 대통령도 삼키다니!

"구름이 존 F 케네디의 모습을 그리는데."

"일이 풀리니까 돌았나? 오빠, 정신 차려!"

그때 산 꿩이 울었다. 여기는 산 중턱이라 산에 있는 나무들이 낮게 빛났다. 때로는 골짜기에 햇살이 반짝 빛날 때 누군가의 얼굴이 겹쳐 보일 때가 있었다. 그것은 자연과 인간의 찰나적인 만남이며 신의 축복이 현실로 반사되는 순간이었다. 도라지꽃과 은난초꽃이 피어나는 산중턱의 호젓한 전경이 미국에 가면 많이 그립겠지. 저 아래 탯줄처럼 비포장 길 하나가 들 가운데 누워 있었다. 그 길은 양평으로 가는 길이었다. 논 가운데서 깜짝도요새가 울었다. 새 울음소리에 답하느라 삑삑 도요새가 삑삑삑삑 하고 울었다. 오늘은 도라지 두 두럭을 캐야 했다. 도라지덤불을 잘라내고 나는 난초가 뒤집어 놓은 도라지들을 갈퀴로 긁었다. 도라지, 도라지 백도라지, 심심산천에 백도라지. 내가 캔 도라지들을 무더기로 쌓아놓았다.

"미국에는 언제 가?"

"미국에 있는 친구한테서 편지가 와야 해. 내가 들어갈 학교와 내가 그곳에서 어떻게 살 것인가는 그 친구한테서 편지가 와봐야 해."

나는 일을 하다 일어나서 하얀 꽃을 뽑아 하늘에 대고 비쳐 보며 두 손으로 빙빙 돌렸다. 난초가 그런 나를 보고 웃었다. 다시 뻐꾸기가 울었다. 뒤따라 산 꿩이 울었다.

"오빠, 미국 어디로 간댔어?"

"뉴욕. 친구가 거기로 오래."

"오빠, 도라지가 미국 가서 산삼 되어 오는 거야. 알았지?"

"그럼 난초와 조국을 생각하면서 열심히 공부해야지. 미국 가면 그곳 첨단 기술을 배워 와야 해."

"오빠, 영화에서 보면 미국여자들은 되게 잘났더라. 키도 크고 얼굴이 하얀 게 정말 근사하대. 오빠."

"응."

"오빠 미국 가면 나 되게 심심할 텐데…… 어떻게 살지?"

청순한 난초가 나를 보며 큰 소리로 말했다.

"그러니까 너도 미국가자니까."

"아버지 홀로 두고 가긴 어딜 가."

"사실, 그게 문제야."

"오빠, 만약에 미국 가서 좋은 여자 만나면 나 같은 건 깨끗이 잊고 말겠지?"

"미국에 간다 해도 내 인생의 항로를 잡아준 사람인데 어떻게 너를 잊겠니? 그건 죽을 때까지 잊지 못하지."

"그래? 하하. 왠지 기분 좋아진다."

나는 나도 모르게 난초에게로 뛰어가 그녀의 어깨에 내 팔을 두르고 볼에 키스를 했다. 그리고는 충동에 못 이겨 그만 내 혀를 그녀 입안에 밀어 넣었다. 도라지꽃 같은 난초가 놀랐다.

상기된 자기 볼을 만지며 내 가슴을 밀쳤다.

"오빠! 이제는 이런 짓 안 하기로 했잖아."

"난 내가 사랑스러워 죽겠는데, 고마워 죽겠고."

나는 도라지 캐다 만 그녀의 손을 가져다 내 볼에 댔다. 유난히 광대뼈가 도두라진 난초의 볼이 다시 빨개졌다. 그리고 그녀는 맥없이 두 팔을 늘어트렸다. 나는 그녀를 힘주어 안았다.

"난초야!"

내 몫으로 사두라는 은행나무는 없는 듯했다. 나는 밖으로 나왔다. 천천히 걸었다. 우리가 전에 마시던 산밑 약수터로 향했다. 뒷산에는 산을 깎아 만든 꽤 넓은 배나무 밭이 있었다. 이곳은 한 때 우리들의 밀어가 무르익던 곳이었다. 달빛 아래 배꽃들의 청초하고 새하얀 성찬, 사람의 마음을 송두리째 빨아들이는 밤에 내려온 은밀한 눈빛, 신선하고 가냘픈 그 작은 꽃잎들을 보면서 그만 나도 모르게 난초의 손을 잡고 말았던 기억이 났다. 배꽃 가운데 서 있던 난초 역시 배꽃이었다. 약수터는 배나무 밭을 가로 질러서 내려가면 웅덩이가 있고 웅덩이를 건너뛰면 다시 산이었다. 그 산 중턱에 약수터가 있었다. 그러나 지금은 약수터가 폐쇄되어 거미줄만 어지러웠다. 달 귀신이 산다는 주목나무 아래 있던 무덤은 작아지고 납작해져 세월의 무상함을 말해주었다. 여름이면 산나리가 아름답던 이 산, 아, 이 냄새, 풀냄새 향긋한 산은 짙푸른 초록에 휩싸여 있었다. 나는 코를 쿵쿵거렸다. 후각의 기억은 청각의 그것보다 훨씬 오래 남았다. 허브냄새는 전처럼 짙지 않았다. 산을 내려오자 땅에는 제비꽃이 널려있었다. 사람들은 제비꽃을 앙증스럽다 하지만 나는 그 우아함에 반했었다. 양지꽃 보랏빛 눈을 살짝 뜨고 베시시 웃고 있는 그 고요함이라니, 그리고 그 옆에 핀 보랏빛 난초꽃. 여기 오기 전에는 난초와 같이 산에 오르고 싶었다. 그러나 그녀의 병색 가득한 얼굴을 보자 맥이 빠졌다.

내게 그녀는 구원이었다. 그림에 몰두하는 그녀의 어깨 위로 파랑새 한 마리가 내려앉는 모습이 어른댔다. 그녀에 대한 나의 환상은 하나의 바램이었다. 등나무에 오르는 다람쥐는 아직도 여전히 등나무를 오르내리는데 그녀가 내려앉고 있다. 뱅글뱅글 도는 저 다람쥐들은 단지 겨울 날 도토리 몇 알이 그들의 재산 전부였다. 사람처럼 과욕으로 죽지 않았다. 사람들이 자연을 파괴하고 그로 인해 파괴당한 난초는 회복이 불가능해 보였다. 자연은 사람을 정화시키고 회복시킨다. 헌데…… 나도 지금부터 풀뿌리를 캐고 약초를 구해야겠다.

난초도 필경 효소의 밸런스가 깨진 거야. 할머니가 계셨다면 저렇게 되도록 놔두지 않았을 텐데…… 나는 아래채 빈방을 치우고 그 방에 내 짐을 풀기로 했다. 이제 남은 내 인생은 난초 것이다. 나는 마음이 바빴다. 풀뿌리와 약초를 캘 연장을 준비했다.

나는 난초의 딸을 불렀다.

"사람이 죽어 가는데 너무 안일하게 대처하는구만."

"선생님이 뭘 아세요?"

"내가 뭘 아냐고? 다른 건 다 몰라도 지금 이러고 있을 때가 아니란 것만은 안다."

"어머니는 병과 꽤 오래 싸우고 계시지만, 엄마는 안대요. 그 병으로 죽지 않는다는 것을요"

나는 난초를 붙들고 천천히 아주 천천히 밖으로 나왔다. 우리의 아지트였던 그곳으로 가기 위해서였다. 동산은 그동안 많이 자란 칡넝쿨로 덮여있었다. 난초는 아마 수도 없이 이곳을 오가면서 그때 그 당시를 떠올렸겠지. 나는 미국에 가서도 이곳을 잊지 못해서 미국의 집에다가 은행나무 세 그루를 심었다. 나는 잠시 은행나무 앞에서 멈췄다. 한 손으로는 난초의 손을 잡고 한 손으로는 나무의 거칠한 부분을 문질렀다. 다른 나무들은 온화한 느낌으로 변해가는 데 은행나무만은 죽은 듯 딱딱하고 강철처럼 차가왔다. 앞산에는 너도밤나무 숲이 있었다. 지금쯤 밤꽃 필 준비를 하고 있을까? 밤나무에는 밤송이마다 굳은 결의처럼 밤 가시가 다닥거렸다. 나무는 어떤가? 곧게 뻗은 너도밤나무는 가장 자신 있고 위엄 있는 낙엽송이기도 했다. 그래서 나는 난초네 도라지 밭에 서게 되면 정신이 바로 박힌 사람을 보듯, 너도밤나무 군락지인 그쪽을 쳐다보고는 했다. 밝은 햇살이 넘실대는 숲속 가득 우짖는 새소리는 늘어진 오후를 들어올렸다. 새소리가 내게도 에너지를 불러왔다. 난초와 눈이 마주치자 난초가 병색이 가득한 얼굴로 희미하게 웃었다. 이제 마악 지고 있는 배꽃 밭으로 난초의 손을 끌었다. 파리한 손을 내게 맡긴 채 그녀는 한마디 했다.

"오빠가 때맞춰 왔네. 배꽃 밭에서 맥주 마시던 그때 말이야."

"미국에 있어도 그때 우리의 모습이 언제나 생생했었어. 그래 배꽃 필 무렵에 오려고 얼마나 애썼다고."

눈처럼 떨어져 내린 배꽃 잎을 둘이 서서 멀거니 바라보았다. 나는 난초 앞으로 나가 내 손을 내밀었다.

"아가씨, 배꽃 사이를 걸으실까요?"

난초가 웃었다. 바람에 베이는 것 같던 그 고운 웃음. 하르르 하르르 하얀 꽃잎이 떨어졌던 그때, 해가 뉘엿거렸다. 붉은 기운이 산 뒤로 번졌다. 그 기운은 서서히 확장해갔다. 낮달이 떴다. 바람이 불었다. 그녀와 내 주위로 꽃잎이 쏟아졌다. 배꽃 이파리들이 난초의 홈드레스 위로 떨어졌다. 어디선가 들장미 향기가 날아들었다. 내가 의자에 앉아 무릎을 벌리고, 난초를 내 무릎에 눕게 했다. 배꽃은 바람에 눈처럼 떨어져 난초를 덮기 시작했다.

"천사들이 우리를 위해 쏟아지는 군. 오빠가 왔다고 배꽃이 이파리들이 떼 지어 내려오네."

난초는 내가 미국에 가던 해에 떼 지어 떨어지는 배꽃이파 리를 무수히 그렸었다. 그녀는 이제 내 무릎 위에서 하얀 배꽃 으로 누워있었다. 하르르르. 다음날도 어서 서울로 올라가자 는 나를 막기 위함인지 난초는 내 손을 잡고 배밭에 가자고 했 다. 그리고 그 다음날도, 그랬다.

"오빠를 보니 마음이 편안해지네. 이게 얼마만이야. 오빠가 보고 싶어서 병이 났었나? 이상하네. 그러나저러나 내 병원비 로 오빠네 나무를 다 없앴으니 어쩌지?"

"그런 걱정 마, 어서 낫기나 해. 내일부터는 풀뿌리를 캐기 시작할 거야. 어서 효소를 만들어야지."

배꽃은 여전히 눈처럼 떨어졌다.

냄새

그는 코를 만지며 웃었다. 가장 목 좋은 곳에 자리했으면서 너무 초라하네그려. 이보게 출세하려면 심벌이 좋아야 하네. 한 주걱 퍼낸 듯 밋밋해서야 원, 당장 코끝부터 손 봐야겠네. 코끝이 그리 얇으면 아무리 노력해도 가난을 면키 어렵다네, 한 건 6촌뻘 되는 아재의 말이었다. 코는 사내의 자존심이고 부의 상징 아닌가? 그는 할 수 없이 돈을 벌자마자 성형외과에 가서 코에 기둥을 세우고 콧등을 들어올렸다. 그랬더니 이번에는 이상한 일이 벌어졌다. 부정으로 수상한 것이 있으면 어김없이 고약한 냄새가 났다. 그는 임원들만 쓰는 5층을 올려다봤다. 거기서 풍기는 냄새는 역해서 골치가 아팠다. 인품이 좋아 보이는 이 전무는 세련된 여비서 한 명과 너른 사무실을 썼다. 나머지 반은 여비서 한 명과 임원 넷이 썼다. 전에도 개 코라는 소리는 듣고 살았지만 코 때문에 시비가 엇갈릴 줄은 몰랐다. 그는 이 전무를 없애기로 마음먹었다.

그는 가끔 어울리는 이 과장과 와인바에서 만나기로 했다. 이 과장은 두 달 전에 승진 때문에 전쟁이 날 테니 어서 이 전무를 찾아가 보라고 했다. 직장에서 보지 못했던 체크무늬셔츠에 가디건을 걸친 이 과장이 도착했다. 그에게서 비누 냄새가 났다. 바텐더가 준비한 와인 잔에 와인을 따르는 동안 둘은 심각한 얼굴이 되었다.

김 과장, 승진 건 잘 되어가고 있어? 로비를 해야 하는데, 보나마나 안 했지? 이 전무님을 한 번 집으로 찾아가 봐. 그런 다음 잘 부탁해 봐. 에이 이 과장, 무슨 소리야? 나는 그런 치사한 짓은 못 해. 치사하다고? 반칙이 원칙을 딛고 넘는데 어쩌려고 그래? 그게 어떻다는 거야? 요즘 인사가 도통 편중인사인 것도 모르는 철무지 김 과장, 잘 생각하라고. 소외되니까 다들 손쓰는 거지 누군 돈 아까운 줄 몰라서 그러는 거야? 승진하려면 남보다 배 이상은 더 뛰어야 해. 내 버려 둬. 회사에서 알아서 해주겠지. 자네는 이번에 승진 안 해? 당신 같은 숙맥한테 뭐라 하겠어? 난 유학 갈 거야. 서두르지 않으면 미역국 먹기 십상이야. 돈 싸들고 오는 사람 먼저 해주는 거 몰라서 그래? 요즘 로

비하는 데 1천, 2천은 기본이고 5천만 원까지란 말이 있어. 김 과장 알겠어? 이 과장, 나는 그런 치사한 짓은 안 한다니까!

그는 유난히 와인 잔을 빙빙 돌렸다. 와인 잔 안의 붉은 빛깔이 원을 그리며 출렁였다. 오늘 따라 와인도 떫고 썼다. 흔들리는 와인 잔 안에 사랑이 찾아왔다. 배진숙이었다. 앞으로는 그녀에게 자주 전화를 해야겠다고 생각했다. 김 과장, 자네가 대의를 거스를 만큼 그렇게 대단한 사람이었어?

그는 시골태생이었다. 농사를 망치는 것은 잡초였다. 이 회사에 오래 있으려면 잡초를 솎아내야 했다. 그렇지 않으면 회사가 망하는 것은 시간 문제였다. 이 과장, 내 승진 문제 걱정해 주는 것은 고마워. 헌데 나더러 잡초가 되라는 거야? 당신은 유학가면 그만이지만 나는 그렇지 않잖아. 이봐, 김 과장. 내 말 고깝게 듣지 마. 농사지으려면 잡초도 더불어 있어야 해. 잡초가 흙을 덮지 않으면 사막이나 다름없어. 잡초 없으면 작물이 말라비틀어지는 것 몰라? 당신 시골 태생이잖아. 늙어서는 농사지을 거라며?

주말에 대학 선배를 만나기로 했다. 그는 오랜만에 만나는 선배한테서도 이상한 냄새가 날까봐 두려웠다. 이비인후과는 2층이었다. 병원 문을 열었다. 예쁘장한 사무장이 진료카드를 내밀었다. 진찰실로 들어선 그는 자신보다 5, 6세는 젊어 보이는 의사에게 고통을 털어놨다.

제 코가 돈 냄새에 민감해서 죽겠습니다. 고개를 젖혀 보세요. 오른쪽 코를 오른쪽 검지로 막고 왼쪽 코로 숨을 다섯 번 크게 쉬세요. 하나, 둘, 셋, 넷, 다섯, 자 숨 쉬기가 어떻습니까? 음, 시원하군요. 그럼 남달리 돈 냄새를 잘 맡는 단 말씀인가요? 은행원이십니까? 아닙니다. 제 코는 부정한 돈 냄새에만 민감합니다. 일테면 돈 냄새가 생선비린내로 둔갑한다거나 돈 아닌 다른 냄새로 둔갑하는 경우가 많아요. 혼합된 냄새라 표현하기가 좀 애매해요. 구리하거나 독한 암모니아 냄새거나 때로는 염료 냄새로 둔갑하고 시궁창 냄새로도 둔갑합니다. 이거 돈 냄새 때문에 돌아버리겠습니다.

세상이 정직한 사람들만 살면 그런 일이 없을 텐데 어디 그러나요? 그렇게 맑고 투명하면 얼마나 좋겠어요? 세계적인 종교도 마피아와 손잡고 나치 범들을 돈 받고 빼돌렸던 적이 있었죠. 종교를 빙자한 사기꾼이 온갖 악행을 일삼지 않아요? 돈 냄새는 때와 사람에 따라 달콤하거나 악취로 둔갑합니다. 회사임원실에서 냄새가 나는 것은 그들 중 부정한 사람이 있다는 뜻입니다. 돈을 받을 때는 기분 좋죠. 마누라 밍크코트도 사주고 여행도 가고 땅도 사고 얼마나 좋겠어요? 결국 소유가 부패를 부르지만 그러나 돈 냄새는 항상 불안을 몰고 다닙니다. 물론 수시로 양심의 소리가 끼어듭니다. 그 소리 때문에 뇌물을 받은 당사자에게 서서히 소화불량이 찾아옵니다. 결국 소장의 활동에 제동이 걸리고 연동운동이 억제됩니다. 그 결과 변비가 생기고 동시에 장에서 부패가 시작됩니다. 뿐만 아니라 손에 땀을 쥐는 일이 많아지죠. 사람이 나쁜 짓을 하면 불안해서 온몸에서 끈적끈적한 땀이 납니다. 불쾌한 땀이죠. 마음이 착하고 편안한 사람은 좋은 땀을 흘리죠. 그 땀은 물이 대부분이어서 땀이 나더라도 뽀송합니다. 내 말 알아듣겠어요? 부패한 사람이 둘이라면 장이 부패한 사람이 둘이고, 끈적한 땀을 흘리는 사람이 둘이라는 얘기죠. 그들이 풍기는 악취가 결국 사무실 밖으로 기어 나옵니다. 하하, 하늘도 그리 썩 너그러운 편은 아닙니다. 이건 어디까지나 가정이지만, 5층 임원 사무실에서 나는 냄새가 고약하다는 것은 장이 부패한 사람이 많다는 얘기도 됩니다. 김준구씨는 하늘의 코를 달고 있는 겁니다. 즉 우리 인생의 감독은 도처에 숨어있다 이겁니다. 지금 당장 당신에게 필요한 것은 안정입니다.

이 전무의 코는 근사했다. 부의 상징답게 곧게 뻗은 콧날이 그리 높지도 낮지도 않았다. 군살 하나 없이 세련된 전무의 코는 빈틈없어 보였다. 코에 걸 맞는 부를 쌓기 위해서 이 전무

집 대문이 사람들로 분주한 모양이었다. 들리는 소문에 의하면 이 전무는 땅을 좋아했다. 그는 땅을 보러갈 때에는 말쑥한 신사복차림으로 갔다. 앞 가리마를 2: 8로 갈라 양 머리에 붙이고 감색 양복을 입었다. 실제로 회사에도 그런 차림으로 출근했다. 사장은 이 전무를 의지했다. 종합상사 업무에 밝지 못한 사장은 이 전무가 올리는 서류에 종일 도장 몇 개를 찍었다. 이 전무는 경제에 박식했다. 산업혁명 이후 그대로 이어오는 정책 시스템은 이제 많이 낡았다. 인구가 불어나고 소비가 방만해지자 시스템에 모순이 많아졌다. 그래서 세계가 부패로 가득 찼다. 세계가 역동적일수록 이 전무는 똑똑한 인재보다 말 잘 듣는 사람이 필요했다. 그 사람들의 일처리 능력은 100%를 넘었다. 적당히 부추기고 칭찬했더니 그런 효과가 났다. 이제 사람 간의 신의는 낡아버렸다. 이해관계 따라 언제든지 배반이 가능했다. 지금처럼 냉혹한 세상이 만들어낸 인간 관계였다. 그러나 희망은 있다. 인간성을 회복하는 길은 창조뿐이다. 위의 말은 실제로 그가 작성한 '삶의 가치와 행복'이라는 소책자에 실렸었다. 그는 위선자였다. 사실 이 전무는 관습과 규제를 싫어했다. 그는 교리가 야릇한 밀교 신봉자기도 했다. 어차피 우리가 생존하는 한 각자의 이름과 가면으로부터 자유로울 수는 없다. 그는 이 전무의 뒷조사를 해보고 경악했다. 이 전무를 내버려 두면 그가 먼저 악취로 죽어야 했다.

　그는 일요일 오전에 망치가 든 연장통을 차에 싣고 이 전무의 차 뒤를 따랐다. 휴일이라 기사는 없었다. 이 전무가 직접 운전하는 고급승용차는 서울 도심을 벗어나 88도로를 달렸다. 남한강에서 꽃바람 냄새가 났다. 강변에 늘어선 능수 벚꽃이 만개했다. 그는 차창을 내리고 코를 벌렁거렸다. 이 전무도 차창을 내렸는지 구리하고도 짙은 암모니아 냄새가 날아왔다. 저절로 그는 얼굴을 돌렸다. 저만치 하얀 수상스키가 달려왔다. 벚꽃궁궐과 어우러져 환상적이었다. 강일 IC에서 정체가 시작됐다. 그와 이 전무는 한 회사지만 직급이 다르고 연령 차이도 많아서 마주칠 일이 없었다. 설령 마주친다 해도 이 전무는 대수롭지 않게 여길 것이다. 이 전무 차는 37번 국도를 타고 한참을 달렸다. 그 사이 추돌사고 차량이 견인되어 가는 것을 보았고, 앞차의 아주머니들이 주택가 울타리마다 흐드러진 꽃 촬영을 하는 바람에 잠시 차가 밀렸다. 아직 이 전무의 차는 그의 시야를 벗어나지 않았다. 이 전무 차는 좌회전 신호를 받아 500여 미터 들어간 다음, 산밑에 자리한 건물 앞에서 멈췄다. 건물 뒤로는 형광색 펜스가 쳐있고 앞에는 지하 주차장으로 들어가는 입구가 보였다. 건물 정문이 열렸다. 정장을 한 사람들이 모여 있었다. 언뜻 보기에는 결혼식장 같았다. 마당에 는 벚꽃 잎이 떨어져 내렸다. 그곳은 방음 장치가 잘된 듯 조용 했다. 그는 차에서 나와 건물 정문 손잡이를 비틀었다. 그러나 열리지 않았다. 귀를 벽에 대봤다. 소리는 없고 대신 역한 냄새 가 엷게 피어났다. 더불어서 향내도 희미하게 피어났다. 위험 물질도 감지됐다. 분명치는 않지만 화약 냄새가 났다. 그는 건물 전체를 둘러보았다. 건물 오른쪽 뒤쪽에서 문제의 화약 냄새가 났다. 큰일이었다. 그러나 불행히도 그가 가슴 졸이는 동안에 건물의 냄새나는 쪽에서 연한 연기가 피어올랐다. 그는 건물 정문으로 가서 문을 두드렸다. 쿵쾅쿵쾅! 반응이 없다. 잘 된 일 아냐? 하늘은 그를 죄에서 멀어지게 했다. 콜록거리고 숨 을 몰아쉬는 사람들이 보이는 것 같았다. 이 전무를 불렀다. 그 러나 반응이 없다. 이번에는 뒤로 가서 펜스를 잡고 소리쳤다. 막상 상황이 급박해지자 그 큰 미움이 눈 녹듯이 사라지고 죽 음을 맞이할 이 전무가 걱정됐다.

"불이야! 불. 불이야 불!"

다급하고 흥분하자 급속히 목이 말랐다. 입천장이 당겼다. 마치 햇볕에 고양이 가죽을 말릴 때처럼 도로로 혀가 말렸다. 얼굴 피부도 위아래로 팽팽하게 당겨졌다. 이곳은 얼마나 인정 머리 없고 못됐는지 너무나 조용할 뿐, 사람을 볼 수가 없었다.

그는 혼자만 애가 탔다. 애가 타는 이유는 또 뭘까? 그는 자신이 이상하게 생각됐다.

이 과장에게 전무를 찾아가지 않겠다고 호언은 했지만 불안했다. 이 과장 말대로 세상이 혼자만 깨끗해서 될 일이 아니었다. 이번 승진에서 떨어지면 두 번 떨어지는 것이다. 그렇게 되면 회사의 자리를 잃는 것이다.

그는 며칠을 고민했다. 그는 이 전무를 집으로 찾아갔다. 과일 바구니에 2천만 원을 끼워 넣었다. 그 돈은 은행에서 봉급을 담보로 잡히고 빌린 돈이었다. 전무는 볼 수 없었다. 전무의 집에서도 사무실에서와 같은 냄새가 났다. 전무의 부인은 전무님이 지금 집에 안 계시니 어쩌지요? 했다. 전무 부인은 그를 집에 들이지 않았다. 그가 들고 간 꽃바구니를 건네자 부인은 극구 사양했다. 그래도 그는 그 자리를 떠나지 않았다. 한참후, 전무 부인은 할 수 없다는 듯 그가 건네는 꽃바구니를 받아들었다. 전무네 집 대문은 닫혀있어서 냄새가 희미했지만 골이 아팠다. 시간 속에서도 냄새가 났다. 전무 집을 다녀와서도 시간은 속절없이 흘렀다. 승진 철이라 5층에 있는 간부들의 사무실에서는 돈 냄새가 강하게 밀려왔다. 전무로부터는 아무런 기별이 없었다. 어느 날, 회사에서 인사결과발표가 있었다. 김준구라는 이름은 보이지 않았다. 그때부터 그 백지가 그의 가슴

속에서 타기 시작했다. 점점 치열한 불길을 내면서 탔다. 승진에 떨어진 분풀이였다. 뿐만 아니라 그런 치사한 짓은 안 한다고 호언장담한 자기를 배반한 자신을 태우는 불길이었다. 이제는 그 자신의 몸에서 불티냄새와 돈 냄새가 엷게 났다. 자신의 돈 냄새를 지워야 했다.

그는 하늘을 봤다. 파랗다. 물과 공기는 실제로 파랑색도 아닌데 그림에 파랑 물감을 주었다. 바다도 마찬가지로 파랗다. 공간이 깊어지면서 모든 색이 파랑 속으로 먹혀버렸다.

그가 사는 세상은 깨끗해야 했다. 푸른 물처럼 깨끗한 것들이 제 안에서 깊어지는 삶을 살고 싶었다. 그는 부정에 동조한 자신도 용서할 수 없지만 이 전무를 용서할 수 없었다.

그는 광대탈과 흰 비닐 우비, 목장갑, 가발, 칼 등을 가방에 넣고 차에 올랐다. 그는 파랑을 생각하면서 빨강을 떠올렸다. 휴일이라 거리는 봄 구경나온 인파로 출렁였다. 그는 선글라스를 꼈다. 서류용 가방에 든 위험물은 그를 긴장시켰다. 그는 주위를 두리번거렸다. 서류가방을 자동차 조수석에 놓고 옥봉동 숲 속에 있는 이 전무네 집으로 차를 몰았다. 그 집 앞에는 자연생태공원이 있고 시 의원들이 거처하는 숲에 가려진 작은 빌딩이 있었다.

어제도 이 전무는 냄새를 풍겼다. 수입관세 내역서는 이 전무를 불신하게 했다. 사업자들이 자꾸 해외로 나가는 바람에 정부에서는 사업자들의 비위를 맞추었다. 10%였던 수입관세를 육 개월 전에 8%로 인하했다. 이 전무가 활동한 육 개월 동안의 내역이 적힌 두 장 중 한 장의 내역서에는 수입관세 비율이 10% 그대로였다. 그는 단지 깨끗한 세상을 만들고 싶을 뿐이었다. 다른 의도는 없었다. 그는 회사를 사랑했다. 그런 회사에 오래 다니고 싶을 뿐이었다. 년 간 수출입 규모가 수백억대인 데서 세금의 2%가 이 전무 포켓에 들어가는 것을 그는 동의할 수 없었다. 그런 저런 것들로 회사에서 악취가 심해지는 것도 싫었다. 그처럼 이 전무는 근거가 확실한 세금에도 손을 댔다. 그는 옥봉동 이 전무가 사는 집 근처 자연생태공원 옆으로 갔다. 숲과 인접한 곳에서 이 전무네 집 대문이 보이는 쪽으로 차를 댔다. 이 전무가 집에 있다는 것을 확인 한 뒤라 그는 가발을 쓰고 비옷을 입고 차 안에서 기다렸다. 비록 회사 전체를 좌지우지하는 이 전무라지만 기록에 남는 일은 말아야지. 암튼 뻔뻔한 이 전무였다. 소변이 급했다. 그는 차에서 내려 자연생태공원 안에 있는 화장실로 갔다. 자연생태공원으로 들어가는 녹색 페인트 길은 3미터마다 둥근 플라스틱 화분을 설치했다. 화분마다 자잘한 꽃들이 피어서 꽃길을 만들었다. 그는 머리채 긴 가발을 썼더니 답답했다. 물론 젊어 보이기는 했다. 야성

미도 흘렀다. 또 다른 광경이 그의 눈에 들어왔다. 이상한 사람 둘이 나무 뒤에 숨어서 이 전무네 대문 쪽을 보고 있었다. 마치 일낼 사람들로 보이는 인물들이었다. 그는 웃었다. 저들이 이 전무를 노린다면 굳이 자신이 나서서 처벌 받을 일을 하지 않아도 되기 때문이었다. 그는 재빨리 화장실에 들어갔다. 저들이 이 전무의 코라도 물어뜯길 바라면서. 이 전무는 정신을 차리겠지. 그렇게만 된다면 그는 오래오래 회사에 다닐 수 있을 것이다.

이 전무가 대문을 열고 나왔다. 부인은 보이지 않았다. 그때 두 남자가 잽싸게 뛰었다. 그들은 마악 출발하려는 차에서 이 전무를 끌어냈다. 그는 그의 차로 돌아와 조수석에 앉았다. 눈앞의 장면에 손뼉을 치다가 그만 자신도 차문을 열었다. 뛰어가 이 전무를 구해야 한다고 생각하면서도 그는 그 자리에 얼어붙어 버렸다. 이 전무는 그들에게 밟히고 있었다. 이 전무의 비명이 터졌다. 그들은 이 전무가 쳐놓은 그물에 걸려서 공중분해된 다른 종합상사 직원들이었다. 그는 들고 간 무기로 그들을 물리치고 이 전무를 구했다. 그렇잖아도 아픈 곳이 많은 이 전무는 그만 그 자리에서 실신하고 말았다. 그와 이 전무 부인이 구급차를 타고 병원에 갔다. 이 전무의 괴한 습격사건은 삽시에 회사에 퍼져나갔다. 종합병원에 도착한 이 전무는 금방 괴한의 습격으로 다친 외상을 치료했다. 혹시 장기 파열이나 뼈가 다쳤을 경우를 대비해서 종합 검진을 받았다. 이 전무는 그야말로 종합병원이었다. 당뇨, 혈압은 물론이고 대장과 위도 암은 아니지만 집중적인 치료가 필요한 상태였다. 심장병 증세도 있었다. 수전증도 있었다. 이 전무는 괴한의 습격을 받을 만큼 남의 비위를 건들면서 살아온 생활 태도를 깊이 뉘우쳤다. SG상사에서 이 전무가 할 일은 산더미였다. 하지만 SG상사에는 유능하고 겸손한 전무와 상무가 넷이나 됐다. 이미 밥벌이에 싫증이 난 이 전무가 심신의 안정을 위해서 회사에 병가를 냈다. 자세히 보면 눈의 초점마저 흩어졌다 모아졌다 하는 게 그의 건강상태가 심상치 않았다. 대부분 원칙이 덕목이 아닌 사람들의 말로였다. 물론 다 그렇다는 것은 아니다.

퇴근 후, 선배를 만나기 위해 약속 장소로 갔다. 선배는 아직 오지 않았다. 봄이라 오픈된 와인바의 벽걸이 텔레비전에서 뉴스가 나왔다. 벚꽃나무 아래에서 상춘객들을 상대로 자동차 바퀴에 광우병 예방 소독약을 분사하는 장면은 봄을 난처하게 했다. 큰 축사 안에 바람만 도는 장면, 텅 빈 축사를 보고 눈물 짓는 농부의 모습이 담긴 카메라 앵글이 빙글빙글 돌았다. 그래도 봄은 꽃이 피고 지며 빠르게 달라졌고 불황은 가속화 됐다. 뇌송송, 구멍 탁. 이런 신조어가 거리를 떠돌았다. 미백 작용에 쓰이는 화장품 재료들이 전면 수입 금지됐다. 쇠고기를 이용한 600여 가지의 의약품이며 식품사용이 주춤했다. 요란한 파티도 실종됐다. 사람들은 작은 음식점에서 조촐하게 파티를 끝냈다. 그만큼 사회는 가라앉았다. 우리는 그랬다. 우리는 너무 집단적이었다. 날씨도 예전 같지 않았다. 봄인데 여름처럼 더웠다. 성급한 사람들은 이미 반팔로 거리를 활보했고, 핫팬츠 미인들도 한몫해서 그만큼 거리는 화려했다.

선배님, 오랜만입니다. 신수가 훤하신걸 보면 좋은 일이 있으신 모양입니다. 그래? 신수가 훤하다니 나쁘지 않군. 그런 의미에서 미인 하나 불러볼까? 하하. 그렇잖아도 날마다 화려한 봄밤을 두고 집으로 퇴근하려니 쓸쓸했어. 세상에나 천하의 선배님이, 그 말씀 믿어도 되는지 모르겠네요. 사람도, 원. 내가 언제 거짓말 하는 거 봤어? 아뇨. 못 봤죠.

선배의 얼굴에 불토화 한 송이가 터졌다. 그의 웃는 모습에 여자들이 반하고 입담에 사람들이 꼬였다. 이모, 여기 안주 하고 술 좀 주소. 광우병 파동으로 고깃집은 썰렁하고 낙지집은 초만원이었다. 군데군데 양복쟁이들이 둘러앉아 술잔을 기울였다. 더불어서 "위하여" 건배사가 폭발하고 술잔 부딪는 소리가 튀었다. 술집은 꼭 있어야 돼. 종일 상사한테 혹은 거래처에서, 마누라한테 들볶이다가 모처럼 어깨 펴는 곳이 술집이야. 자, 이모. 어서 술 줘요. 선배가 일어섰다. 혼자가 되니 옆 테이블에서 건너온 대화도 가감 없이 들렸다. 우리 부 최 부장 말이야. 그 사람 왜 그래? 그러게 늦바람이 무섭다는데……. 거, 최 부장 마누라가 보통 아닌가봐. 그렇다고 공금에 손을 대냐? 많이 쓴 것은 아닌갑대. 적다고 공금 아냐? 말대가리 알면 끝장이지 뭐. 그때 화장실에 갔다 온 선배가 앉자마자 분첩만한 핸드폰을 꺼냈다. 응, 괜찮은 오빠 하나 대꼬 왔는데 나와 봐. 선배는 그를 어디다 팔아먹으려는, 혐의 짙은 말투로 누군가와 통화했다. 또 다시 왁자하더니 손님 한 패가 들어왔다. 올 신입사원쯤으로 보이는 젊은이들이 10여 명이나 됐다. 옆 테이블은 아직도 최 부장의 험담과 걱정이 이어지고 있었다. 아마 낮에는 되도록 말을 아끼고 밤에는 수다로 하루 치 말을 다 하는 모양이었다. 낮의 침묵은 금이고 밤의 수다는 건강인 듯, 서로들 마주 보고 신나게 웃었다.

그의 테이블에도 안주가 나오고 술이 나왔다. 얼굴을 돌리고 낙지찌개 냄비는하고 선배가 물었다. 그는 대학졸업을 하고 바로 재벌그룹에 취직했다. 지금은 부장 대우로 꽤 높은 연봉을 받았다. 두 번째 추가 술을 주문할 즈음에 선배는 걸려온 전화를 받았다. 으음, '서린동 낙지집'으로 와. 내가 입구에 서있을게. 선배가 한 여자를 데리고 그가 있는 테이블 쪽으로 걸어왔다. 향수냄새가 먼저 오고 여자가 도착했다. 그의 개 코 후각으로는 처음 접한 달콤한 냄새였다. 그때까지만 해도 그의 코는 아름다운 것에 더 민감했다. 선배가 그를 그녀에게 소개했다. 우리 고등학교 문학 동아리 3년 후배 김준구야. 큰 무역 상사에서 일해. 왜 진숙이도 알 걸. SG상사 말이야. 알아요. 여자가 웃었다. 선배는 별로 웃을 일도 아닌데 큰 입으로 따라 웃었다. 뒤이어서 그녀의 서늘한 눈매가 위로 올라갔다. 여자는 아담했다. 여자는 선배 옆, 그의 맞은편에 앉았다. 선배는 조롱바가지를 들어 여자 앞에 놓인 빈 잔에 막걸리를 한 가득 부었다. 여자의 빈 술잔이 넘칠 듯 가득했다. 여자는 따라놓은 막걸리를 멀거니 바라보았다. 여자가 술 한 모금을 마셨다. 선배가 그녀를 그에게 소개했다. 이쪽은 청운동에서 피아노학원을 운영하는 배진숙이야.

그가 명함 한 장을 내밀었고 여자도 명함 한 장을 핸드백에서 꺼내 그에게 건넸다. 그녀는 23살이었다. 그는 그녀가 준 명함을 내려다 봤다. '청운 피아노학원 대표 배진숙' 그는 소중한 무엇인 듯, 명함을 지갑 속에 넣었다. 고사리 손을 잡고 피아노 건반을 누를 그녀를 떠올렸다. 읍장네 집 피아노 소리를 떠올렸다. 성긴 별도 진 밤이 이슥토록 공부에 시달리다 학교에서 나오면 피아노 소리가 들렸다. 선배를 봤다. 선배님, 우리 학교 앞 읍장네 집에서 자주 울리던 피아노 소리 기억하십니까? 그럼, 그걸 어떻게 잊겠어? 어쩌다 보름달이라도 뜨면 그 피아노 소리가 뜨거운 사내놈들의 애를 태웠지. 한 번은 피아노곡이 '월광 쏘나타'였어. 느리고 묵직한 건반 소리가 사람의 마음을 두드리는 데 죽겠더군. 그때 정말 우리에게 희고 환한 달빛이 축복처럼 쏟아지는 보름밤이었지. 한 놈이 소리쳤어. 야, 우린 배고픈데 영혼까지 배고프게 하는 너, 빵이라도 좀 던져봐. 우리 지금 배고프단 말이야. 그때 정말 피아노 소리가 뚝 그쳤어. 이미 마련했던 모양이야. 한 손에 빵이 가득 담긴 큰 가방 하나를 들고 피아노 치던 주인공이 우리 앞으로 걸어오는 거야. 우리는 예상치 못한 눈앞의 광경에 탄성을 질렀어. 결국 그 동네 사람들이 깨어서 두런거렸고 일부는 밖으로 나와서 한마디씩 했어. 무슨 일여? 밤중에 뭔 짓이여. 자네들 덕분에 단잠을 깼네. 허허. 동네 사람들은 투덜거렸지. 후배 자네도 아마 배진숙의 저 희고 고운 손에 마음이 설렐걸. 그게 청춘이지. 그때, 우리는 우리의 탄성만큼 달디 단 빵 하나씩을 나누어 가졌지. 한입에 빵 하나를 다 삼켰지. 마치 그녀를 삼키듯이. 그 뒤부터 내 안에는 그녀가 살고 있었지. 존재하지 않으나 존재하는 한 여자를 생각하며 공부도 열심히 하고 몸도 열심히 키웠지. 결국 나는 그녀가 건네준 그날 밤 빵 하나에 엮이어서 그녀의 지아비가 되고 말았어. 달빛 아래로 걸어 나오던 천사가 지금은 악마에 가까워. 하지만 여자에게서 신비감을 빼면 매혹이라는 단어 자체가 없었을 거야. 안 그래? 하하. 나는 허상에 엮여서 여태 살아온 어리석은 허깨비였어. 이제야 제 정신 들어서 좋은 여자와 열애중이야. 생은 덧없고 사랑만이 내겐 구원이야. 그것 또한 철없는 중생들이 늘 상 벌이는 일 아니겠어?

그는 선배의 말이 취중 진담인지 취중 농담인지 몰라서 선배 눈만 쳐다봤다. 얼큰하게 취한 선배의 얼굴에 짙은 우수가 왔다 갔다.

그때 아르바이트생이 고추장 냄새가 솔솔 나는 낙지찌개 냄비와 공기밥 세 개가 든 쟁반을 들고 나타났다. 사람 때문에 길이 막힌 그의 테이블은 초년병 아르바이트생이 쉽게 다가오기에는 무리였다. 더군다나 그 옆에는 몸집이 산만한 사내가 다리를 한껏 벌리고 앉아서 찌개 국물을 열심히 떠먹는 중이었다. 아르바이트생의 찌개 냄비가 중간에서 갈팡질팡하더니 그가 있는 쪽으로 다가왔다. 이미 위험이 도사리고 있던 테이블 위, 반쯤 걸린 쟁반이 그만 그의 오른쪽 어깨를 살짝 건드리고 바지 위로 곤두박질쳤다. 이런 날벼락이라니! 비명을 지른 것은 그가 아니고 그 옆 테이블이었다.

조심하세요!

벌건 찌개 국물이 튀었다. 아르바이트생은 머리를 조아리며 정신없이 튄 국물을 행주로 닦았다. 그 음식점은 위험했다. 손님이 몰려온다고 음식 그릇 다루는 일에 숙련되지 않은 아르바이트생과 의자 수만 늘린 음식점이었다. 손님의 안전은 뒷전이었다. 이곳도 손님을 위해 음식을 만든다는 그의 생각을 져버렸다. 그는 끓는 찌개 국물에 오른쪽 팔뚝을 크게 데었다. 와이셔츠가 그나마 받쳐주어 살 속 깊이 익지는 않았다. 다만 낙지가 찌개와 어우러지기 전, 뜨거운 고추장 국물에 금방 담근 상태처럼 붉게 익는 중이었다. 냄비는 처참하게 바닥에서 뒹굴었다. 통째 익은 낙지는 마악 버둥거리다 멈춘 듯, 대가리 한쪽이 기운 채 뜨거워 긴 발을 들어 올린 그대로였다. 익은 무쪽과 파랗게 익은 파가 냄비 국물이 쏟아진 바닥 위에 둥둥 떠 있었다. 팔뚝은 부어서 붉었다. 하지만 아르바이트생은 옆 테이블에 튄 것 닦느라 여념이 없었다. 음식점 사장이 오고 다른 아르바이트생도 추가되었다. 나중에 투입된 인원들은 바닥을 닦고 테이블을 닦았다. 하지만 정작 챙겨야 할 그는 뒷전이었다. 단지 그들 중 하나가 그의 오른쪽 젖은 바지만 행주와 물수건으로 닦고 또 닦았다. 그는 음식점 사장 가족들만 쓰는 화장실로 갔다. 오랜 시간 흐르는 찬물에 환부를 식힌 뒤, 자리로 왔다. 선배와 배진숙이 걱정했다. 이보게, 낙지가 자네를 거부한 거네. 누가 보면 낙지는 자네 혼자 다 먹어버린 것 같네. 어서 빨리 병원에 나 가보게. 선생님, 어서 병원에 가보세요. 화상이 덧나면 큰일 나요.

새로 나온 낙지 찌개 국물은 전보다 더 붉었다. 고추장 냄새도 더욱 강했다. 그의 붉게 익은 팔을 본 음식점 사장이 병원에 가자고 했다. 우선 고추장 냄새가 그의 속을 뒤집었다. 그는 선배들과 함께 마무리 잔을 들고 병원에 갔다. 집에 와서는 깨끗이 샤워를 했다. 고추장 냄새는 잠자리에서도 났다. 자리에서 일어나 거실로 나가 문을 열었다. 고추장 냄새는 거기서도 났다. 그는 코를 돌렸다. 머리도 띵했다.

처음 냄새의 시작은 배진숙이었다. 청진동 낙지 고추장찌개가 유난히 코를 잡고 늘어진 것은 배진숙의 좋은 냄새 때문이었다. 그녀가 뿌린 향수는 은은해서 자꾸 내 코는 그 냄새 쪽으로 기울었다. 그의 어깨에 닿고 떨어진 낙지 찌개 냄비는 향수를 방해한 대가로 고약한 냄새로 둔갑했다.

배진숙에게서 연락이 왔다. 그때 많이 놀라셨죠? 병원에는 다녀오셨나요? 별일 없으면 회사 끝나고 학원 주소대로 한번 오세요. 저녁 살게요. 배진숙은 한 번 본 자신을 스스럼없이 대해주었다. 그도 냄새를 깨부술 돌파구가 필요했다. 결국 배진숙을 떠올리고 그녀를 찾았다. 피아노학원은 5층 벽돌 건물의 1층에 있었다. 여린 담장이 넝쿨이 저희끼리 손을 잡고 담을 타기 시작했다. 피아노학원의 교습생은 50여 명이었다. 학생들이 들고나느라 정신이 없었다.

아, 어서 오세요. 김 선생님. 그녀는 스스럼없이 활달한 음성으로 그를 맞았다. 지금 레슨 중이니까 잠깐만 기다리세요. 미리 온 애들이 떠들거든 같이 좀 놀아주시고. 헤헤, 미안합니다. 3학년쯤의 개구쟁이 하나가 학원에 도착했다. 배진숙은 간단히 '예'를 차리고 제 할 일로 돌아갔다. 서울 사람들은 다 그런가? 잠시 어리둥절했다. 개구쟁이도 자기선생을 닮아 있었다. 아저씨, 아저씨는 어디서 왔어요? 달나라에서 왔지. 그럼 달에 토끼가 살아요? 그럼, 보름달을 보면 토끼가 떡방아를 찧잖아? 토끼가 떡방아 찧다가 피곤했나 봐요. 그 느린 거북이한테 진걸 보면요. 그걸 어떻게 알았어? 왜 자요? 게임하다가 잤다는 게 말이 돼요? 그때, 달나라 왕자가 마술을 건거야. 그럼 거북이는 마술에 안 걸려요? 응, 거북이는 등에 두꺼운 껍질이 있어서 마술에 걸리지 않아. 개구쟁이가 의심스러운지 잠시 말이 없었다.

이해성, 들어 와라. 이해성은 아직 의문이 풀리지 않았는지 미간을 찌푸렸다. 어쩔 수 없다는 듯, 그 애는 그를 향해 손을 흔들고 교실로 들어갔다. 다시 느리고 서툰 피아노 음반 두드리는 소리가 났다.

아이들이 다 돌아간 배진숙의 피아노학원은 9시에 문을 닫았다. 그는 좀 지쳤다. 그녀의 무례에 고개를 갸웃했다. 배진숙이 저녁을 샀다. 그녀는 꼬마들 손을 쥐고 일일이 건반 짚는 일에 많이 힘들어했다. 그는 아직 젊지만 그녀의 지친표정이 시든 꽃 같다고 생각했다.

우리 피아노학원에 자주 좀 들러서 제 일 좀 도와주세요. 그 직장은 바쁜 직장이 아니잖아요…… 너무 갑작스런 제안이잖아. 설마 거무튀튀하다고 날 머슴으로 본 건 아니지? 아이, 울 오빠를 만난 듯해서 편해졌어요. 오빠는 교통사고로 세상 떴거든요. 그때 같이 차에 있다 다친 엄마는 하반신 불구로 집에 있고요. 난 좀 살다보니까 뻔뻔해졌어요. 그녀는 무심한 시선으로 그를 올려다봤다.

피아노 교습을 끝낸 배진숙은 그날 그와 함께 밤거리로 나왔다. 봄밤은 부드럽게 녹아들면서 사람의 마음을 간질였다. 그는 봄밤을 핑계 삼아 슬그머니 그녀의 손을 잡았다. 봄바람은 바람의 혐의가 짙게 배어 있었다. 봄은 젊은이들에게는 더욱 치명적이었다. 그녀는 술이 들어가자 신세타령을 했다. 그녀는 네 식구의 가장이었다. 그녀의 어머니는 채소가게를 했다. 마침 가게에 들른 아들과 도매시장 갈 때 쓰는 1톤 트럭을 몰고 집에 오다가 변을 당했다. 그녀는 자신을 대학까지 가르친 어머니에게 진 빚을 갚는다고 했다. 그녀는 두 동생들마저 책임졌다. 그날 밤 술을 마시고 둘은 학원으로 되돌아왔다.

그녀는 순결과 싸우느라고 아이들을 때린 모양이었다. 숫처녀라니! 그는 좀 찝찝했다. 그녀의 어미도 지아비가 셋이라거나 아니면 배진숙이가 정숙치 않았더라면 그의 마음이 좀 더 가벼웠을 것이다. 그녀는 야무지게도 여태 숫총각을 기다렸던 모양이었다. 그는 대학 입시 낙방으로 3수까지 하고 군대 갔다 오느라 오늘까지 숫총각이었다. 아마도 그녀는 한눈에 숫총각을 알아본 모양이었다. 문제는 다음이었다. 새벽 두 시쯤이었다. 마치 그에게 겁탈이라도 당한 것처럼 나쁜 놈! 나쁜 놈! 하고 고래고래 소리를 질렀다. 그녀는 이상했다. 어이구 답답해. 배진숙은 그를 향해 계속 육두문자를 썼다. 그는 당황했다. 또 엉엉 울기까지 했다. 그녀가 돌아버린 것이다. 귀찮은 걸 버린 뒤라 홀가분해서 투정을 부리는 것인지, 소중한 걸 대가없이 바쳐서 억울하다는 것인지, 그날 배진숙의 행동은 갈피를 잡을 수 없었다. 그는 그저 부드러운 봄밤에게 감사하는 심정이 되어서 울고불고 하는 그녀를 가만히 품에 안았다. 다시 순결을 만들어 붙여 줄 수도 없는 일 아냐? 능청을 떨면서 그녀의 보드라운 살결에 취해 있었다. 그는 그날 배진숙의 냄새를 흠씬 들이마셨다. 술 냄새와 화장품 냄새와 그녀가 짊어진 삶의 무게 냄새가 향기롭게 피어났다. 그날 그는 그녀를 깊게 그리고 애정을 듬뿍 실어서 애무했었다. 들척지근한 술 냄새와 안개 묻어 눅눅한 봄밤 냄새와 그녀의 통통 튀는 젊음의 향기와 미쳐 버린 숫총각, 숫처녀의 사랑냄새로 오랜만에 세상이 온통 좋은 냄새로 진동했다.

바람처럼 두 해가 후딱 지난 뒤, 어느 날 배진숙에게 전화를 했다. 나 결혼해…… 누구와? 뭐하는 사람이야? 회사원이야. 결혼한다구? 사람 어이없게 만드네. 불쑥 전화해서 학원에 와 달라고 부탁할 때는 언제고, 또 2년 동안 전화 한 통 없더니 결혼 한다구? 결혼은 순결을 바친 사람과 하는 것 아냐? 결혼은 사랑하는 사람과 해야지. 학원 보조가 필요했겠지.

그는 배진숙의 결혼 통보에 놀랐다. 한편으로는 신발을 벗듯, 그녀가 결혼한다고 했을 때 홀가분하다고 생각했다. 그러나 그는 해보지도 않고 싸움을 포기한 장수처럼 차차 시간이 흐를수록 마음이 쓸쓸해졌다. 어떻게 숫총각, 숫처녀라는 멍청한 명사 앞에서 둘 다 그렇듯 무심할 수 있었을까? 그것도 2년 동안. 아무리 멍청한 인간끼리의 일이라지만 너무했다. 허깨비 같은 세상에 순도 100% 금끼리 사랑 한 번 제대로 하지 못했다. 사랑이란 단어를 무색하게 만들고 말았다. 그는 순금을 저버린 죄로 냄새 병에 걸렸다. 그런데 위기가 기회로 변했다. 냄새가 그를 황금밭으로 안내했다.

그는 병가를 내고 집에 있는 이 전무에게 전화를 했다. 이 전무는 그렇잖아도 그를 만나고 싶었다며 테헤란로 2가에 있는 '황금숲'이라는 음식점에서 만나자고 했다. 그가 음식점에 들어서자 종업원이 이 전무를 찾아왔냐고 물었다. 방으로 이어진 두 번째 방에서 그들은 마주 앉았다. 순 우리 음식이 차례로 나오기 시작했다. 그 사이 그가 만들어온 사업 계획서를 이 전무에게 설명했다. 비전이 있는 사업이라며 이 전무가 웃었다. 그는 직접 경험한 것을 토대로 한 사업 계획서였으며 비전이 보이기 때문에 자신이 있었다. 이 전무는 마지막 나온 식혜를 숟가락으로 떠먹으면서 일을 같이 하자는 그의 말에 고개를 끄덕였다. 그렇게 일은 일사천리로 진행되었다.

SG에서는 모르고 지냈는데 이제부터는 내 상관이네. 허허.
이 전무가 두 발을 벌리고 서서 크게 웃었다. 그의 아내도 남편 따라 크게 웃었다. 이번에는 이 전무 아내가 남편을 바로 잡아줘서 고맙다며 그에게 고개를 숙였다. 이 전무가 가방에서 연구한 데이터를 그에게 보여줬다. 앞으로 우리는 운이 닿으면 떼돈을 벌 것이다. 상대 사업체가 부르면 데이터를 뽑아 정밀하게 만든 코를 가지고 가서 일을 하기만 하면 된다. 그는 앞으로 코에 대한 연구를 계속하기로 했다. 이 전무는 너털웃음을 웃었다. 어쩌면 노벨상을 받을 지도 모르는 획기적인 발명품이라고 했다. 이 전무는 마케팅에서 뛰어났다. 뿐만 아니라 요소요소에 아는 사람이 많았다. 그게 재산이었다.

일단 정밀하고 빈틈없는 설계로 고객을 사로잡을 상품을 만드는 게 급선무였다. 해방 이후 부정부패로 바람 잘 날 없는 한반도가 드디어 그가 만든 투명코로 모든 것이 투명해질 모양이다. 살기 좋은 나라가 될 것이라고 생각하니 그는 밤잠을 잘 수가 없었다. 자신의 성공은 둘째 치고라도 나라의 부정부패 방지를 위해서 밥 먹는 시간도 아껴가며 연구에 몰두했다. 물론이 전무도 신바람이 나서 사업에 열중했다.

밀교에 빠진 이 전무는 '투명코'를 만든 뒤부터 착실하고 조용하게 살아갔다. 이 전무는 냄새를 이용한 데이터를 만든 후, 본격적으로 사무실을 물색하고 배반하지 않을 착실한 직원 다섯 명을 뽑았다. 냄새로 사람의 성실성과 됨됨이를 알 수 있어서 어떤 일도 걱정되지 않았다. 회사가 채 만들어지기도 전에 여기저기서 투명코의 주문이 쇄도했다. 확실히 불신시대는 불신시대인 모양이었다. 투자자들도 모여들었다. 정부에서도 윙크해 왔다. 다 잡아놓은 먹잇감을 누군가에게 빼앗기기 전에 빨리 회사 설립 서류를 정부에 제출하기로 했다. 이 전무는 몸이 아픈데도 그런저런 일로 바빴다. 직원 다섯 명과 이 전무는 오순도순 일을 잘해 나갔다. 우선 아침이면 회사의 제반 문제는 일단 둘이 화상회의를 통하여 문서로 만들었다. 오후에는 직원들도 참여하는 화상 회의를 했다. 그도 집에서 하던 냄새 연구실을 사무실 한 쪽으로 옮겼다. 일이 되어가는 것 봐서 연구실을 마련할 계획이었다.

그는 모처럼 냄새 없는 세상에서 단잠을 잤다.

동굴에 매달린 사내

1

'이석우, 그놈을 동굴에 박쥐처럼 매달 생각이다.'

나는 레만호수의 드라이브 길을 차로 달렸다. 늦가을의 쓸쓸한 정취가 휙휙 지나갔다. 오늘은 핀트와 같이 다섯 번째 동굴 탐사에 들어가기로 했다. '이번 동굴은 아마도 석회암 동굴일 듯해.' 지난 번 핀트와 만나 동굴 탐사 작업에 관해 의논할 때 그가 혼자 한 소리였다. '98월드컵' 경기를 본 다음 날, 나는 이곳 스위스 슈플은행에 파견 근무발령을 받았다. 그리고 이곳 스위스에 온 뒤부터 이석우라는 사내로부터 협박을 받았다.

"당신이 근무하는 스위스 슈플은행에는 류상현 전 대통령의 비자금이 있소. 당신이 책임지고 그 비자금을 동결하시오."

"그것은 정부에서 스위스에 공조요청을 해야 합니다. 제게는 전 대통령의 비자금을 동결할 수 있는 권한이나 힘이 없다는 것 잘 아시잖습니까?"

'불행은 혼자 오지 않는다'고 하더니, 이석우가 산 주식이 휴지 조각이 돼 버렸다. 그것은 내가 그에게 권해서 산 주식이었다. 일이 그쯤 되자 나는 그로부터 자꾸 도망치려 하고, 그는 이를 갈며 나를 쫓았다. 나는 궁지에 몰린 쥐였다. 그 뒤, 불안이 내 마음에 집을 짓고 공포를 불렀다. 처음에는 가슴 한 구석이 뛰기 시작하더니 차차 도를 더해 내 가슴 전체에 불안의 망을 깔았다. 급기야 나는 가는 신경망 위를 오락가락하는 위태로운 생쥐가 되었다. 수시로 내 심장은 터질 것처럼 아팠다. 급하게 숨이 가빴다. 드디어 곧 죽을 것 같은 공포가 온몸을 엄습했다.

내가 동굴 탐사에 나선 것은 이석우를 동굴에 매달기 위해서였다. 그 일을 계획하고 준비하면서 공포란 놈이 조금씩 뒷걸음질 쳤다. 반면에 이상한 쾌감까지 찾아왔다. 흐흐흐, 한 번씩 웃고 나면 내 발아래에서 그놈이 살려달라고 두 손 모아 싹

싹 비는 환영에 빠졌다. 그 순간만은 불안에서 자유로울 수 있었다. '타국에서 동굴 범죄는 비교적 감쪽같겠지.' 내가 '동굴'과 '복수'를 꿈꾼 것은 영화 '용궁신화'를 보고 난 뒤부터였다. 영화에서는 이승도 저승도 아닌 신비한 동굴이 나왔다. 사후에 영혼들이 이승도 저승도 아닌 그 동굴에 잠시 머무는 이야기였다.

지난 주말 퇴근 준비를 하는데 이석우가 내게 와서 웃었다. 나는 속으로는 놀랐으나 곁으로는 태연했다. 그런데 놀라운 일이 벌어졌다. 그가 나만 보게 내민 주머니 속의 것은 칼날이었다. 섬뜩한 비수. 그때 나는 실제로 내 가슴이 칼끝에 베이는 것을 느꼈다. 그 뒤부터 나는 심한 불안증에 시달렸다. 갑자기 호흡곤란으로 응급실에 실려 갔고, 대인관계 역시 자유롭지 못했다. 가슴이 조이고 죄는 만큼 통증을 느꼈으며 그 일이 은행 업무에도 지장을 줬다. 그렇잖아도 내게는 이곳의 빠른 말투에 신경이 곤두서고, 업무 스타일이 우리나라와 달라서 힘들었다. 나는 이곳 스위스인들 속에서 동양인으로 근무한다는 게 늘 살얼음판을 걷는 기분이었다. 손에 땀이 나는 내게 동료 은행원들이 이상한 눈총을 줬다.

"무슨 일 있어? 왜 그리 땀을 흘리는 거야?"

"요즘 이상하네. 땀이 나는 이유를 나도 모르겠어."

불안증에 시달리면서 나는 모든 일에 소극적으로 변했다. 물론 매사에 자신감을 잃어갔다. 자신이 없다는 것은 자기에 대한 믿음과 확신이 없다는 것이고, 자기 색깔이 없다는 것이며, 내 색깔이 없다는 것은 자기 존재가 엷어진다는 뜻이고, 존재가 엷어진다는 것은 죽어간다는 뜻이기도 했다. 그 와중에도 이석우의 협박 전화는 계속됐다. 그래서 더욱 질식해가는 나였다. 타국이라 누구에게 하소연할 데도 없었다. 결국 밤에 잠을 자지 못해서 수면제를 복용해야 했다. 내게는 의료보험 혜택도 없었다. 이석우, 그의 말이 내 안에서 빙빙 맴을 돌았다.

"이상구씨, 내 돈 내놔. 그리고 류 전대통령의 비자금을 동결하란 말이야!"

나는 서재의 책상 의자에 앉아서 눈을 감고 있다가 벌떡 일어났다. 느닷없는 어지럼증으로 휘청, 눈앞이 핑 돌았다. 눈을 비볐다. 한발을 떼자 가라앉은 발밑의 공기가 일어났다. 어금니를 꽉 깨물었다. 내 안의 어두운 기운을 내쫓기 위해서 팔을 휘휘 내두르고 윗몸 일으키기를 몇 번 했다. 밖으로 나왔다. 맑은 기운을 발끝까지 채우기 위해 한껏 숨을 들이마셨다. 가슴이 빵빵해졌다. 그리고 창고에 넣어둔 동굴 탐사용 장비를 지프에 실었다. 차에 오른 나는 가슴에 힘을 넣었다. 아내에게는 어젯밤 잠자리에서 오늘 일찍 은행근무가 있다고 속였다. 이석

우 때문에 지칠 대로 지쳐가는 나는 밤새 몸을 뒤척이다가 아
슴푸레한 새벽빛을 보면서 잠깐 눈을 붙였다.

2

레만 호수를 지나 핀트를 만나기로 한 곳은 쥐라산맥 끝자
락 아치형 다리를 지나 서있는 늙은 단풍나무 밑이었다. 늦가
을의 엷은 아침안개가 호수를 접수하고 서서히 산으로 다가서
는 이 시간, 내 불안을 안갯속에 띄웠다.

"나쁜 놈!"

나를 괴롭히는 내 안의 이석우의 그림자를 향하여 크게 주
먹을 휘둘렀다. 그랬더니 짙게 너울대던 내 안의 그의 그림자
가 안갯속으로 숨었다. 지금 나는 내 인생의 산모롱이를 도는
중이었다. 이석우는 산모롱이 입구에 있는 장애물이며 나는 지
금 그 장애물을 치우기 위해서 동굴을 찾는 중이었다. 핀트에
게는 내가 무엇 하는 사람인지 말하지 않았다. 지금 내 신분을
노출시킬 만큼 나는 어리석지 않았다. 동굴 탐사는 핀트나 나
나 서로 필요한 사항이었다. 핀트는 마약하는 아내를 매달기
위해서 동굴을 원하고, 나는 이석우를 매달기 위해서 동굴을
택했다. 핀트는 사업가고, 나는 한국에서 스위스에 파견 나온

은행원이었다. 단풍나무 이파리가 바람에 찢겨 나달거리듯, 내 마음속의 평화도 이석우로 해서 깨진 지 오래였다. 나는 누구와 비교하지 않고 불만 없이 옆이 아닌 하늘을 보면서 가족과 함께 단란하게 살고 싶었다.

스위스 신문의 마지막 장을 넘겼다. 마음으로는 이석우를 거부하면서 그가 일방적으로 정한 약속 시간에 나와 그를 기다리는 내가 어처구니가 없었다. 잠깐 고개를 돌려 문 쪽을 봤다. 이석우의 크고 넓적한 손을 떠올렸다. 그의 손아귀에 들어가면 엔간한 것은 모두 바스러질 것 같았다. 나는 외국이라 이곳의 말도 서툴고 은행업무 역시 손에 익숙하지 않은데 이석우가 내게 와서 소리쳤다.

"과거 비리가 많았던 류상헌 대통령의 비자금을 동결하라. 그렇지 않으면 각오하라."

호수길에서 왼쪽으로 핸들을 꺾어 든 곳은 도심에서 벗어난 한적한 곳이었다. 프러프 네거리에 이르자 바로 눈앞의 성당에서 아이들 소리가 왁자하게 쏟아졌다. 차들이 횡단보도에서 멀찍이 떨어져 멈춰 선 다음, 어린 애들이 지나가기를 조용히 기다렸다. 주일학교를 마치고 나오는 교회학교 어린이들이었다. 나는 입이 찢어지게 대여섯 번의 하품을 했다. 주일학교 선생으로 보이는 중년의 여선생이 아이들에게 연신 손을 흔드는 것을 멈추고 돌아선 다음에야 앞차들이 출발했다. 차를 왼쪽 레더필드 병원 쪽으로 틀었다. 거리는 조용했다. 단지 깃발을 든 일본 관광 팀 20여 명이 멀리서 걸어오고 있었다. 50여 미터를 달리자 핀트가 말한 지형대로 대여 창고 두 동이 나오고 아치형 다리가 나왔다. 다리 밑의 강은 얕고 강물은 석회수였다. 이 지역의 동남쪽으로는 이 호수의 원류인 미텔란트 강이 흐르고 그 강의 중류를 경계로 쥐라산맥이 웅크리고 있었다. 이런 작은 호수는 산악지대인 스위스 지역에서는 자주 보는 물길이었다. 작은 다리를 건너자 능선마다 누렇게 시든 풀들이 금빛 장관을 이루었다. 나는 쥐라산맥 쪽으로 서서히 접근해 갔다.

핀트와 약속한 장소가 보였다. 핀트는 딸 둘과 살고 있었다. 큰 딸은 기능대학 2학년에 다니고 작은 딸은 고등학생이라 했다. 그의 딸들은 공부를 잘했다. 헌데 핀트의 아내가 문제였다. 그녀는 마약에 빠졌다. 그녀는 닷새만 집에 있어도 결혼생활이 싫증나 집을 나갔다. 그녀는 반드시 돈 되는 물건을 쥐고 나가는데 들어올 때에는 빈손이었다. 피부는 건조해져 푸석하고 눈은 멍했다. 그녀는 배고파하면서 가족을 붙들고 먹을 것을 달라 했다. 핀트는 그런 그녀의 모습을 볼 때마다 분노했다. 가끔은 그녀의 목을 조르고 싶은 살의에 몸을 떨었다. 사람이 같이 살다보면 목소리, 말투, 그 사람만 갖고 있는 특징, 냄새, 말하지 않아도 짐작되는 걱정거리, 이런 것은 가족들이기 때문에 가족만의 촉수로 감지되고 어루만져졌다. 그런데 핀트의 아내는 치골恥骨의 통증 같은 존재였다. 하긴 그녀도 가끔은 가정에 충실한 주부로 돌아왔다. 집 안팎을 쓸고 닦아 윤기 내고, 부엌 벽에는 핀트의 힘겨운 결혼 생활 고비마다 점을 찍듯이, 일렬로 못 박아 프라이팬을 걸고, 잘 닦은 스텐 냄비를 정리했다. 이제 제 정신으로 돌아왔나 싶었지만 그러나 그것은 발작 직전의 암시였다. 가족이 방심하는 사이, 핀트의 아내는 집문서를 들고 나갔고, 아이들 등록금에 손댔으며, 핀트의 겨울옷까지 들고 나갔다. 물론 이혼했다. 그러나 그뿐, 그녀는 언제 이혼했느냐 듯이 집에 와 전과 같은 짓을 되풀이했다. 그녀에게는 사랑이니, 가족이니, 이런 것들에 대한 개념마저 없었다. 그녀를 아는 모든 사람들에게는 그녀는 과거 어느 시점까지만 존재했다. 가족들이 싫어했으나 그녀는 안개처럼 집에 스며들었다가 떠나고는 했다. 그녀가 가족으로서 존재하는 한 핀트 가족의 고통은 필연적인 것이었다. 그녀는 이미 그녀를 아는 사람들로부터 버림받았다. 우리 모두는 밑에서부터 하늘을 보는 데 반하여 영혼을 도둑맞은 그녀는 하늘을 잃었다. 결국 핀트 역시 아내를 동굴에 매달기로 맘먹었다.

나는 핀트와 약속한 단풍나무 밑에다 차를 세웠다. 담배 한 대를 피우려고 창문을 열었다. 음산한 늦가을 날씨에 너울대던 안개가 차 안을 기웃거렸다. 핀트가 동굴을 찾기 위해 수시로 쥐라산맥 근처를 더듬은 결과, 동굴과 비슷한 것을 보았다는 제보를 받았다. 그리고 오늘 핀트와 함께 그 제보를 들고 동굴 탐사에 들어가기로 했다. 산 아래 너른 들에는 독수리 십여 마리가 들판을 꺼멓게 덮고 있었다. 큼직하고 추악하게 생긴 새 떼들이 마치 나와 핀트를 겨냥해서 대기하고 있는 것처럼 보였다.

"망할 놈의 새떼들!"

땅에도 회색 안개가 너울거렸다. 마치 거대한 새 한 마리가 파닥거리는 것 같았다. 그러더니 안개는 점점 산 위로 올라갔다. 나는 늘 안개가 어디서 와서 천지를 장악하는지 그것이 궁금했다. 사람을 지독히도 고독하게 하는 회색 안개, 그것이 아무래도 수상했다. 자신의 실체에 깃들지 못하고 떠도는 외로운 영혼들의 입자들 같았다. 나는 손으로 안개를 쥐었다. 그러나 잡히지 않았다. 아니 잡히기를 거부했다. 안개 저쪽에서 희미한 헤드라이트 불빛이 흔들렸다. 핀트가 탄 차로 보였다. 그 차가 다가와 멈추더니 핀트가 내렸다. 서양인으로는 다소 작은 체구의 핀트가 두툼한 누비바지에 왼손을 찌르며 내게 아는 채 했다.

"헤이, 미스터 리."

"하이, 핀트 씨."

귀덮개가 달린 체크무늬 모자를 뒤로 젖히면서 핀트가 웃었다.

"아내가 가을 내 좀 잠잠하더니 또 집을 나갔어. 이번에는 내 사업자금 꿍쳐놓은 것을 용케 알고 몽땅 들고 나갔어."

"그거 참 큰일이군요."

"우리 아내는 내 가슴을 예리한 조각칼로 북북 긋는 조각가라니까."

나는 내 공황에 대해 말하지 않고 속 편하게 웃었다.

"원 저런! 참 많이 힘드시겠습니다."

핀트는 가슴 아픈 이야기를 재미있게 하는 재주가 있었다. 내게 공포가 찾아온 뒤부터 담배를 쥔 오른손 손가락이 파르르 떨리는 증상이 생겼다. 잠시 떨리는 손가락과 타는 담배를 응시하다가 신경질 묻은 중지 손가락으로 타는 담배를 힘껏 튕겼다. 땅에 떨어진 담배는 두 동강 난 채 꺼져버렸다. 핀트와 같이 차에 올랐다. 두꺼운 화장을 벗어던진 여인의 얼굴처럼 안갯속에서 붉은 해가 모습을 드러냈다. 핀트가 말한 산밑에 차

를 세웠다. 산자락은 세 갈래였다. 세 개의 계곡 중 우리 옆 계
곡은 낮고 물길은 깊었다.

"내겐 예쁜 공주가 둘이나 돼. 문제는 아내가 우리 딸들의
정신까지 파먹는 단 말씀이야. 그래서 나는 아내를 더 미워하
는지 몰라. 아내가 내겐 너무 무거운 십자가야."

그가 오른손에 든 장비가방을 다른 팔로 옮겨 쥐면서 한숨
을 토했다. 푹신하게 자란 풀들이 밟을 때마다 푹신한 신발을
연상시켰다. 금잔디는 핀트와 내가 끄는 나무 봉에 갈라졌다.
갈라진 길이 하나의 파이프로 보였다. 장비가 든 가방을 나무
밑에 두고 우리는 봉으로 천천히 풀 더미를 더듬었다. 지금 우
리는 고통의 대상을 이곳에 버리려고 그 장소를 찾는 것이 아
니라 잃어버린 핀트네 집문서를 찾는 듯했다. 그만큼 꼼꼼히
풀숲을 살폈고 그만큼 몰두했다.

핀트와 나는 한 바퀴 돌 때마다 마주쳤다. 핀트가 나를 보자
말했다.

"동굴 속에 마누라를 가두면 마누라가 치유될까? 한때는 사
랑했던 사람인데 그런 사람을 매달 장소를 물색하다니! 너무
잔인한 일이야. 하지만 내 아내는 집에 정복당하지 않으려 하
고, 우리는 그녀한테 정복당하지 않으려고 안간힘을 쓴다네.

그렇다면 집에 정복당하지 않으려고 안간힘을 쓰는 그녀에게 아주 특별한 집 한 채를 마련해 줘야지. 안 그런가?"

"맞네요. 핀트 씨"

나는 핀트의 아내와 이석우가 동굴에 매달려 있는 동안 거듭나기를 바라면서 하늘을 봤다. 하늘은 흐렸다.

"어디선가 '꿈꾸는 작은 새' 음악이 흐르는군. 경쾌하고 활달한 음률인데 갑자기 그 음악이 듣고 싶어지네."

핀트가 웃었다. 눈가에 자잘한 주름이 모아졌다 흩어졌다. 선량해 보이는 그의 눈주름이 나는 좋았다. 핀트가 편한 사람이라 그런지 내 마음이 가볍고 편했다. 이 평온이 얼마 만인가?

"동굴이 이 근처라면서 세 바퀴째 돌았는데 없네. 여기가 아닌가? 아니면 신의 뜻이 아닌가?"

"보물이 그리 빨리 눈에 띄면 뭐가 걱정이겠어요."

우리의 희망은 동굴이었다. 갑자기 앞에 가던 핀트가 네 활개를 벌리고 벌러덩 누웠다. 두 시간 이상 동굴 찾는 일에 몰두했더니 정말 피곤했다. 길게 자란 풀 더미가 유혹적이었다. 푹신한 풀은 자연의 침대였다.

"와! 드디어 찾았어요."

세 시간 만에 만난 작은 허방 하나, 하마터면 나는 그 허방에 빠질 뻔했다. 쾌거였다. 우리가 다닌 길에서 밑으로 비낀 자리, 늘어진 금빛 풀숲 사이에 풀들이 맞닿아있지 못해 뚫린 작은 구멍 하나가 수상했다. 순간 숨이 막혔다. 삽으로 허공에 걸린 흙을 찍었다. 힘없이 무너진 자리에 작은 구멍 대신 허방하나가 생겼다.

"미스터 리, 뭐 있어?"

"예, 있어요."

우리는 뻥 뚫린 구멍을 내려다보면서 서로 눈빛을 교환했다. 어쩌면 우리는 서로 동굴이 없기를 바랐을지도 몰랐다. 우리가 저지를 범죄를 생각하면 두려웠으니까. 누군가를 동굴에 버리겠다는 생각은 정직하게 말하면 억울함에 대한 복수며 자신이 입은 피해에 대한 분노의 폭발이었다. 찌르르 전율이 온 것은 바로 다음 순간이었다.

"이곳에 아내를 가두고 올라와서 나는 아무 일 없이 태연해야 성공하는 거지."

"그렇죠."

"여기에다 아내를 위한 집을 짓고 나는 사람처럼 살잔 거지. 사람처럼 말이야"

그가 소리쳤다. 그를 보며 내가 웃었다.

"우리 뭐 좀 먹고 하죠. 식사 후에는 동굴에 들어가야죠."

나는 들고 온 가방 속에서 사과 두 개와 빵, 주스, 보온도시

락에 넣어온 라비올리와 형님이 보내준 매실 장아찌를 꺼냈다. 바람이 찼다. 오늘 따라 저 아래 호수가 음울해 보였다. 그가 노란 오렌지 주스를 따서 꿀꺽꿀꺽 마셨다.

"왜 저 산 아래 있는 나무들은 모두 호수 쪽으로 몸을 구부리고 있을까? 여자의 자궁 속도 저렇듯 파랄텐데. 그래서 여자는 모성애가 강한 거 아닌가? 자신의 푸른 물에서 건져 올린 모성애로 다시 제 자식을 키우고, 그런데 어찌하여 우리 마누라는 저리도 황폐해져 갈까. 가족이 다 나가고 혼자 있게 되는 적막에 진저리를 치다가 마약에 손을 댔나?"

"고독이니, 적막이니 하는 말은 우리가 살아있는 한, 뗄 수 없는 데 그것으로부터 달아난다고 달아나 지나요? 그것보다도 부인의 가출은 태생적일 수 있어요."

"허긴 그녀의 조상은 원래 집시였어. 며칠 후에 그녀가 집시 집회에 가요. 그리고는 그녀는 어디론가 훌쩍 떠나고는 했어. 그리고 묻어온 게 마약이었어."

실은 그녀는 쿠르드족 혼혈 집시혈통이었다. 그들은 터키의 공적 1호였으며 그들의 지도자가 터키의 감옥에 갔다. 온 세계에 흩어진 그들은 지도자가 감옥에 갇히자 온 세계집시들이 하나의 벨트를 타는 듯했다. 핀트의 아내도 마약을 빌미로 그들의 벨트에 합류하고 있었다. 우리가 한 때 독립운동자금을 모으듯이 그들도 독립운동자금을 모았다. 그들은 중동 석유가 터키를 지나 카스피 해로 가는 석유관을 장악하려는 과정에서 두목이 잡히고 말았다. 일부 언론은 미국의 장난이라고 했으며 미국을 비난했다.

"당신이 동굴을 말하는 순간, 직감적으로 당신이 내 친구라는 것을 알게 됐지."

"그래요? 당신은 예지능력이 대단하군요."

"천만에, 우리는 서로 미로 끝에 있는 골방이 필요한 사람들이라는 것을 직감으로 느꼈을 뿐이야. 미스터 리 표정 또한 쫓기는 자의 불안이 묻어 있었으니까."

"저 골방이 살만 했음 좋겠는데……"

"이 큰 산이 품은 굴인데…… 바람도 막아주고 비도 막아줄 텐데 뭘. 오히려 저곳이 천국일지도 모르지. 너무나 편해서 하릴없는 박쥐들이 놀이삼아 거꾸로 매달려 있잖은가."

"하하, 우리는 그런 동굴을 공유하게 됐군요."

"하하."

우리는 마주 보며 웃었다.

"동굴 주식을 나눠 가져야 되는 건가? 그것을 우리는 '동굴 주식'이라고 하자구."

"와! 역시 사업가라 이재에 밝으십니다. 어느 새 동굴을 주식으로 계산해 버리다니!"

나는 오랜만에 기분이 좋았다. 식사가 끝난 후, 동굴에 들어가기 위해서 우주복 닮은 동굴 탐사복을 입었다. 그랬더니 날렵했던 내 모습은 오간 데 없다면서 핀트가 나를 놀렸다. 하강을 서둘렀다. 밖에 있는 큰 바위에 로프를 걸고 핸드랜턴을 오른 손에 쥔 다음, 핀트가 내려다보는 가운데 동굴의 아가리에 발을 디밀었다. 고래 뱃속 같은 동굴에 발을 디밀자 이상한 절망감이 온몸을 휘감았다. 정신을 차리자. 이러다가는 이석우보다 내가 먼저 죽겠다 싶었다.

"이상구, 내 돈 내놔! 내 돈."

"주식 사면 돈 될 거 같으니 사보라고 했죠. 면목 없게 되기는 했지만, 그보다도 형님, 자신의 운을 더 탓해야 되는 거 아네요?"

"운? 이 사람 말하는 거 좀 봐. 자네가 권하지 않았다면 안 샀을 거 아냐? 스위스에서 나가면 집 살 돈인데 너 당장 내 돈 내놔. 내 돈! 어떻게 할 거야?"

"형님 운인데……"

"책임져! 내 주식으로 망한 돈 니가 책임지란 말이야!"

이석우는 화가 나면 내게 반말로 쏘아붙였다.

어차피 인생은 평안과 절망의 두 겹 새끼줄 아니겠어? 히말
라야 산에 오르려면 수없는 난관에 부딪혔다. 나 역시 고래 뱃
속 같은 동굴에 닿으려면 정신을 가다듬고 난관을 극복해야 했
다. 나는 로프를 잡고 잠시 숨을 몰아쉬기 위해서 천장을 봤다.
거기에 박쥐가 까맣게 붙어 있었다. 그곳에도 어김없이 생명이
진을 치고 있었다. 눅진한 동굴냄새와 도깨비가 아가리를 벌리
고 달려들 것 같은 동굴, 그 입구에서 나를 내려다보고 있는 핀
트를 향해 헤이, 소리치고 쿵쿵, 헛기침을 했다. 나 좀 봐줘. 내
게서 눈을 떼지 마. 나 무서워 죽겠어. 실제로 나는 두려워서
수선을 떨고 있었다.

우리는 이제 자유롭게 숨 쉬며 살아야 해.

국가는 곧 인간이다.

인간은 행복할 권리가 있다.

오늘도 두려움과 싸워야 하는 자들은 고단하다.

라고 소리쳤다.

박쥐 하나, 박쥐 둘, 박쥐 셋. 거꾸로 매달린 박쥐가 여섯,
더 위쪽의 박쥐가 다섯, 위의 것들을 되뇌며 한발 한발 동굴 속
으로 들어갔다. 요즘 이석우로 인한 내 기분처럼 캄캄한 굴속
이 기분 나빴다. 바위 사이에서 물이 떨어졌다. 오줌같이 누런

물에 어, 이게 뭐야? 하는 기분이 되었다. 만약에 저 동굴에 갇혀 있을 때 물이 없다면 이 물이라도 먹어야 사는 거 아냐? 하는 생각에 아찔했다. 아니, 이 세상 살다 보면 이석우 같은 인간 만나 오줌같이 찝찔한 맛을 봐야 하고 생수 같은 사람 만나 생수 맛으로 숨을 쉬어야 했다. 동굴이 내뿜는 음산한 기운이 온몸을 감쌌다. 저만치 흰 것이 번들댔다. 이곳은 석회암이 발달한 지하 습곡지대였다. 쥐라산맥의 잘록한 허리인 듯 경사가 심하고 저 밑에 호수가 흐르는 모양이었다. 천정은 물기가 번질댔다. 맞은편에는 흐르듯 석회암 물결무늬가 커튼을 연상시켰다. 석회암이 조금씩 녹으면서 물결을 만들었다. 그 아래에 석순이 뾰족했다. 동굴은 그리 크지 않았다.

"힘들지 않아?"

"반 이상 내려오니까 미지에 대한 호기심도 사라져요."

"무서운 모양이지?"

"무섭죠. 무서운 맹수가 아가리를 벌리고 있다가 내 아랫도리를 몽땅 먹어치우는 망상에 떨고 있어요. 동굴이 그다지 크진 않네요. 호수도 있어요."

"호수가 있다면 꽤 큰 동굴이네. 사람이 살 수 있겠어."

"이제 대강 동굴의 성질을 알았으니 올라갈게요."

"그래요. 어서 올라와."

"그럼 올라갑니다."

나는 어둠 속에서 희미한 한 줄기 호수를 보면서 바삐 왔던 길을 되짚어 올라왔다.

"미스터 리, 고생 많았어."

우리는 마당처럼 편편한 풀 위에 올라앉아 아까 먹다 남은 술과 음식을 다시 먹기 시작했다. 그가 가방에서 맛없는 아펜젤 치즈를 넣은 마른 빵을 꺼냈다. 작은 통속에서 사워 크라우트라는 양배추 피클을 꺼냈다. 그는 또 능숙하게 보온병 뚜껑을 돌려 열더니 내게 커피를 따라주었다.

"아까 마약 얘기를 했었는데 마저 하세요."

"우선 아내의 눈동자가 싫어. 눈동자에 초점이 없어. 그래서 같이 있는 게 싫어. 아내를 보는 게 싫다니까. 그런데다 갑자기 사라져버리니 미칠 일이야."

"그냥 사라진다 이거죠?"

"그냥만 사라지면 괜찮게. 집에 있는 돈 되는 거 다 들고 나가니까 그게 문제야. 오죽하면 동굴에 매달 생각을 하겠어?"

"이혼도 쓸데없다고 하셨죠?"

"다아 쓸데없어. 저 동굴에 가둬야지 우리 애들이 사는 거야."

저 아래 나무들이 단단한 젊은이처럼 서 있었다. 그리고 시선의 끝에 알프스 산이 누워있었다. 우리가 쓸고 다녔던 누런 풀밭이 마루처럼 펀펀했다. 거기서 갑자기 살쾡이 한 마리가 쑥 달아났다. 우리는 마주 보고 웃었다.

"원 녀석도, 가만있으면 되는 걸 왜 티를 내고 그러지?"

"본능이죠. 뭐. 보호본능."

"나는 아내가 그렇게 된 뒤로 하는 일마다 실패였어. 이제 이곳에서 희망을 찾는다면 다시 일이 풀릴 거야. 사람은 희망이 있으면 일이 풀리기 마련이지."

"우리는 불안의 실체를 매달려고 하지만 오히려 더 큰 두려움과 불안에 시달리겠지. 그래도 당장 불안의 대상들을 보지 않았으면 좋겠어."

"딸들은요?"

"우리 집 분위기는 언제나 밍밍한 냉수 맛이야. 즉 재미를 모르고 살아. 계집애들이야 나가서 축제를 즐기겠지만 집에서는 늘 시무룩해. 잘 웃지 않아."

"때로는 단호할 필요가 있어요. 그냥 견디다가 다 죽을 수 있으니까요."

발밑에는 다 시들어 누런 풀밭에 야생화 한 송이가 외롭게 피어 있었다. 마른 풀 더미 속에서 보는 보석 같은 꽃이었다.

반가웠다. 로드히프시스로 보이는 꽃이었다. 이 삭막한 곳에서 추운 바람을 견디며 살아있다니! 우리는 감탄했다. 고원의 초지는 누렇게 변해 갔으나 산 위처럼 바싹 마른 풀들이 아니었다. 맞은 편 산자락에는 해발 천 미터 이상 되는 고지로 한때는 포도 농사와 양을 치고 치즈를 만들어 파는 낙농 업자들의 마을이었다. 하지만 지금은 빈집이 많았다. 나라가 도시화되어가면서 사람들이 하나 둘 도시로 빠져나갔기 때문이었다. 지금은 얼마 안 되는 거주민들이 염소고기를 말려 팔거나 그곳까지 오는 관광객들에게 숙소를 제공하면서 근근이 연명했다. 그러나 멀리서 바라보는 그곳은 천국처럼 아름다웠다.

"벌써 해가 지네"

"늦가을 해라 짧네요. 이제 내려가야 할까 봐요."

그가 두 손으로 두 볼을 감싸고 얼굴을 쓸었다. 얼굴을 쓸 때마다 그의 안경이 코에 걸렸다 떨어졌다 했다.

동굴이 내게 행복감을 주었다. 집에 도착해서도 그 동굴 생각에 가슴이 뛰었다. 먼 이국땅에서 처녀 동굴을 알게 되다니! 옹골졌다. 불안으로 기진맥진해 있던 내게 새로운 생기가 차올랐다. 집에 와 있어도 동굴에서 올라오던 태곳적 기운이 온몸을 감싸는 느낌이었다. 동굴 보다 더 깊은 곳에 박제된 부모형제들이 떠올랐다. 생각 때문일까. 벌써 불안이라는 올무에서 풀려난 기분이었다. 나는 집에 와 잠자리에 들면서 천정을 보고 오랜만에 크게 웃었다.

3

나는 이석우에게 전화를 했다.

"웬일로 전화를 다하고?"

나는 약간의 허풍을 떨어가며 형님을 모시고 싶다고 아부했다.

"제가 이곳에 빈 동굴 하나를 마련했습니다. 그 동굴을 발견하는 순간 형님한테 보여드리고 싶었습니다."

"아니 언제 그런 실속을 챙겼나?"

"얼마 안 됐어요. 이번 휴일에 레만 호수도 구경할 겸, 제가 발견한 동굴에 가보지 않겠어요?"

"이런, 이렇게 고마울 수가! 거, 그래 같이 가자구."

그가 좋아하니까 양심의 가책이 됐다. 일요일이라 집에는 아무도 없었다. 이석우와 통화를 끝내고 나니까 이번에는 가슴에 분노가 차올랐다. 나는 진하게 커피 한 잔을 만들어 마시면서 입술을 깨물었다.

그 다음 주 일요일에 나는 차에다 이석우를 태우고 동굴로 갔다. 그가 호기심을 보였다.

"아니 내 조국도 아닌데 남이 모르는 동굴을 안다구? 나와 수차례 만나면서도 산에 간다는 소리 안 했는데?"

"하하. 우연히 발견한 겁니다."

나는 잠시 이석우를 빤히 봤다. 그가 잠시 미심쩍은 표정을 지었으나 이내 앞을 봤다. 말이 호수지. 바다와 같이 큰 호수를 낀 해안도로는 하나의 컨베어 벨트였다. 알프스 산 때문일까 바다 닮은 아득한 물 위로 햇무리 같은 게 보였다. 그 빛 말고는 쓸쓸한 늦가을의 우수에 찬 자연이 휙휙 지나갔다. 이미 잎이 진 나무들도 우울해 보였다. 그러나 나이테만큼이나 단단히 움켜쥔 생의 의지, 겨울을 견디는 나무들은 내년에도 아름다운 꽃을 피우기 위해서 제 몸을 떨며 비우고 있었다. 펄펄 멀리까지 번식의 의지를 날리겠지. 끝없이 연결되는 도로에 싫은 사람과 같이 한다는 것은 불행한 일이었다. 나는 갑자기 존 트라볼타의 전성기적 디스코 음악을 틀었다. 이석우가 놀랐다.

"음악 소리가 너무 크고 시끄러워"

내가 음악 소리를 줄이면서 이석우를 지긋이 바라봤다.

"너무 지루하잖아요. 가끔 기분전환으로다 이런 곡을 들어야 하는데……."

내가 혼자 중얼거렸다. 그는 아예 다른 데로 채널을 돌려 버렸다. 그 바람에 그룹 비지스의 음악이 흘렀고, 나는 목을 길게 빼면서 그 음악을 가성으로 따라 불렀다. 기분이 한결 나아져서 그를 봤다.

"재밌는 얘기 없습니까? 서울 이야기 좀 해주세요."

갑자기 치과용 드릴이 이를 가는 소리를 내면서 음악소리가 비명을 질렀다. 호수 때문에 산이 아주 가린 것도 아닌데 음악이 긁혔다. 우리는 창고용 건물을 지나 아치형 다리와 연해 있는 길을 꺾어 들어가 차를 세웠다. 그리고 차에서 내린 후, 간단한 맨손 체조를 했다. 나는 다시 차로 가서 앞의 의자를 뒤로 물리고 뒷좌석을 넓게 한 후, 둘이 마실 술자리를 마련했다. 이석우가 좋아하는 커트 샥을 내놓고 은박지에 싼 치킨세트와 육포를 펴놓았다. 이석우는 왼쪽으로 앉고, 나는 오른쪽으로 마주 보도록 자리를 마련했다. 늦가을이라 추웠다.

"자 한 잔 받으세요."

그가 술을 보더니 자리로 왔다.

"저 호수 물빛 한번 기차게 근사하죠."

"이 나라는 호수에, 알프스 산에, 정말 복 받은 나라야."

"자아, 그럼 우리 건배할까요?"

"우리의 동굴을 위하여!"

"동굴을 위하여!"

"이 신선한 향, 멋진 이 맛, 크으!"

"이 술은 참 독해요. 물론 형님이 좋아하시니까 샀지만."

"뒷맛이 깔끔하잖아. 술 맛 좋다. 이 높은 곳에서 경치 구경하며 마시는 술맛 아! 크으!"

"오케이!"

"일단 추우니까 몸을 훈훈하게 데울 정도만 마셔요. 좀 뜬금없지만, 결국에는 맑고 밝은 세상이 이기겠죠. 예수나 공자가 청강수 같이 맑은 사람들이면서 바다로 가는 법을 가르쳤잖아요? 잘못된 길은 무너지게 되어있죠. 바르고 곧은 길만 남겠죠. 지금 세계가 뒤숭숭하잖아요? 그것도 물이 탁해서일 테니까요."

나는 당신이 바로 흙탕물이야! 라고 외치고 싶은 것을 그렇게 돌려 말했다.

그때, 차 속에 켜놓은 라디오에서 폭죽 터지는 소리가 났다.

"독일 통일 만세!"

"어? 오늘이 독일 통일 기념일이네. 망치 소리가 드높군요."

독일인들은 통일의 그 때, 너나없이 망치를 들고 나와 장벽을 부수었다는 아나운서의 멘트가 흘렀다.

"독일 통일 기념일 만세!"

내가 내 가슴속에 난 칼자국을 달래기 위해서 소리쳤다. 야외라 불안의 정도는 약했다. 허나, 옆에 있는 불안의 실체가 나를 괴롭혔다. 가슴이 뛰었다. 나는 그를 보며 일부러 미소를 날렸다.

"우리도 독일 통일국가 한 번 힘차게 불러볼까요? 동굴에 들어가려면 힘을 내야 하니까요. 자, 그럼."

도이칠란트, 도이칠란트 위버 알레스,
위버 알레스 인 데어 벨트,
위버 알레스 인 데어 벨트

머리가 좀 아팠다. 그러나 마음은 가라앉았다. 20대 같은 새 힘이 솟았다.

"제기랄! 내 돈은 사라졌는데 너는 남의 통일 기념일에 기뻐한다?"

이석우, 그 사람이 내 가슴에 불을 댕겼다. 그 바람에 내 가슴이 더 세게 콩닥거렸다. 가슴이 곧 조여질 일만 남았다. 나는 자리에서 벌떡 일어났다. 아직 술잔을 들고 있는 이석우를 채근했다. 우리는 각자 동굴 탐사 장비가방을 챙겨 들고 산에 올랐다. 그의 동굴 탐사복도 미리 준비해 가지고 와서 입혔다. 핀트와 내가 쓸고 다녀 판판해진 풀 침대를 밟고 동굴 쪽으로 갔다. 바위에 두 개의 밧줄을 감았다. 나는 이석우를 바위에 매달아야 했기에 핸드랜턴을 한 손으로만 단단히 잡았다. 또 한 손에는 로프를 잡고 동굴 아래로 조심조심 내려갔다. 이석우도 내 머리 위에서 내 지시에 따라 조심조심 발을 옮겼다. 난데없는 인기척에 박쥐들이 부산을 떨었다. 나는 끓어오르는 화를 누르기 위해서 크게 외쳤다.

"시래기 된장, 김치, 한강물, 에 또, 서울시, 개새끼! 나가리."

"어? 개새끼라니?"

"그냥 불안해서 해본 소립니다."

"그래, 불안해?"

이석우가 손을 벋으면 바로 손에 잡힐 위태로운 거리에 있었다. 질긴 이석우가 꼬리를 내릴 날이 머지않았다. 내게 칼을 디밀던 이석우, 그가 내 바로 위에 있다. 무섭다. 그가 내 머리를 짓이겨버리지 않을까 잠시 두려움이 엄습했다. 주식은 순전이 자신이 알아서 관리해야 할 일, 자신이 공부를 하고 자신이 관심을 가지고 다른 종목으로 갈아타고 팔아야 하는데 내쳐 두었다가 나중에는 내 탓을 하다니! 그렇다면 잘 됐을 경우, 내게 배당금을 주었을까? 나는 내 위에서 조심조심 내려오는 이석우를 올려다봤다. 내 손이 떨리는 것을 느꼈다. 나는 나도 모르게 이석우의 발목을 잡아당길지도 모른다는 생각이 들었다. 갑자기 내 자신이 무서웠다. 이석우가 아래를 내려다봤다.

"곧 근사한 동굴을 보게 될 겁니다."

"기대되네."

어쨌든 내게는 이석우가 공포였다. 그가 금방 나를 따라잡아 내 옆에 다가섰다. 이제는 둘이 나란히 동굴 안으로 내려갔다. 나는 오늘 신이 나와 함께하기를 기원하면서 천천히 동굴에 닻을 내렸다. 발밑에는 시커먼 어둠이 아가리를 벌리고 있었다. 잠시 로프 위에 멈춰 서서 동굴 안을 향하여 핸드랜턴을 쏘았다. 어둠이 빛으로 바뀌는 자리마다 아름다운 산호와 종류석들이 보였다. 화려했다. 노랑, 빨강, 하양, 보라가 뒤섞인 동굴은 작지만 보물이었다. 이곳은 아무도 찾지 않는 처녀동굴인 듯했다. 황홀했다. 호수로 생각했던 곳을 봤다. 작은 호수가 파란 눈을 반짝이며 나를 맞았다. 주위에는 종유석과 석순으로 바위를 이루고 산호와 동굴진주가 탄성을 잦게 했다. 이제 이석우 따윈 눈에 보이지 않았다. 바로 눈앞에 펼쳐진 별천지만 보였다. 내게 흥분은 치명타였다. 가슴이 조이기 시작했다. 그리고 문제의 땅, 이석우를 매달 바위가 있을 저 구석, 차츰 도를 더해 조여드는 내 가슴 때문에 나는 그만 호수 쪽으로 냅다 뛰었다. 숨이 찼다. 이석우, 그도 덩달아 뛰며 소리쳤다.

"아니, 구경 좀 하면서 가지 왜 그리 빨리 가?"

나는 이석우가 묻는 말에 대꾸하지 않았다. 다만 조이는 가슴을 뜯으면서 뛰었다. 할 수 없이 흔들리는 핸드랜턴 불빛에 그도 내 뒤를 따라 뛰었다. 그리고 호수에 이르자 내가 곧 바로 물속에다 이석우를 떠밀었다.

"풍덩!"

"이 웬수! 지옥 맛 좀 봐."

이석우가 놀랐다. 그리고 갑자기 닥친 불행에 그가 소리쳤다.

"너 지금 뭐하는 짓이야?"

이석우가 나오려고 헤엄을 쳤다. 나는 그도 불안장애가 찾아올까봐 얼른 그에게 핸드랜턴을 들이댔다. 아! 그 순간, 물에 핀 석화에 그만 내 정신이 다 몽롱해졌다. 랜턴 불빛에 비친 물속의 석화는 용궁에 핀 이름 모를 꽃이었다. 그가 허우적거릴 때마다 물살에 흔들리는 희고 붉고 노란 꽃이 찬란하게 빛났다.

"너 이 자식, 일루 와, 물속에 무서운 짐승이나 독이 있으면 어쩌려고 날 밀어 넣어? 밀어 넣길!"

"난 지금 당신 때문에 생긴 병으로 가슴이 조여서 죽을 것 같단 말이야! 당신이 괴로워하는 걸 보아야 내 가슴이 평온해 질 것 같아. 그러니 아무 소리 말고 잠깐 스톱!"

"뭐라구? 잠깐 스톱?"

"난 당신 때문에 지금 여간 힘들지 않아. 당신이 나를 괴롭히는 바람에 내 머리에 암 덩어리가 생겼어. 어떻게 할 거야? 이 암 덩어리나 받으라고. 어때? 여기 좋지? 이렇게 근사한 동굴이 내 것이야. 그러니 앞으로는 나를 괴롭히지 않겠다고 약속하면 거기서 꺼내주지."

"이놈, 지금 죽어 가는 나를 두고 흥정하자는 거냐? 빨리 손 쓰지 못하고 웬 수작질이야?"

"약속해! 앞으로 나를 괴롭히지 않겠다는 약속을 하란 말이야."

그는 뒤에서 무엇이 잡아당기는지 자꾸만 나로부터 조금씩 멀어졌다. 그것을 보고 있는 내 마음이 다급했다. 그러나 이석우가 약속할 때까지 태연하자고 나 스스로 다짐했다. 내 다급한 마음만큼 그를 재촉했다.

"어서, 다시는 협박하지 않겠다는 약속을 하란 말이야."

"좋아, 약속하지."

"자, 그럼 이 로프를 던질 테니 잡아."

나는 로프를 던져 그를 끌어냈다. 대신 손에 말아 감은 밧줄에 거꾸로 매달린 그는 영락없는 박쥐였다. 물이 주루루 떨어지는 머리 쪽을 들면서 그가 소리쳤다.

"날 죽……일 죽……일 거……야? 살려줘. 다시는 다시……안 그럴 게."

그는 처참한 한 마리 박쥐였다.

내가 그의 밧줄을 풀어주자 이석우는 핸드볼 선수가 날라치기 하듯 날아와 나를 날렸다. 그리고 수없이 나를 짓밟았다. 그 바람에 나는 찌그러진 알루미늄 냄비 꼴이 됐다. 그러나 짓밟혀 찌그러진 내 몸 어두운 구석에서 그동안 공포에 시달려 단련된 내 의식이 햇빛처럼 빛났다. 그 뒷면 벽에 거꾸로 매달린 사내가 살짝 비쳤다 사라졌다. 그 사내가 나 같기도 하고 이석우 같기도 했다. 퍼뜩 내 불안과 공포에는 대상에 대한 내 유사성의 혐오일지도 모른다는 생각이 들었다. 나는 마치 생존 능력의 측정인 양, 공포를 깨부수려는 양, 그와의 결투에 생사를 걸었다. 피범벅이 된 나는 서서히 몸을 일으켰다. 그리고 물귀신처럼 이석우를 끌어안고 물속으로 넘어졌다. 우리는 하필 태고의 신비 속에서 치열하게 싸웠다. 그것은 영화 '용궁 신화'에서 보았던 날 혼들의 움직임 같았다.

슈플은행도 독일의 발권은행과 전화 통화가 빈번했다. 독일에 은행을 세우기 위해서 내가 다니는 슈플은행은 독일에 뻔질나게 드나들었다. 크루드 족인 핀트의 아내도 그 무렵 마약을 끊었고, 독일로부터 집시로 떠돌던 동족들이 안주할 땅을 받기로 했다는 소식이었다. 독일 통일 후 불기 시작한 세계화 추세로 세계 전체가 벨트화 되어갔다. 내게 통일 독일 파견 근무 명령이 떨어졌다. 독일로 떠나기 전 날, 나는 핀트를 저녁 식사에 초대했다. 핀트 역시 그 동굴로 인해서 결혼생활이 제 자리로 돌아왔으며 집시들의 아지트가 되다시피 했다는 동굴 이야기로 밤이 깊어갔다. 이석우의 협박전화는 오지 않았다. 물론 내 공포와 불안도 깨끗이 치유됐다. '법적으로 하자'는 말을 자주 듣는 세상이 됐지만, 지금 나는 결투가 확실한 구원이었던 그때가 그립다.

산에 사는 아버지의 생명수

며칠 전에 부대 안의 담에다가 오줌을 갈겼던 일을 떠올리며 나는 제대용 배낭을 어깨 위로 추켜올렸다. 내 오줌 한 줄기는 그동안 이곳에 와서 단련된 내 몸과 내 영혼 한 줌이었다. 호스로 단물 빼는 고로쇠나무 곁을 지나서 고양이 털 같은 잔설 길을 마지막으로 서울행 버스에 올랐다. 소쩍소쩍 소쩍새가 울었다. 차가 철원읍을 지나자 봄비가 부슬댔다. 생명의 부활을 위한 봄비는 서울에 닿아서도 우둑거렸다. 하지만 봄과는 달리 내 마음은 무거웠다. 비가 가볍지 않은 내 발걸음을 술집으로 안내했다. 서울은 여전히 들뜨고 분주했지만 술집은 낮이라 그런지 한산했다. 해방감으로 들떠서 뛰어가야 할 집인데, 나를 정지시킨 것은 아버지였다.

자갈밭이 아스팔트로 변하고 범람했던 하천에 둑이 생기고 그 둑이 번듯한 도로로 변해도 우리 아버지는 15년 동안이나 소식이 없었다. 그런 아버지가 집에 왔다는데 나는 아버지와 마주할 자신이 없다. 그런 면에서는 아버지도 마찬가지일 것이다. 나는 집을 떠나 몸을 숨길 수밖에 없었던 그 당시의 처지가 합당하다고 해서 15년간이나 모르쇠로 일관한 아버지의 행동을 히히거리며 받아들일 수 없다.

"여기 소주 한 병 하고 삼겹살 이인 분 주세요."

턱이 뾰족한 여자가 소주 한 병과 김치 같은 밑반찬을 내려 놨다. 들뜬 마음을 누구에겐가 전해야겠기에 그녀를 봤다.

"제대했다고 축하하나, 비가 오네요."

"제대했어요? 그래요? 소주 값은 내가 내죠."

"그래요? 감사합니다. 헌데 그래도 되는지 모르겠어요."

"그럼요. 이 나라를 지킨 수고 값 치곤 너무 약소하죠."

"그렇다면 잘 먹겠습니다."

"그럼요. 김 씨, 여기 불 빨리 넣어줘요."

여자가 나를 향해 생긋 웃어 보인 후 돌아섰다. 나는 술집을 나와서도 여기저기를 기웃거리다가 늦게야 집에 간다. 손을 뻗으면 내 손안에 다 들어와 다섯 손가락으로 만져지던 우리 집이었는데 오늘은 이상했다. 가지 말아야 할 곳에 가는 기분이었다. 깊고 아득한 굴속으로 들어가는 기분이었다. 우리 집 문을 열었다.

"아이고, 우리 아들 왔냐? 수고 많았다."

갈퀴손으로 내 손을 잡고 흔들며 좋아하는 어머니의 등 뒤로 늙수그레한 남자가 나를 봤다. 아버지였다. 입가에는 떨어질까 말까 망설이는 수돗물처럼 위태로운 미소를 머금고 어색한 표정으로 한 마디 했다.

"수고 많았다."

우리 사이의 어색한 분위기를 눈치 챈 어머니가 처음과는 달리 나를 살피면서 한발 앞으로 나왔다.

"뭐 하느냐? 아버지한테 인사드리지 않고."

어머니는 자신의 마음이 아무리 언짢고 싫어도 도리 앞에서는 깍듯했다. 나도 내키지 않았지만 일단 아버지한테 큰 절을 올렸다. 아버지는 내 절에 짧게 답례했다.

"수고했다."

내가 책임을 다하지 못한 아버지를 속으로 탓하는 것과는 달리, 아버지의 목소리는 이 집안의 가장으로서 충분히 위엄을 갖추고 있었다. 그동안 너희들을 보살피지 못해서 미안하다는 그런 말은 하지 않았다. 나 역시 그동안 어떻게 지내셨느냐, 왜 소식 한마디 없었느냐는 말은 하지 않았다. 그 자리에서 곧바로 일어섰다.

세상 물정 모르고 자란 어머니는 혼자서 우리 오누이를 키우느라 갖은 고생을 다했다. 그동안 고생이 많았던 우리 어머니, 하지만 지금 어머니는 목욕을 하고 엷은 화장까지 한 뒤라 오랜만에 생기 있어 보였다.

어머니의 말에 의하면 아버지는 남의 싸움판에 끼어들었다가 살인 누명을 쓴 것이라고 했다. 닭 한 마리 목 비틀어 잡을 줄 모를 만큼 다시 없이 선한 사람이 그만 불운하여 그리 됐노라고 했다. 아버지가 선하다고 할 때 어머니는 약간 말을 더듬는다 싶었다. 아버지는 누명 후, 잠적하여 소식이 두절됐었다. 그때 내 나이 여덟 살이었다.

내가 초등학교에 입학식을 하고 오던 날 아버지는 나를 꼬옥 안아 주었다.

"아이구 우리 아들, 아이구 이쁜 우리 아들, 축하한다."

나는 아버지의 수염 때문에 아팠던 기억을 잊을 수 없다. 그때 아버지의 기억이 내 머리에 깊이 각인되어 가끔 나를 찔렀다. 어머니는 아버지가 경쟁자의 모함으로 잠시 이승 아닌 저승에 다니러 간 거라고 했다. 두고 봐라, 언젠가는 그놈이 아버지처럼 저승에 다녀올 거라며 어머니는 도망자의 신세를 저승으로 생각했다. 나는 제대하면 본격적으로 아버지를 찾으리라 맘먹었다. 도대체 생사가 궁금해서 견딜 수 없다는 어머니의 한숨 때문이기도 했지만, 어쨌든 미우나 고우나 내 아버지니까.

나는 그 다음 날 늦도록 자고 나서 텅 빈 집안을 구석구석 뒤졌다. 다락에서 낯선 가방 하나를 발견하고 그 가방을 열어 보았다.

아버지는 과연 그동안 뭘 했을까?

아버지의 가방 속에는 고작 책 몇 권이 다였다. 나는 얼굴을 찡그린 채, 에게게 뭐야 싶었다. 그동안 허비한 아버지의 시간들은 고작 책 몇 권으로 남아 있었다. 나는 아버지의 시간들을 노려보다가 그중에서 『장똘뱅이 허걸이』이란 책을 폈다. 그러자 그 속에서 빛바랜 쪽지 한 장이 툭 떨어졌다.

개운암자, 내가 거기에 숨어든 건 정말 운명적이었다. 그녀는 내게 있어서 생명수였다. 쫓기는 데 지친 나를 따뜻하게 품어 주던 그녀, 그리고 그곳 개운암자.

이런 쪽지를 넣고 다니는 아버지의 저의는 무엇일까? 다 늙어 뒤늦게 돌아온 아버지를 용서할 수 없는 데 이건 또 뭐야. 나는 『장똘뱅이 허걸』이란 책 제목에 끌려서 책장을 넘겼다.

장돌뱅이 허걸은 어느 잘난 여자와 연애를 했다. 그는 핑크빛 감정에 부풀어 사는 게 행복했다. 하지만 여자의 집에서 반대했다. 그녀와 헤어지지 않으면 죽이겠다고 협박했다. 급기야 허걸은 그녀를 데리고 산속으로 들어갔다. 그는 비록 장돌뱅이로 생활을 꾸려가지만 하루 일이 끝나고 그녀가 있는 산속으로 가는 길은 행복했다. 자신이 번 돈으로 사랑하는 여자의 먹을 것과 옷가지들을 사 준다는 게 좋았다. 그날도 온몸을 흔들며 집에 도착했다. 허나 다른 남자가 있었다. 내용이 뻔한 그렇고 그런 소설이었지만 그 안에 담긴 아름다운 산길의 묘사가 좋았다.

가방을 닫고 나자 갑자기 며칠 전부터 오른쪽 눈 밑에 나기 시작한 여드름 두 개가 가렵기 시작했다. 한 개는 화농해서 붉었고, 한 개는 이제 막 자리를 잡는 중이이었다. 어머니의 소리 죽인 울음소리가 들리는 듯했다. 나는 주먹을 쥐었다. 같은 남자로서 어머니한테 아버지의 은밀한 문제를 고자질하기도 뭣했다. 생명수…… 생명수라는 단어는 그 자체가 싱싱한 호흡으로 연결되었다. 생명수…… 내 안의 긴 그림자 속에는 늘 성공해야 된다는 욕구 강한 강물이 출렁였다. 아버지의 누명 사건이 생긴 지 5년 만에 아버지가 범인이 아니라는 사실이 밝혀졌는데도 아버지는 감감무소식이었다. 밖에 나가서 별도 없는 가을의 밤하늘을 올려다보았다. 안방은 조용했다. 오랜만에 만난 두 분은 서먹해 보였으나 조용한 것으로 봐서 어머니는 아버지의 품에 안겼으리라는 행복한 추측을 해봤다.

내가 제대 후, 복학하던 날 두 분이 마주 보며 환히 웃었다. 그것은 15년 동안 부부가 함께 하지 못했던 웃음을 압축하여 한꺼번에 보여준 멋진 장면이었다.

아버지는 낮에도 나가는 기색 없이 파자마를 입고 뒹굴었다. 어머니는 그런 아버지를 보고 혀를 찼다.

"어디서 뭔 짓을 했는지, 전보다도 자상해지기는 했다. 하지만 똑똑한 맛이 사라졌어. 아니, 맹하기까지 하고만. 쯔쯔. 저러니까 이제 늙기까지 했겠다 다 쓰고 난 뒤 누가 버린 거구먼. 그동안 우리가 얼마나 고생하며 살았는지 알고 싶지도 않겠지."

어머니는 이제 대놓고 구박이었다. 그래도 아버지는 입을 꾹 다물고 차가운 돋보기 너머로 어머니를 힐끗거리다가 신문만 뒤적일 뿐 암자에 가는 기색은 없었다. 그런 집안 분위기가 싫어서도, 나는 개운암자에 가기로 맘먹었다. 뿐만 아니라 아버지의 생명수가 궁금했다. 그러니까 아버지와 내가 사는 곳을 바꾸는 것이었다.

내가 암자의 약도를 들고 개운암자를 찾던 날은 날씨가 매우 좋은 늦은 봄날이었다. 집안 형편이 어려운데 장성한 내가 부모한테 대학등록금 달라는 소리를 할 수가 없었다. 그동안 조금 모아 놓은 돈이 있었다. 그래서 방학 때 개운암자 약도를 손에 넣으면서 집 떠날 채비를 했다. 학교에는 휴학계를 내고 고시공부를 할 요량이었다. 내 생명의 불꽃을 태울 일은 성공을 향한 일이기에……

버스에서 내리자 길모퉁이에 '卍'자 간판이 보였다. 개운 암자는 하락산 중턱에 자리 잡고 있었다. 암자로 가는 길은 꾸불꾸불 땅에 기는 아지랑이 같은 길이었다. 뻐꾸기가 울었다. 바람이 불자 숲이 수런거렸다. 느닷없이 다람쥐 한 마리가 나타났다. 반가웠다. 그놈은 암자를 안내할 듯이 서성이더니 내 앞에서 쏜살같이 내달았다.

산 중턱의 암자는 작았다. 승복을 입은 여자가 나왔다. 갑자기 나타난 객을 보고 여자는 이곳에는 웬일? 하듯 말없이 나를 바라봤다. 나는 거의 소리쳤다.

"서울에서 K대학을 다니는 법대생인데 이곳이 고시공부에 영험이 있다기에 왔으니 내치지 마세요."

그제야 안심을 한 오십대 여자가 내 말에 활짝 웃으면서 나를 빈방으로 안내했다. 회색 승복의 뒷부분이 말려 올라간 부분을 바라보면서 그녀 뒤를 따랐다. '송화방'이라. 여자가 방

앞에서 걸음을 멈췄다.

"이 방이 공부에 영험한 방이여. 허긴 빈방이라야 이 방 하나여. 헌데 누가 이 방이 영험하다고 했을까? 그럴 사람이 없는데……."

"학교 친구한테서 들었습니다. 이곳을 찾아오느라고 힘들었습니다."

"친구라고 그랬어요? 어서 짐 내려놓고 좀 쉬시오."

'송화방' 글씨를 봤다. 아래로 흘러 들어간 글씨가 아버지의 필체로 보였다. 송홧가루 날리는 봄날에 아버지보다 더 젊어 이곳에 찾아든 나는 잠시 동요했다. 하지만 이곳은 생명수가 흐르는 푸른 나만의 강이 될 것이라고 속으로 중얼거렸다. 좀 고독하겠지만 그게 내 안의 강을 더 푸르게 만들 것이었다. 내 아버지의 냄새가 나는 이 방, 나는 잠시 아버지를 생각하고 주먹을 불끈 쥐었다. 불교에서는 인연이 덧없다고 가르치지 않던가. 이제부터 미움 같은 것은 다 이 숲의 바람에게 줘버리자. 학교에서는 장학금으로 공부를 했고 군대 가기 전까지 과외 아르바이트로 번 돈의 일부를 꿍쳐 놓았기 때문에 얼마간은 별문제 없이 견딜 수 있었다. 얼굴 여드름은 숲의 바람소리로 다소 가라앉아 있었다. 아버지의 귀향과 나의 출가는 그렇게 시작됐다.

아버지의 생명수를 봤다. 호리호리한 몸매에 초로에 접어든 여자 보살이었다. 그녀는 거센 세월에도 정적과 숲의 깊은 숨결을 마시면서 살아온 사람한테서만 풍기는 맑은 물소리가 나는 여자였다. 그날 해 질 무렵이었다.

"저 꽃들 좀 봐. 나무관세음보살, 오근이 열리고 오경이 열리네. 근래에 없던 일이라 이상하단 말이야."

이렇게 말하던 여자보살은 작은 꽃밭 돌 틈 사이에서 꽃향유, 쑥부쟁이, 구절초, 산박하가 작게 웃고 있는 화단으로 내려서더니 산박하 잎을 따서 입에 물었다. 그녀는 신 보살이라고 했다. 신 보살의 신통력에 놀란 나는 웃고 말았지만 사실 나는 긴장했다. 인가와 떨어져 섬처럼 살면서 숲과 호흡하고 도를 닦아 영을 맑히는 일에 애쓰는 그녀는 인생무상, 인연의 덧없음에 이미 아버지와 회자정리한 뒤 일텐데…… 허나 거자필반이라고, 그녀의 영이 내게서 아버지를 느낀 모양이었다.

"뻐꾸기가 너무 운다. 저 새소리 때문에 엊저녁에는 잠을 설쳤네."

신 보살은 뻐꾸기를 향해 눈을 흘겼다. 나는 그런 신 보살을 보면서 자연과 이야기하고 숲에 사는 영혼과 교감하는 그녀가 아버지를 묶어 두었구나 싶었다. 자유롭지 못한 세상, 누군가의 조작에 의해서 살인 누명까지라니, 얼마나 기가 막혔을까?

아버지가 절망에 빠져 지친 몸으로 찾아들었다가 이곳의 순수한 여자에 취하고 자연에 취한 거야, 하고 잠시 아버지를 이해했다. 하지만 산다는 것은 책임이기도 한데 어쩌면 편지 한 장 없이 가족을 모르쇠로 일관했을까. 내가 여자의 순수함에 감탄한다고 해서 아버지를 전적으로 긍정할 수만은 없었다.

암자에서 올려다보는 여름밤 하늘의 별들은 순백의 영혼들이 하늘로 가서 꽃으로 피어난 듯 반짝였다. 소쩍소쩍, 소쩍새가 울었다. 암자 주위에 모여 있는 나무와 풀들은 신 보살의 기도 탓인지 다른 곳 보다 그 빛이 더 짙었다. 다람쥐 한 가족이 와서 놀고 산에서는 소쩍새가 우는 한낮이었다. 평화로웠다. 그러나 저 새소리. 처음에는 아름답고 평화롭더니 갈수록 사람을 쪼았다. 어서 일어나, 어서 밥 먹어, 어서 일을 해, 그렇게 독촉이 심했다. 그런가 하면 처마 끝에 달린 풍경까지도 독촉이 심했다.

내가 그곳에 머문 지 두 달 되던 날, 암자에도 일거리가 들어왔다. 산에서 죽은 원혼을 달래는 제사를 위해 중늙은이 둘이 찾아왔다. 위령제를 지내자며 유난히 뚱뚱한 부인네와 키 작은 땅딸보 사내가 암자가 떠나가게 수다를 떨었다.

다음 날 쉬려고 공부방에서 나왔다. 신 보살이 가끔 센티 해서 눈물을 흘리는 경우도 있지만 기도하다 보면 그 영혼의 슬품을 대신 하는 경우도 있다고 했다.

"이곳은 슬픈 것들이 모여 있는 곳이야."

그녀가 눈가를 훔치며 나를 봤다.

"죽은 혼들도 모였다가 동이 트면 흩어지고."

"신들과 대화를 나누시는군요."

그녀가 웃었다. 그렇게 시간이 흘렀다. 내 육법전서도 제법 넘어갔다. 숲은 숲만이 갖는 언어가 있었다. 그래서 숲은 노상 수런거렸다. 소쩍소쩍, 소쩍새가 울었다. 과과과과, 촉나라의 망제가 제 나라로 돌아가지 못함을 한탄하다가 죽어 태어난 새가 소쩍새라더니 과연 아버지가 저 새의 내력을 알고부터 마음이 동요하기 시작했을까. 날마다 독촉인데 어떻게 15년씩이나 견뎠을까. 나는 특히 손때가 묻은 상법 쪽을 펴서 공부하기 시작했다. 쑥을 삼는지 쑥 냄새가 진동했다. 그들은 부엌에 들어가 일을 본 후, 시장에 갔다.

다음 날, 산 아래 길에는 자동차 소리로 온 산이 흔들리고 사람들로 암자가 시끌벅적했다. 도내의 유지들과 관계자들이 참석한 큰 굿이었다. 큰 제사상이 차려졌다. 신 보살이 고깔을 쓰고 무복을 갖추는 사이, 굿이 있을 때마다 불려오는 새끼 무당이 신방에서 방울을 들고 나갔다. 그때 고수가 북과 장구를 두드렸다.

"둥둥둥둥."

"천지신령의 부름을 입고 아기 못 낳아 이 산 나무에 목을 맨 김윤영, 밤길에 매 맞은 허탈비, 산에서 발을 헛디뎌 낙마한 조형아, 남수아…… 등 그 밖에도 떠도는 이 산의 원혼들을 위해 축수배례하고 두 손 모아 비나이다. 사바의 인연일랑 부디 거두시와 만수지존을 누리소서. 신령님이여! 이들의 넋을 위로하소서. 나무 관세음보살."

"둥둥둥둥둥……"

작은 무당이 신 보살 옆에서 기도했다. 한참 신이 오른 기도에 거기 서 있던 사람들 가운데서 훌쩍거리는 소리가 들렸다. 자신들의 길을 이승을 떠난 자들에게 묻고 있는지도 몰랐다. 죽음은 산사람과 멀리 있는 것이 아니라 우리와 가까이 있었다. 시간이 지나자 오후의 뜨거운 햇볕이 그늘 밑에 서 있는 내 위 나뭇가지를 뚫고 내게로 쏟아졌다. 햇볕 때문에 굿이 끝나기도 전에 나 먼저 산에서 내려왔다.

'오늘 날씨 덥지 않아 좋다'며 내게 사과 살을 찍어 주던 신 보살이 그날 오후 그만 힘없이 쓰러졌다. 전날 굿하느라 과로한 모양이었다. 나는 놀랐다. 신 보살을 마루에 잠시 뉘어놓고 아랫마을 김 씨를 불렀다. 김 씨가 암자로 오는 길에 내게 말했다. 보살님도 나처럼 연인을 못 잊어 병이 났어. 나는 놀랐다.

과로가 문제가 아니라 상사병이 문제라고 했다. 나는 아버지를 상상하면서 신 보살을 등에 업었다. 김 씨는 신 보살의 다리를 잡고 오면서 아버지를 원망했다.

"언젠가 말했던 그 민주투사가 결국 보살님을 이렇게 만들었어."

그때 나는 아버지를 떠올리면서 아, 여기서는 아버지가 민주투사였구나 싶었다. 그래서 눈치껏 처신해야 했다. 그날은 김 씨와 함께 신 보살을 응급실로 옮기고 병원에서 시간을 보냈다. 사흘이 지나자 신 보살은 기력을 회복했다.

둥둥둥둥둥…….

불공과 더불어 춤을 출 모양이었다. 요즘 들어 신 보살은 불공 후, 밤이면 춤을 췄다. 나는 내 방에서 나왔다. 김 씨의 말을 듣고 나니 죄인의 아들이 바로 나였다.

한 여자의 마음에 깊은 상처를 준 아버지, 그는 여기서도 죄인임에 틀림없었다. 신 보살은 아버지를 떠나보낸 후, 늘 아버지에게 닿아있는 자신을 어쩌지 못할 때, 춤을 추며 자신을 달래는 모양이었다. 그런 신 보살이 안타까웠다. 암자에 쏟아지는 달빛은 더욱 고독하고 신비스러웠다. 그래서인지 기도에 들어간 그녀도 신비스러워 보였다. 나는 그 기도를 살짝 엿보기로 했다. 사실 은연중에 신 보살에게서 아버지와의 생활을 탐색하고 있었다. 기도에 들어간 신 보살의 방문을 조금 열었다. 그녀는 기도하느라 이쪽의 인기척을 눈치채지 못했다. 바짝 그녀 쪽으로 눈과 귀를 댔다. 신 보살은 고깔이나 장삼을 입지도 않고 입성 그대로 징을 쳤다. 볏짚을 감아 만든 투박한 징채로 조심스럽게 징을 두드렸다.

"징징징징징징……"

그녀는 점차 감정이 복받치고 고조되는지 징소리도 급해졌다. 그녀의 얼굴에 홍조가 번졌다. 발이 들리고 오색이 뚜렷한 색동 전대를 사정없이 흔드는 게 제 정신이 아닌 듯했다. 계유년 정월생 하는데 입가에 흰 거품 같은 게 살짝 비쳤다. 그 누구도 감쪽같이 속고 말았다던 누런 불상을 보았다. 황금을 상징하는 금빛이 잦아드는 촛불에 혼란스런 광채를 발했다. 신보살은 기도 후 몸을 일으키더니 춤을 췄다. 손에 든 전대가 각도를 이루다가 허공을 휘저었다. 그리움에 지쳐서 어찌해 볼수 없는 처절함이 저런 게 아닐까 싶은 느낌이 왔다. 손과 발그리고 휘고 감기는 저 몸놀림이 춤이라기보다 몸부림이었다. 이상한 현기증이 내 전신을 휘감았다. 너무 힘차게 쳐대는 징소리가 그녀의 몸부림을 잘 대변했다.

"몸이 피곤하니까 당신의 손길이 그립다. 당신이 온 듯, 이산이 온통 당신 모습으로 아른거려. 당신 가라고 한 것 정말 미안해."

징징징징, 한참을 그렇게 몸부림쳤다. 무아지경에 빠진 그
녀의 유연한 동작은 황홀하기까지 했다. 나는 침을 삼켰다. 젊
은 내 허리 아래가 무섭게 성깔을 부렸다. 색동의 전대를 든 손
이 요기스럽게 흔들렸다. 땀에 젖은 그녀가 나이에 어울리지
않게 요염했다. 아버지의 여자를 내가 여자로 보다니······.

"징징징징징······"

그녀는 마무리 징을 쳤다. 그녀의 동작도 서서히 작아지더
니 드디어 징소리가 멎었다. 나는 잠시 그 자리를 떠나 있다가
다시 아까 서 있었던 자리로 가봤다. 그녀는 쓰러져 버렸다. 나
는 그 방에서 눈을 떼고 하늘을 봤다. 별이 총총했다.

"으응으으······"

다음날 새벽에 신 보살의 방에서 신음 소리가 났다. 나는 얼
른 일어나서 그녀의 방문을 열었다. 그녀는 온몸에 땀을 감고
몸부림쳤다. 놀란 나는 암자에 자물쇠를 물리고 그녀를 업고
병원으로 달렸다. 김 씨에게 연락할 겨를도 없이 암자 밑까지
내달렸다. 숲에 사는 영혼들의 협조가 있었을까? 어쩜 조용한
그곳에 차 한 대가 나타났다. 나는 놀랐다. 그 차로 병원에 도
착한 후 그녀를 입원시켰다. 병원에는 신 보살을 간호할 간병

인이 있어야 했다. 나는 신 보살의 부탁대로 조카딸에게 전화를 했다. 그날 오후 나는 신 보살의 조카딸과 교대를 하고 암자에 왔다. 그녀를 본 순간 젊은 그녀의 하얀 목덜미도 아름다웠고 거기에 나부끼는 잔머리도 아름다웠다. 숲 언저리에 늘어진 풀처럼 아름다운 그녀의 잔머리, 서울에서는 느끼지 못했던 일이었다. 이러면 안 되는데…… 여름이라 짙푸른 숲이 앞을 막았다. 숲이 수런거렸다. 수런대면서 저희끼리 짙어갔다. 한 치 앞도 안 보이는 이곳, 오직 보이는 것이라고는 하늘과 숲뿐이었다.

저녁에는 신 보살을 문병하고 온다는 김 씨가 왔다. 술을 마시면서 김 씨는 자신의 사랑얘기를 했다. 그는 입성이 허술하고 촌스러웠지만 지방대학을 나온 학사 출신이었다. 자신을 너무 돌보지 않고 살아서인지 수수한 촌부로 보였다. 김 씨는 대학 다니던 4년 내내 사귀던 여자가 있었다. 그런데 그만 사랑하는 여자가 온다간다 말 한 마디 없이 사라져 버렸다. 정신없이 찾아다닌 뒤, 알고 보니까 불란서 유학을 갔다. 김 씨는 애틋한 사랑에 절망한 게 아니라 인간에 대한 배신감으로 치를 떨었다. 직장생활을 하면서 직장동료의 파렴치한 행동에 실망했다. 실연의 쓴맛이 없었다면 별 것도 아닌 일을 심각하게 반응했다. 그래저래 세상의 쓴맛에 그만 손을 털고 집을 나와 혼자 살아갔다. 그렇게 산 지 어연 십여 년, 이제는 김 씨가 이곳 역사라 해도 과언이 아니었다.

내가 신 보살의 조카딸을 사랑한다면 우리는 이곳에서 부자가 죄를 짓는 일이었다. 나는 숨을 몰아쉬기를 여러 번, 갈 길은 먼데 여차하면 일격에 내 모든 계획들이 수포로 돌아가면서 죄업 하나 짓는 것이었다. 끓는 내 피가 고여서 색을 잃을까봐 신이 내게 내린 축복일까. 본능만이 싱싱한 피를 유지할 수 있으니까. 나는 지금 길을 가다 순백의 목련꽃을 보고 한눈을 파는 장돌뱅이 허걸이었다. 그녀가 뒤돌아보는 순간 나체가 되고 내 피는 붉게붉게 타오르는, 너무 순결해서 차마 만지지 못하고 바라봐야 하는 안타까움으로 스스로 타들어가는 내 아버지의 아들, 김만호였다.

그녀는 호호 잘 웃는 이십 대 중반의 처녀였다. 이 나라 법질서를 위해서 열심히 공부하겠다고 다짐했는데 그녀가 나를 흔들었다. 그녀는 나를 사로잡는 밤에 피는 꽃이요 낮의 목련이었다. 나는 옹달샘 물을 한 바가지 퍼마셨다. 아버지도 신 보살의 가슴에 상처만 주었는데 내가 자신의 조카딸을 사랑한다고 하면 이모인 신 보살은 얼마나 놀랄까. 나는 정말 옹달샘 물을 퍼서 옷 위에 끼얹었다. 나 스스로 의식을 치뤘다. 딩딩딩딩딩…… 몸을 부르르 떨며 머리를 흔들었다. 허나 흔든다고 깃든 그녀가 떨어지지 않았다. 나는 심란할 때마다 김 씨를 찾았고 김 씨 또한 그런 나를 반겼다. 김 씨와 자주 만나 대화를 나누다 보니 자연히 우리들의 대화 속에 신 보살이 사랑한 사람 얘기도 나왔다. 그래서 술김에 나는 그게 바로 '우리 아버지'라고 했다. 그때 김 씨의 벌어진 입이 다물어지지 않았다. 김 씨가 갑자기 나를 때릴 듯이 주먹을 쥐었다. 술김이라서 그런 것만은 아니었다. 그는 아버지에 대한 원한이 퍽 깊어 보였다.

"여보세요, 아저씨, 우리 이모 부탁인데 이모 방 요 밑에 보시면 전화번호 적은 수첩이 있대요. 거기 예약 손님란에 김희숙이라는 여자 손님이 있는데 그 분한테 이모가 입원했다는 전화 좀 해달래요. 예약을 어겨서 미안하다고도 해달래요."

"아저씨?"

나는 그 말이 끝난 후 그녀에게 상관없는 말들로 그녀를 한참이나 붙들고 늘어졌다.

"거기 병원 밥이 신 보살님한테 맞대요?"

"병원 밥을 환자가 먹지 않아 걱정이에요."

"그러면 진짜 환자인 신 보살님의 식사가 걱정이겠네요."

"예 식사가 형편없어요. 집에는 음식이 지천인데 여기서는 밥을 사 먹어야 해요."

사실 나는 식사에 관심이 가기보다 그녀의 처녀다운 말투와 끝에 남는 그녀 목소리의 여운을 즐기고 있었다. 뿐만 아니라 첫날 병원에서 인상 깊었던 그녀의 귀밑머리가 바람에 나부끼는 걸 보는 게 좋았다. 뭉게구름이 평화롭게 흘러갔다. 나는 모처럼 아무도 없는 마루에 비스듬히 누웠다.

신 보살이 퇴원하는 날, 나와 김 씨가 암자 구석구석을 청소했고 먹을 것을 마련했다. 나는 눈처럼 흰 와이샤쓰를 꺼내 입었다. 그러나 꽃향에 너무 표나게 벌렁거리고 있다는 생각에 좀 전에 걸쳤던 오래되어 낡은 티셔츠를 그대로 입고 거울 속의 나를 응시했다. 그녀를 향한 내 마음을 꿰뚫고 있는 김 씨는 의심 문 작은 눈으로 나를 날카롭게 쏘아보았다. 나도 내 마음을 이미 그녀에게 빼앗기고 있어서 고민이었다. 그런데 옆에서 누군가 독을 품고 있다 싶으니까 오히려 오기가 치받고 올라왔다.

뻐꾹뻐꾹 뻐뻐꾹, 뻐꾸기가 울었다.

신 보살이 퇴원하면서 그녀도 암자에 왔다. 나는 의식적으로 그녀가 찬바람을 느끼도록 냉랭하게 대했다. 그러나 그녀를 향해 타오르는 내 눈빛이 그렇지 못했다. 아버지의 여자를 보러왔는데 이런 황홀한 복병이 기다리고 있을 줄은 몰랐다. 피끓는 젊은 내게 스스로를 경계하면서 공부만 해야 한다고 아무리 다짐해도 허사였다. 나는 나도 모르게 자주 그녀 곁에 와있었다. 그런 나는 스스로 놀랐다.

"운동한 아저씨, 혈색 좋아 보여서 굿!"

오른손가락을 높이 쳐드는 그녀는 짓궂은 아모레스 페로스였다.

"밥상 봐놨어요."

사랑의 마음속에는 언어를 초월하는 연민이 있다고 했듯이 그녀를 냉정하게 대하려는 내 의지와는 달리 나는 항상 그녀를 찾고 있었다. 우기에 접어든 산속에 젖빛 안개가 자욱했다. 안개는 나무 사이를 돌고 돌면서 명주솜처럼 가늘게 풀어졌다. 바로 옆에 있는 그녀가 안갯속에 희미해졌다가 뚜렷했다가 자못 신비감마저 주었다. 이렇게 안개 자욱한 날이면 자신도 부드럽고 아련한 안개의 입자가 되어서 그녀의 얼굴을 만지고 그녀의 머리에 스며들고 싶었다. 잠시 허망에 빠졌던 내가 몽롱해 보였는지 그녀가 다가와 손을 흔들었다.

"아저씨, 밥상 봐놨다구요."

"아저씨?"

그녀가 웃었다. 나를 골려주기 위해서 고른 그녀의 호칭이 우리 사이에 문제가 되어서 나는 곧잘 그걸로 시비를 걸었다.

신 보살은 아직 활발히 움직이지 못했다. 그녀가 산에 오르기 위해서 운동화를 신었다. 나도 자연스럽게 운동화를 꿰고 그녀 뒤를 따랐다. 야트막한 언덕을 넘기 위해서 산길을 가면 심어놓은 듯 키 작은 초롱꽃이 무리지어 피어있었다. 누구를 위해 등불을 밝히고 저렇듯 나란히 나란히 줄지어 서 있을까. 푸르디푸른 풀 더미에서 희디흰 꽃으로 피어나는 아름다운 생명은 어떻고. 그것은 오히려 겨울 들판구석에 피어나는 아기 새싹을 연상시켰다. 그녀는 탄성을 질렀다. 초롱초롱, 초롱꽃! 나는 그녀를 따라 웃었다. 그렇게 자연을 즐기며 우리는 손을 잡고 걸었다. 산안개도 나무 사이를 흐르다 멈추길 여러 번, 산새들의 노랫소리를 들으며 능선을 따라가다 보면 누군가의 무덤이 있고 안테나처럼 늘쩡한 키 큰 고사리가 무리지어 있었다. 찔레꽃 향기에 아! 감탄하는 것은 내 안의 사랑이 더는 억제하지 못하고 하늘을 볼 때였다. 어쩌자고 저렇듯 아름다운 꽃이 산속에 피어있을까? 다가가 그녀의 손을 잡았다. 그녀가 내 손의 열기에 놀랐다. 나를 보고 약간 약 올리는 그녀의 짓궂은 눈빛이 건너왔다.

김 씨는 그 뒤 나를 감시하기 위해서 암자에 자주 나타났다.
"좀 쉬어가면서 공부를 해야지. 너무 지치지 않나?"

김 씨는 이미 나를 곁눈질로 파악한 뒤, 슬슬 진을 빼는 소리를 하면서 신 보살한테로 갔다. 그리고 신 보살의 머리를 짚어 보거나 신 보살이 원하는 것을 장에 나가 사다 주었다.

서늘바람이 불었다. 산 아래 들길을 저녁노을이 덮고 있었다. 김 씨가 오고 그녀가 제사 후 남은 술을 내놓았다. 고시공부에 시달리는 나를 위한 배려였다. 그때 갑자기 천둥번개가 쳤다. 순식간에 일어난 일이었다. 소나기가 억수같이 쏟아졌다. 나무가 뽑힐 정도로 바람도 드세게 불었다. 폭우로 변한 빗줄기가 순식간에 물난리를 가져왔다. 암자의 축대가 무너지려고 했다. 우리는 놀랐다. 그녀를 보면서 윗도리를 벗고 일했다. 비를 맞고 일한 탓에 그날 밤 나도 고열에 시달렸다. 대신 얻은 게 있었다. 그녀의 극진한 간호였다. 내 손으로 밥을 먹을 수 있었으나 나는 일부러 끙끙 앓았다. 그녀의 따스한 손길은 분주했고 나는 그런 그녀가 더욱 좋았다. 은근히 바라던 일인데 하늘이 도와 그녀와의 따뜻한 교류가 저절로 이뤄지고 있었다. 신혼 같은 생활이었다. 세 끼 식사를 챙기고 팔랑팔랑 내 곁을 오가는 그녀가 있어 좋았다. 푸른 나무들로 둘러싸인 송화방은 사랑의 효소로 발효되고 있었다.

그녀는 부모를 도와 작은 공장을 하고 있었다. 황토 흙을 이용해 애들 학습용 교재를 만들었다. 신 보살의 병이 어느 정도 회복되고 우리의 사랑도 열기를 더 할 무렵 그녀가 집에 갔다 온다며 암자를 떠났다. 나는 코피가 터지도록 공부를 했다. 그렇게 열심히 공부를 한 결과 그 다음 해에는 사법고시 일차시험에 합격하는 영광을 안았다. 그러자 그녀의 집에서는 결혼을 서둘렀다. 한때는 사랑으로 숨이 멎는 줄 알았는데 막상 결혼을 서두르면서 그녀가 너무 깊이 개입하려 하자 오히려 내가 물러났다. 사랑은 언제나 그런 모양이었다. 나는 그녀에게서 결혼을 꿈꾼 건 아니었다. 어느 날 그런 내 고민을 김 씨에게 털어놓았다.

1차시험 합격에 조건 좋은 여자들이 줄을 선다며 속도 모른 채 여자 집에서 선을 보자고 한다. 어머니는 어서 집에 다녀가라고 성화였다. 옆에서 전화 내용을 듣고 있던 김 씨가 내 뺨을 쳤다. 어찌나 놀라고 아팠던지 나는 김 씨를 노려보다가 신 보살이 내게 눈을 깜짝이는 바람에 그냥 일어섰다.

다시 신 보살의 병이 도졌다. 신 보살은 아버지로 인한 마음고생 때문인지 혹은 나이 드니까 쇠약해져서인지 자주 앓았다. 나도 이제 슬슬 하산 준비를 해야 할 것 같아서 김 씨와 한잔하고 싶어졌다. 그래서 나는 앓는 신 보살을 두고 산밑으로 소주를 사러갔다. 그 사이 김 씨가 도착했는데, 때마침 신 보살은 숨을 몰아쉬면서 괴로워했다. 상황이 그렇게 되자 김 씨는 앰

불런스를 불렀다. 김 씨는 그런 급박한 상황에 밑에까지 소주를 사러 가다니 알 수 없는 인물이라면서 내게 욕을 했다.

"원래 너희 부자는 둘 다 질이 나쁜 놈들이야."

앰뷸런스 올라오는 소리는 나는데 내 속의 불꽃이 놈을 향해 날았다. 놈의 뺨이 돌아갔고 신 보살이 소리쳤다.

"무슨 소리야? 너희 부자라니?"

"보살님이 좋아하던 남자가 저 놈의 아비랍니다."

김 씨는 아픈 얼굴을 감싸 쥐고 씩씩대면서 소리쳤다.

정말 신 보살은 아버지와 나의 관계를 까맣게 모르는 모양이었다. 화들짝 놀란 신 보살이 정신을 차리고 나면 살기등등할 줄 알았다. 하지만 너무 아프다 보니까 미처 일어난 일을 깨닫지 못한 것일까? 신 보살의 목소리는 생각보다 조용했다. 허긴 너무 충격이 크면 자신의 신상을 위해서도 그럴 수 있겠지.

"어쩐지, 관세음보살 나무아미타불. 자네 아버지가 당신 대신 아들을 보낸 거여. 그러니께 우리 아들도 되는 거여. 잘 됐어. 오늘부터 우리 아들하기야. 그리고 저 앰뷸런스는 그냥 보내. 이제 필요 없어요. 다 나았어."

김 씨는 너무 어이가 없는지 멍해 있다가 내려가 버렸다. 그렇게 해서 나는 본의 아니게 신 보살의 아들이 되었다. 어이없게도 나는 신 보살에게 마음이 기울기 시작했다. 이곳에 와서 번민만 늘었다. 이러기 전에 미리 빠져나가지 못한 것을 후회도 했다. 아니 김 씨라는 후줄근한 녀석한테 그런 쓸데없는 말까지 미주알고주알 씨부렁거린 내가 미웠다. 그러나 어쩌랴. 이미 신 보살과는 이래저래 얽히고설켜 있는 것을. 하지만 아버지, 아버지의 볼모가 되라면 나는 싫었다. 나는 이미 일차 사법시험을 통과한 꿈 많은 청년이었다.

어느 가을 날, 허름한 남자 하나가 찾아와서 머물 곳을 원했다. 그녀는 그렇게 지금 내가 묵고 있는 빈방에다가 두툼한 이불을 깔고 남자를 재웠다. 다음날 날이 저물어도 갈 생각을 안 하기에 마지못해 밥상을 차렸다. 그때 남자는 말했다. 자신은 민주화운동하는 사람으로 쫓기는 몸이다. 산이나 나를 품어 주지 누가 나 같은 사람을 품어 주겠느냐? 나를 숨겨 주었다가 오히려 화를 입으니까 다른 사람은 엄두도 못 낸다. 그렇게 나의 아버지는 그녀에게 거짓말을 했다.

"저를 좀 있게 해주십시오."

신 보살은 난처했다. 허나 자비를 가르치는 부처님 말씀 때문에 내치지 못하고 긍정도 부정도 아닌 그런 태도로 내 아버지를 받아들이게 되었다. 신 보살은 정말 아버지가 민주화 운동하다가 숨어들어온 사람으로 알고 있었다. 나라를 위해서 쫓기는 사람을 품어 준다는 자부심에다가 그것도 지식인인 아버지와의 생활이 좋았다. 신 보살은 이미 아버지의 포로가 돼 있었다. 이상한 사람들이 암자에 나타나 수상한 사람을 찾았다. 그럴 때면 신 보살은 아버지를 큰 불상 속에 감췄다. 그러니까 아버지도 가끔 신이 되고는 했다.

"어때, 내가 그동안 자네 아버지를 보살펴준 것만으로도 내 아들 노릇 해도 되는 거지? 하하."

간식으로 떡을 먹었다는 신 보살의 병이 덧났다. 정신이 아늑하고 죽을 것 같다며 식은땀을 흘리는 신 보살. 나는 신 보살의 등을 쓸어준 후 자리에 눕혔다. 신 보살의 손을 잡고 그녀가 안정을 얻기를 바랐다. 그러면서 내 눈은 자꾸 감겼다. 숲속에서는 여전히 새가 울고 바람이 불뿐, 침묵만이 가득한 오후였다. 신 보살도 아버지를 만난 듯, 사랑이 담긴 손길로 내 손을 잡고 앞뒤로 쓸고 쓸었다.

"내 아들이야. 내 아들이야."

신 보살의 보드라운 손 때문인지 나는 이미 방바닥에 코를 박고 코를 골고 있었다. 두세 시간 단위로 공부하다가 자다가 하는 난데, 어젯밤에는 공부에 빠져 제대로 잠을 못 잤었다. 어머니 같은 분의 따뜻한 손길이다 싶으니까 마음이 놓였나 한참을 자는 데 김 씨가 소리쳤다.

"두 여자 사이에서 지금 너 뭐하는 거야?"

언제 왔는지 그녀도 내 곁에 누워 있었다.

"…… 어? …… 부처님 앞에서…… 신들의 딸들과 무슨 짓이야?"

놀라 눈을 뜬 나는 더듬더듬 말을 이으며 졸린 눈으로 그를 봤다.

두 여자가 내 곁에 누워 있다는 것만으로도 달콤한 온기가 온몸을 감고 돌았다.

"김 씨도 이리 와 누워."

염치가 없는지 머리를 긁적이던 김 씨가 천천히 신 보살의 옆으로 가서 누웠다. 그리고는 다정하게 신 보살의 손을 잡았다.

"신은 우리의 손을 이렇게 잡아 주는 거야. 억지로 잡아끄는 게 아니거든. 어때 편안해지지? 신의 손은 바로 이런 거야."

창 너머로는 노을이 타고 있었다. 내 안의 강물이 차오르면서 출렁였다. 공부를 위해서 나는 내 방으로 건너왔으나 그녀는 아직 일어나지 않았다.

뻐꾹뻐꾹, 뻐꾸기가 울었다.

경호원

나는 단층가옥들이 밋밋하게 잇대어 있는 동네를 빠져 나와 버스를 탔다. 4월 초에는 기온이 올라가면서 햇살도 거침없이 푸른빛을 뿌려댔다. 푸른빛은 겨우내 숨차게 달려온 순수한 자연의 빛깔이었다. 길가의 마른나무에서도 툭툭 새싹이 돋아 금세 세상은 푸른빛으로 차올랐다. 살아있지만 사람도 다시 새롭게 태어나야 할 것 같은 계절, 봄이었다. 버스가 바람에 하늘대는 병아리 색 쉬폰 원피스와 빨간 스웨터의 두 여학생 옆을 살짝 비켜갔다. 잠시 멈춘 차창 너머로 여대 앞 비술나무 가지가 여유롭게 다가섰다. 2월부터 가지가 낭창해지면서 암수가 어지자지 하다가 수꽃이 암꽃으로 성전환 하는 나무였다. 성전환 할 때가 되면 수술은 시실지실 시들어 가고 그때를 놓칠세라 털 돋아 널푼한 암술이 나왔다. 세상은 마치 주술에서 풀려난 듯 꼼지락 거리고 하늘거리더니 꽃봉오리가 맺히고 새싹들이 돋아났다.

경호원 구함
돌 볼 사람은 자살만 생각 하는 미인
월 300만원

내가 전신주에 붙은 큼직한 전단지의 광고주를 찾아간 곳은 역삼동 x호텔 근처의 성우건설이었다. 남자로 알았던 광고주는 뜻밖에도 투실투실한 중년여자였다. 김 실장으로 불리는 그녀와 찻잔을 사이에 두고 마주 앉자 그녀가 화산의 한쪽 구멍을 막아 위태롭다는 표정으로 나를 봤다.

"우울증 환자를 다뤄본 경험 있어요?"

"아버지가 우울증과 화상으로 지금 병원에 입원중이십니다."

나는 아버지의 화상에다가 우울증이라는 있지도 않은 병명 하나를 더 추가했다. 아니 뒤의 증세는 찬찬히 뜯어보면 내 안에 도사리고 있는 내 그림자인지도 몰랐다.

"그래요? 경호 대상은 아름다운 처년데, 작년여름 애인이 바다에서 사고를 당했어요. 그렇잖아도 사랑하는 사람을 잃어버려 상실의 아픔이 큰데, 거기다가 죽은 애인이 선물했던 값비싼 목걸이까지 도둑맞았죠. 지금 그 애는 모든 의욕을 잃고 죽으려고만 해요. 자살소동도 몇 번 벌였죠. 학생오기 전에 몇 사람 왔다갔지만 그 애를 자극하기만 했어요. 그 애가 내 동생인데 동생한테 일단 한 번 가봅시다."

나는 건설회사 복도를 나와 건물 아래 서서 조용히 김 실장을 기다렸다. 새싹 돋는 봄의 거리 가득, 화려한 색상의 쉬폰머풀러들이 나풀거렸다. 한껏 화려해진 로데오거리를 지나 김 실장의 차가 그녀의 집에 멎었다. 집 앞에는 늘어진 가지마다 푸릇푸릇 새싹으로 차오르는 수양버들 한 그루가 능청거렸다. 제법 너른 공터도 있었다. 김 실장은 열쇠로 대문을 열고는 어서 안으로 들어가자고 했다. 좁지만 잔디가 깔린 그녀의 집 마당도 푸른빛으로 차오르는 중이었다. 여자가 마당으로 들어서는 우리를 멀뚱히 바라봤다. 이승에서는 더 이상 아무것도 기대하지 않는 비어있는 얼굴이었다. 사람에 관한 첫인상으로 그런 느낌은 처음이었다. 그러나 그녀의 살결만은 그럴 수 없이 고왔다. 나는 그녀의 비단결 같은 피부를 보면서 비로소 젊은 여자임을 상기했다.

"새로 채용한 경호원 김생구씨야. 누구 닮았잖니?"

"……"

빈 얼굴에 무심한 그녀의 눈이 나를 봤다. 허나 용케도 아주 짧은 순간, 나는 그녀의 눈에 콩알만 한 관심 하나가 떴다가 사라지는 것을 봤다. 이번에는 그녀가 거울을 보는 것처럼 나를 똑바로 응시했다.

"오늘부터 김생구씨가 네 경호를 맡는다. 경호 실력이 뛰어나니까 딴 생각하지 마."

"또? 내가 뭘 어쨌다고 경호원을 붙여?"

"너는 늘 죽을 궁리만 하잖아. 너 땜에 불안해서 일이 손에 잡히지 않아. 누가 자꾸 너를 찾아온다며? 말했잖니, 경호원이 올 거라고. 이 사람 준호 닮았지?"

"준호 닮았다고?"

"그래, 하도 닮아서 준호가 환생해 온 거 아닌가 했다. 어쩜 그 인간, 저세상에서도 너만 생각하는 거 아니니?"

내가 누구와 닮았다. 아니 그와 아주 같단다. 나는 살아 돌아온 그 사람이었다. 죽은 그녀의 애인을 닮았다니 취직은 따 놓은 당상이었다.

"자, 그럼 임무 마쳤으니 나는 이만 가요. 그럼 우리 동생 잘 부탁해요."

그녀가 나를 빤히 봤다. 나도 그녀를 빤히 봤다. 그녀의 눈가에는 마음의 한파가 만들어낸 자잘한 주름이 모여 있었다. 아니 가꾸지 않고 내처 둔 얼굴에 생긴 주름은 상심의 흔적이 확연했다. 죽은 사람의 사랑이 그녀의 영혼에 착종되었다는 증거였다. 나는 그녀의 유난히 흰 목선에 화인 맞은 기분이었다. 가슴이 뛰었다. 젊은 여자는 실재적 존재이면서 꽃의 상징이듯이 그녀는 꽃을 연상케 했다. 상대가 사랑의 환상을 키우기에 충분한 미모였다.

오후에 일찍 퇴근한 김 실장과 교대 후, 나는 퇴근했다.

삶보다는 죽음 쪽으로 많이 기운 그녀의 분위기가 내게는 썩 낯이 익었다. 그녀가 풍기는 분위기는 아버지의 병동에 드리운 절망의 그림자와 비슷했다. 한 번도 웃어본 적이 없어 보이는 저 얼굴, 사랑에 빠졌다가 돌아서자 바로 시퍼런 물이 그녀를 가둬버린 모양이었다. 은빛 나래로 출렁일 때마다 은새가 날아갔다. 새는 많이 불어난 물에서 멀어져가고 창백한 그녀의 반응은 더욱 시니컬했다. '준호 닮았다고? 흥' 그녀는 강아지처럼 소파 위로 홀딱 올라가 두 다리를 두 팔로 감싸 안았다. 그 모습은 성이 나서 만든 불균형이었다. 새떼처럼 불어나는 생각은 자신도 어쩌지 못하나 보다. 감싸 안은 두 다리는 아마도 자신 속에서 불어나는 준호에 대한 상념인지도 몰랐다. 뿐만 아니라 죽음을 부르지만 죽음이 두려운 시간들, 그런 시간들을 그녀는 잡고 견디는 모양이었다. 해쓱한 그녀의 얼굴에 복사꽃이 피는 날을 그려봤다.

　내 아버지는 불속에서 어린애를 구하려다가 도리어 자신이 다쳐 죽어갔다. 용감한 아버지는 불꽃 속을 겁도 없이 뛰어다니며 다른 생명 구하기에 정신이 없었다. 아버지는 울었다. 나는 내 목숨 바쳐가면서 생명을 구했다. 불은 다른 생명 대신 내 생명을 끄슬렀고 그 바람에 난 죽어간다. 아버지는 정신이 들 때면 '내 인생 사기당한 거 아냐?' 하고 소리쳤다. 아버지의 그런 모습이 못내 가슴 아팠다. 위험이 도사린 곳이면 어디든지 달려가던 의지의 소방관이었다. 화상으로 심한 고통에 시달리던 아버지가 내 손을 잡고 애원했다.

　"나 좀 살려줘. 생구야, 나 좀 살려줘."

　취직 20일이 지났다. 햇살이 마루까지 차오르지만 그녀는 검정가죽 소파 위에서 여전히 웅크리고 앉아있다. 그녀가 고개를 들었다. 마당을 봤다. 푸른 잔디가 머잖아 찾아올 여름을 예고하듯 짙푸른 색으로 변하는 중이었다. 거실 문 양옆으로는 갈색 커튼이 늘어져 바람에 펄럭였다. 그 위로 따사로운 5월의 햇살이 출렁였다. 나는 지금 문이 열고 싶다. 그녀의 손을 잡고 밖에 나가고 싶다. 하지만 지금 그럴 처지가 아니다. 그녀는 언니 옷을 입었는지 너무 헐렁해서 걸을 때마다 치렁거렸다. 헝클어진 머리를 위로 걷어 올려 핀으로 고정시킨 것도 언니의 솜씨로 보였다.

나는 현관문을 열었다. 대문을 열고 밖에 나갔다. 그녀도 내가 궁금한지 거실 유리문을 열었다. 내가 돌아봤다. 그녀가 숨었다. 잠깐이지만 그녀를 두고 밖에 나가는 게 불안한데 그녀가 다시 유리문 손잡이를 잡고 나를 봤다.

아침에 출근하면서 아버지의 낡은 차 뒷좌석에다 딥스를 태우고 왔다. 딥스는 애완용 토끼였다. 그놈의 하얀 털은 길고 포근했다. 그 속에 손을 묻으면 손이 보이지 않을 정도로 파묻혔다. 포근하면서도 순결해 보였다. 늘상 무언가를 갈구하다 함정에 빠진 인간을 위로하기 위해 이 땅에 온 천사를 연상시켰다. 나는 차 문을 열고 딥스의 케이지를 꺼냈다. 대문을 닫고 거실로 올라왔다. 천천히 케이지 문을 열자 딥스가 폴짝 뛰어나왔다. 그녀가 딥스를 내려다봤다. 내가 딥스를 안았다. 딥스는 뉴욕에 살 때 너무 외로워서 마련한 애완동물이었다.

"딥스, 인사해야지. 이 집의 우울한 꽃이란다."

그녀가 입꼬리를 눌렀다. 젊은 여자는 사실적인 존재이면서 꽃의 상징이잖아. 나는 딥스에게 말하고 딥스를 들어 그녀 품에 안겼다. 얼결에 딥스를 받아든 그녀가 이게 뭐야 하는 항변의 눈길을 내게 보냈다. 팽, 토라져 딥스를 던지려나? 허나 그런 일은 일어나지 않았다. 딥스의 매혹적인 자색 눈에 그녀의 눈도 반짝 빛났다. 나는 거실문에 이미 오른발을 옮겼으므로 그녀의 행동을 세밀하게 볼 수 있었다. 딥스의 털 속에 그녀의 빼빼 마른 손이 파묻혀 보이지 않았다. 쨍그랑 얼음이 갈라져 내리는 소리가 들렸다. 그녀의 마음에 온기가 찾아온 듯해서 반가웠다. 봄볕의 유혹에 못이긴 딥스가 그녀 품에서 폴짝 뛰어내렸다. 뭉턱한 꼬리를 탈랑거리며 신난 딥스가 거실 끝에 가서 섰다. 닫힌 문을 만난 딥스가 입을 오물거리며 나갈 궁리에 빠졌다. 그때 전래동화 한 토막이 생각났다. 그래서 나는 그녀의 눈치를 살폈다.

"토끼는 꾀가 많은 짐승이야. 저 말이죠. 토끼가 호랑이 골려먹은 이야기 하나 할까요?"

그녀가 나를 보며 그래? 하는 식으로 입술을 꾹 눌렀다.

"풀잎을 깨우는 바람이 숲 속으로 솔솔 불어오는 나른한 어느 봄날 오후였대요. 그때 호랑이 한 마리가 나타났대요. 놀란 토끼가 나무 뒤에서 똘망한 눈으로 호랑이 거동을 살피고 있었죠. 호랑이가 입을 쩍 벌리려는데 토끼가 톡 튀어나가면서 깍쟁이 같은 말투로 손을 번쩍 들었대요. 자, 잠깐, 잠깐만요. 참새구이 드실래요? 토끼 말에 호랑이는 침을 꿀꺽 삼켰대요. 토끼는 눈을 꼭 감고 열을 세라고 했대요. 아참 참새구이를 하려면 불을 피워야 하는데 하고는 토기가 풀숲으로 폴짝폴짝 사라졌어요. 흐흐흐 맛있겠는 걸. 호랑이는 입맛을 다시면서 눈을 꼭 감고 열을 세었죠. 하나, 둘, 셋, 네엣…… 그 다음에는 누님이 이야기를 이어보시죠. 누님 이야기가 제 맘에 들면 제가 피자 한 판을 쏘기로 하죠. 대신 누님이 이야기를 잇지 못하면 누님이 피자를 사기로 하죠."

모처럼 온갖 시름 다 잊은 듯한 그녀의 눈이 초롱해지면서 입을 꾹 눌렀다. 그 사이 딥스는 폴짝폴짝 뛰어다녔다. 내 눈은 딥스와 그녀 사이를 돌아다녔다. 내 기다림을 무시하듯 그녀가 안방 옆 이중문을 열었다. 거기 벽장으로 오르는 계단 벽에 걸린 구슬 백에서 요술 공 하나를 꺼내 들었다. 구르면서 현란한 색깔을 내는 공을 한 번 땅에 튕기고는 허공에서 손을 뻗었다. 그녀보다 키가 큰 내가 허공에서 그 공을 가로챘다. 그녀가 희게 눈을 흘겼다. 서서히 현실로 돌아오는 신호임을 알아챈 나는 다시 그녀를 채근했다.

"어쩔래요? 이야기에요. 피자에요?"

"내가 제정신이 아니라며? 그런데 이야기를 하라고?"

"그럼 피자."

"······그래."

마지못해 짧게 말하는 그녀를 돌아 탈랑탈랑, 딥스가 내게와 입을 오물거렸다. 내가 건넨 공을 그녀가 요놈이 하듯이 딥스를 향해 던졌다. 탈랑탈랑, 그러나 그녀의 동화는 이어지지 않았다.

"누님이 사는 피자를 먹으려면 남은 이야기를 마저 하죠."

"호랑이가 열까지 세고 있었죠. 그 사이에 불씨가 포르르 날아올라 숲은 불길에 바작바작 타올랐어요. 호랑이는 그 소리가 참새들의 날갯짓소리인 줄 알고 얼씨구나 좋아서 입을 헤벌렸어요. 참새구이는 구경도 못하고 털만 홀라당 탄 호랑이가 눈물을 뚝뚝, 콧구멍이 벌렁, 떼굴떼굴 구르다가 꽈당꽈당다당. 토끼가 그 꼴을 보고 또 까르르 깔깔 웃었대요."

모처럼 그녀가 이를 드러내고 꽃처럼 웃었다.

"우리 딥스도 그런 기지 좀 넘쳐봐라. 웅크리고 있는 누님을 호랑이처럼 골려주고 병도 낫게 해보란 말이야. 누님도 우울증을 호랑이로 알고 골려주면서 어서 그것에서 벗어나세요."

그녀가 다가와 내 팔에 자신의 팔을 걸었다. 어? 순간 나는 긴장한다. 우울증을 너무 빨리 버린 것 아냐? 그것도 곤란해. 왜냐하면 내 직장이 없어지거든. 거실에 작은 바람이 인다. 딥스가 거실 끝에서 멈췄다. 파랑파랑, 어디서나 5월이 푸르러 갔다.

집 앞 공터에 어린이 놀이터가 있고, 이 동네 동쪽에 호수가 있다. 나는 영혼의 깊은 어둠 속을 헤매는 그녀가 혹여 호수로 뛰어갈까 겁난다면서 그녀를 잘 감시하라던 김 실장의 말을 떠올렸다. 경호원을 고용한 가장 큰 이유 중 하나가 호수가 동네에서 멀지 않기 때문이란다. 그러면서 또 덧붙인 말이 생각난다.

"내 동생, 저것이 사랑땜에 물에 빠진 몽달귀신 될까봐 겁나. 생구 씨가 떠억 버티고 있으면 늠름한 청년이 내뿜는 싱싱한 기운 때문에 귀신들이 모두 줄행랑을 칠거야. 그러니 딴 생각 말고 우리 동생 옆에 꼭 붙어있어요."

호수는 그 지역 사람들에게는 자랑이고 행운이었다. 물에 빠졌을 때 죽지 않으려면 숨을 두 번 깊고 빠르게 쉰 뒤, 물을 박차고 올라오면 살 수 있다. 그 사실을 안다는 것은 공포를 이기는 길이다. 물위로 올라온 그녀를 봤다. 호수처럼 맑았을 눈이 내 앞에 있었다. 호수는 아름다운 휴식의 공간이며 시인들의 상상력을 자극하는 달의 화원이다. 그러나 자살자에게 호수는 블랙홀이었다. 그녀는 누군가 안개를 몰고 와서 창밖에서 방안을 넘겨본다고 했다. 누군가에게 자신의 죽음을 보고하라는 그녀가 지금 내 앞에 있었다. 환시에 시달리기도 하는 그녀는 캄캄한 밤이면 바람에 나뭇잎 구르는 소리에도 불안한 눈길을 보냈다. 그러다가 그녀는 먼동이 터오면 쓰디 쓴 에스프레소로 깔깔한 입맛을 헹궈냈다. 에스프레소는 밤새 불면에 시달리고 난 새벽, 깔깔한 입맛을 헹궈주는 데 그만이었다. 그것은 그녀만의 의식이며 낙이었다.

커피포트에 석 잔가량 물을 붓고 스위치를 눌렀다.

그녀는 바로 앞에 있으나 닿지 못해서 듣지 못한 것처럼 무심한 표정으로 딥스만 봤다. 금세 포트에서 물이 끓었다. 그녀가 다시 소파로 올라갔다. 아마 고양이가 될 모양이다. 사람이 있으나 대화가 없는 이곳이 숨이 막혔다. 그녀와 나를 잇는 커피 물이 끓었다. 내가 부엌으로 갔다. 허나 웬일로 그녀가 뒤따라 부엌으로 들어왔다. 나는 그녀 옆에서 얼쩡대다가 그만 딥스 쪽으로 갔다. 그녀가 커피를 들고 오면 어떤 말을 할까? 잠시 고민했다. 이런 상황에 놓인 내가 몹시 어색했다. 나는 지금 아버지의 병원비 때문에 기계 같은 그녀를 견뎌내야 했다. 비위를 살짝만 건드려도 용수철처럼 튈 수 있는 물불 안 가리는 20대 청년인 나는 침을 꼴깍 삼키면서 부단히 참고 있다.

"피자 먹으러 나가죠."

그녀가 싱크대에서 커피를 꺼내면서 돌아선 채 고개를 끄덕였다. 내가 그녀의 애인을 닮은 데다 딥스 때문일까? 그녀의 싱크대 여닫는 소리가 경쾌했다. 경쾌하다니, 이 눈부신 착각이 나를 구하기를 바라면서 그녀를 봤다. 여태 커피 한 잔 안 주더니 오늘은 달랐다. 그녀가 포트를 기울여 커피 잔에 끓는 물을 붓고 있었다. 그 위로 나무색의 긴 싱크대가 보였다. 부엌 가운데에는 대리석 식탁이 있었다. 맞은편 벽에는 검은색 양문 냉장고가 있었다. 냉장고 쪽으로 뒷문이 보이나 잠겼다. 문 위 쪽 유리창으로 덧댄 아크릴 챙이 유난히 파랗다. 그녀가 냉장고에서 말라버린 사과를 꺼내 깎았다. 칼날이 번쩍였다. 차분하게 사과를 깎고 있다니! 일관성 없는 그녀의 태도가 위태로워 보인다. 내 곁눈질이 잦다. 그녀가 한 때 사랑했던 남자, 그녀를 사랑했던 남자를 닮았다는 내가 정말 그녀의 위로가 됐을까. 나는 마당 테라스 쪽으로 가서 하늘을 봤다. 날고 싶을 만큼 투명하고 파랗다. 어린이 놀이터 쪽을 본다. 형으로 보이는 6~7세 남자아이와 동생으로 보이는 여자애가 시소를 두고 다툰다. 앙 우는 아이, 그네를 타는 아이, 미끄럼틀에서 막 내려오는 아이로 놀이터가 빙글거렸다. 다시 나는 그녀 쪽으로 돌아섰다. 그녀가 김이 나는 커피 쟁반을 들고 거실로 왔다. 커피를 끓여

받쳐 든 그녀가 생소했다. 누군가를 위해서 차를 끓여 들고나오는 그녀는 분명히 어제와는 또 다른 사람으로 보였다.

"며칠 후에 내가 피자 살게."

뉴욕에 있을 때였다.

없는 살림에도 하나뿐인 아들 하나 잘 키워보겠다는 부모님에 의해 나는 뉴욕으로 보내졌다. 처음에는 델리가게 점장으로 있는 이모부를 도와 가며 용돈을 벌어 썼다. 그런데 아침 9시면 어김없이 맞은편 의자에 걷기조차 힘든 뚱보 아줌마가 나타났다. 나이는 45세인데 거리로 떠돌아 50대 중반으로 보였다. 나와 이모부는 그녀가 보이면 드럼통에서 '드럼'을 빼고 암호처럼 '통'이라고 했다. '통이 보이네. 통이 왔네.'

델리가게 맞은 편 계단 두어 개 높이에는 벤치가 있고 나무 두 그루가 마주 보는데 통은 두 나무를 한 번씩 감고 돈 다음, 가게를 향해 소리쳤다.

"빵 좀 줘."

"오늘은 남은 것이 없어."

"근데 이 나무 좀 봐. 마치 남자와 여자가 마주 보고 있는 것 같잖아?"

하면 나는 피식 웃거나 그래 맞아 하고 응수했다. 그러면

2~3일 후에 다시 나타나서 말했다.

"이쪽은 내 남편이야. 바람둥인데 그가 바람둥이인 것도 다아 내 잘못이야."

"그래 알아."

혹은

"맞아."

대꾸하면 통은 감지 않아 뻣뻣한 머리를 뒤로 넘기면서 델리가게를 향해 크게 소리쳤다.

"뭐 먹을 것 좀 없어?"

"없어."

아니면

"빵 좀 줄까? 과일도 있어"

하면 이불을 둘둘 말아놓은 것 같은 통이 들어와 가게 문을 막고 먹을 것을 받아갔다. 어쩌다 계산이 밀려 줄이 길면 거스름돈을 받아 쥔 손님 몇은 그것을 몽땅 통에게 주기도 했다. 그러면 통은 땡큐! 하거나 이불 같은 치마를 빙글거리면서 애교를 부렸다. 배가 부른 통은 곧장 나무 밑 의자에 가서 항아리처럼 다리를 세우고 두 팔을 엇잡아 잠을 청했다. 뉴욕 역시 서브프라임 모기지 주택정책 실패 후, 하나 둘 통처럼 모여든 사람들이 지붕 없는 그곳에 와서 잠을 청했다. 낮보다 밤이 더 화려

하고 분주한 맨허턴은 그만큼 그늘도 짙어갔다. 이순신 장군이 임진왜란 때 멋진 전략으로 나라를 구했듯이, 한국도 그만한 지략이 꿈틀거려야 늘어가는 자살률을 줄일 수 있지 않을까.

"딥스."

그녀가 과자 하나를 반으로 잘라 딥스에게 주었다.

"오늘 자살한 배우는 잘 나가는 배운데 왜 그랬을까? 자살이라니!"

그녀가 말을 했다. 의도했던 목적을 수정하겠다는 메시지로 들리다니! 자가당착에 빠진 내가 어이없다.

"불운이 오면 죽음의 블랙홀 아가리가 더없이 황홀해 보이는 모양이죠?"

그녀가 웃었다. 별 특징 없는 마른 나무에서 어느 봄날 갑자기 툭 벙근 목련꽃 한 송이 같았다. 그녀가 일어나서 밖을 보며 커피를 마셨다. 커피 잔을 들어 마실 때마다 뜨거운 김이 서려서일까? 그녀의 혈색이 살아났다. 그녀는 꽃이었다.

첫 월급을 받기 전 날, 그녀가 뜬금없이 말했다.

"지윤이가 집에 없어 생구 씨와 같이 있는 게 불편하네."

"난 그야말로 말 그대로 경호원일 뿐이에요."

"그러면 남의 눈도 있는데 한 집에서 젊은 남녀가 종일 같이 있잖 말이야?"

"남의 눈, 그거 문제지요. 이 세상은 음모로 이루어진 거대한 상자 같은 거니까. 남녀가 한 집에 있게 되면 그 음모라는 상자에 갇힐 수 있죠. 하지만 이 집은 누나만의 우주인데 그래도 두려운가요? 나는 이 집 한 귀퉁이에서 누나를 지키는 파수꾼이고."

그녀가 힐끗 나를 봤다.

"이 세상은 하나의 음모 상자라면서."

나는 김 실장에게 전화를 했다.

"지윤이가 없기 때문에 누님이 저와 있기 곤란하대요."

"지윤이가 안 오면 어떻게 할 건데, 지금 그게 문제야. 맨날 죽는다는 년이 핑계는. 생구 씨, 우리 우림이를 부탁해. 지금 당장 거실 가운데에 유리문을 달겠어요. 또 우림이가 가는 곳은 다 볼 수 있게 카메라 설치도 할거요. 그리고 보너스도 줄게. 그년 좀 잘 봐줘. 알았죠?"

"……예."

"거실 가운데에 유리문을 달겠다고 하시네요."

그녀의 얼굴이 구겨졌다.

다음날 김 실장은 서쪽에 있는 공터에 조립식 집을 한 채 지었다. 안채와 잇댄 테라스 옆에다 네모 반듯한 방 하나가 달린 장난감 같은 집이었다. 내가 안채를 낱낱이 볼 수 있도록 카메라 설치도 했다. 나는 모니터 앞에 앉아서 그녀를 감시했다.

"그녀를 탐내면 알지? 모니터에 다 찍히는 것쯤은 알고 있겠지."

우림이를 사랑하길 바라는 건가. 그깟 걸로 나를 위협하다니! 그렇게 두려우면 경호원을 여자로 뽑을 일이지. 구태여 불편한 남자를 경호원으로 쓸 필요가 없잖은가.

다시 그녀는 컴퓨터책상 의자에 웅크리고 앉았다. 마치 공중 부양을 할 마술사처럼 온몸을 똘똘 말아 감았다. 다시는 사랑하지 않겠다는 결의가 풀어지는 것을 막기 위한 작전처럼 보였다. 그녀가 얼굴을 들고 창밖의 먼 곳을 응시할 때를 보라. 멍하지만 가끔 고통에 찬 그 눈빛 말이다. 고통에 시달린 사람만이 간직할 수 있는 특별한 그 눈빛. 절망은 고통을 자극하고 고통으로 만든 진주는 영롱하기 때문인지 그녀의 눈빛은 진주처럼 아름다웠다. 그녀에게 사랑을 느낀 나는 내 앞 모니터 속의 그녀를 뚫어지게 봤다. 자신을 돌돌 말아 감아 고개를 두 무릎 사이에 처박은 채로 그녀의 어깨가 흔들린다. 그녀가 울고 있다. 나는 주머니에서 담배를 꺼내 피워 문다.

사랑의 안개란 연기처럼 사람을 질식시켜 버릴 뿐만 아니라 죽일 수도 있다. 그러고 보니까 빈터 저쪽으로 저녁 안개가 스멀거렸다. 호수 때문일까 이 동네에는 안개가 자주 꼈다.

그녀가 움직였다. 웅숭크린 그녀가 방으로 들어가더니 긴 끈을 들고 나왔다. 긴장한 나는 그녀의 다음 행동을 주시했다. 딥스가 뭉툭한 꼬리를 흔들며 그녀를 따라다녔다. 딥스, 저리 가! 그녀가 딥스를 발로 찼다. 내 머리털이 쭈뼛 섰다. 나는 재빨리 그녀가 더욱 또렷하도록 모니터를 조작하면서 나는 카메라에 확대된 나일론 끈에 심한 불안을 느꼈다. 그것은 느슨하게 꼬아 튀긴 꽈배기 같지만 실은 그녀가 극단적인 일을 꾸밀 때 쓰는 물건이었다. 그녀가 화장실로 갔다. 아차, 김 실장은 아래채 지을 때 목욕탕 커튼 봉 제거하는 일을 잊고 말았다. 나는 후다닥 뛰어나갔다. 목욕탕 천장의 높이로 봐서 의자가 필요했다. 그녀가 의자를 들고 목욕탕까지 가려면 7~8분이 필요했다. 이 집 식탁의자는 대리석 식탁에 어울리는 것이라 무겁다. 그 사이 나는 거실 문을 열어야 했다. 욕실은 천장이 꽤 높았다.

"탕탕! 지금 뭐 하는 거야?"

제 정신이 아닌 나는 박살 낼 듯이 문을 열었다. 잠겨있다. 한숨을 푹 쉬고 난 뒤, 쇠문처럼 단단한 유리문을 두고 왼편으로 돌아갔다. 이미 이 집의 구조와 물건의 위치를 그림으로 그려놓은 상태였다. 나는 담밑의 낡은 쇠파이프 의자로 작은방 창문을 깼다. 와장창! 유리 파편이 튀었다. 이번에는 사용한 쇠 파이프 의자를 딛고 집안으로 들어갔다. 문짝에 악어 이빨처럼 붙어있는 날카로운 유리 조각 사이로 몸을 홀쭉하게 만들어 던 졌다. 무엇인가 바닥에 '쿵' 소리를 내며 떨어졌다. 뛰었다. 그 짧은 거리가 마치 10분 이상 뛴 기분이었다. 그녀는 마악 천장 에 걸린 매듭을 끌어와 머리를 디밀려는 찰나였다.

"안돼!!"

내가 빤히 보고 있는 데 이런 일을 저지르는 저의는 무얼까? 나는 화장실 옆 작은 창고 안에 감춰둔 긴 막대를 꺼내 천장의 매듭을 치면서 그녀를 안고 나뒹굴었다. 그 바람에 내 온몸이 피투성이가 되었다. 그녀의 입술에서도 피가 났다. 어쩌자고 이런 일을, 혹시 남의 고통에 희열을 느끼지는 않는지. 나는 그 녀의 입술에 묻은 피를 빨았다. 차고 까칠한 유리조각이 내 혀 에 박혔다. 앗! 그녀를 어깨에 둘러매고 세면대로 가 침을 뱉었 다. 그리고 피를 빨든 그대로 그녀의 입술을 힘껏 빨자 그녀가 발버둥 쳤다. 그녀의 입술은 차고 황량했다.

"저리 비켜! 이 도둑아"

"도둑?"

이것은 나를 쫓기 위한 계략이었다. 하지만 나는 능청을 떨 었다.

"이성 간의 사랑은 이 입술부텁니다."

나는 그녀를 안고 다시 한 번 키스했다. 이 치명적인 유혹, 이 보드라운 입술의 감촉, 또 다시 그녀의 혀를 찾았다. 내게 와 안아달라는 딥스를 밀쳤다. 그리고 버둥거리는 그녀를 거칠게 안고 거실로 나왔다. 그러고도 나는 그녀에게서 떨어질 줄 몰랐다.

"누님, 미안해요. 하지만 누님한테서는 슬퍼 빛나는 또 다른 마력이 있어요. 그게 나를 죽인단 말입니다."

웅크려 있던 그녀가 고개를 들어 나를 노려봤다.

"지구도 일정한 속도로 진화하는 게 아닙니다. 화산폭발이라던가 쓰나미 같은 재난을 통해서 도약하는 겁니다. 그렇듯한 인간도 큰 고통을 통해 크는 겁니다. 그런데 그걸 이기지 못하고 자살하겠다? 그러니까 누님을 사랑하는 사람들한테 배신 때리겠다 이거야? 아니면 뭐죠?"

"……"

"살다보면 별일 다 겪지만 행복의 맛을 보면 자살 같은 것은 잊게 될 걸요."

"흥, 행복? 이 어지러운 세상에서 뭘 건지겠어."

"어지러운 세상에서 발견하는 행복이야 말로 진흙 속에서 다이어몬드를 캐는 거죠."

딥스가 탈랑탈랑 뛰어가더니 그녀 품에 홀딱 안겼다. 그때를 놓칠세라 나는 그녀를 안고 그녀의 온몸을 천천히 쓸어주었다. 그러니까 딥스가 그녀 품에 안겨있고 그녀가 내 품 안에 안겨있었다.

"놀라고 슬플 때에는 사람의 체온이 제일이죠."

"됐어."

정말 그녀는 제멋대로였다. 나는 자살 사건을 빌미로 그녀를 번쩍 들었다. 그리고 아래채로 옮겨 놓았다. 밖에서 유리문에 자물쇠를 물렸다.

이번에는 아래채에 옮겨 앉은 그녀가 모니터를 통해서 나를 보게 되었다. 거실에서 훤히 보이는 그 방안은 모니터가 설치된 유리 상자였다. 이번에는 거꾸로 그녀가 내 모든 행동을 볼 수 있었다. 나는 우선 가스대에 가서 커피포트에다가 물을 올렸다. 다음에는 옛날에 그녀가 읽다만 듯 페이지 접힌 책,『우리는 사랑일까』와 과자 한 상자와 쥬스 한 통을 넣어주었다. 이제 그녀의 예고편 영화는 끝이었다. 어차피 한 평생이 두세 편의 예고편 영화에 불과했다. 영화 한 편이 끝났으면 다음 예고편을 위한 세트 장치가 필요했다. 그녀는 아래채로 내려앉은 뒤로 내게 눈길도 주지 않았다. 대신 누비이불처럼 소파에 구겨져 있었다. 커피 잔에 봉지 커피를 뜯어 넣고 물이 끓기를 기다렸다. 그 사이 유리창으로 그녀를 봤다. 그녀는 빈방에 멍하니 앉아 있었다. 오디오를 켰다. 드보르작의 신세계 1악장이었다.

지난여름, 사랑하는 두 사람은 서해 바다에 갔다. 그곳에서 제 1회 세계 록 페스티발이 열렸다. 그녀가 록 페스티발 보기를 원했다. 그러나 준호는 휴식을 원했다. 준호는 집값이 한참 좋을 때 그녀한테서 돈을 빌려 집을 한 채 샀다. 하지만 곧 버블시대의 막이 내리면서 막차에 오른 것을 알았다. 준호는 밤잠을 설쳤다. 그녀는 지금 세계적인 록 페스티발을 우리나라에서 볼 수 있는 행운을 얻었다. 그녀는 해외 록 가수들이 펼치는 그곳에 가야 한다고 우겼다. 그렇게 서해바다로 떠난 지난여름이었다. 세종시를 중심으로 서해안은 나날이 부동산 값이 꿈틀댔다. 행사장인 태안은 말 그대로 전국에서 모여든 젊은이들로 광란의 도가니였다. 그녀는 왠지 모를 불안에 휩싸여 괜히 왔다는 자책에 빠져 있었다. 야영캠프장에서 쓸 물건을 사러 나간 준호가 주검으로 돌아왔다.

내가 준호 닮았다는데 준호, 그가 보고 싶다. 혹시 책상 위에 사진이 있나 안방에 가봤다. 벽에 걸린 사진에도 책상 위의 사진 속에도 나와 비슷한 사내가 보였다. 사실 내가 나를 볼 수 없다. 거울을 통해서 나를 본다는 것은 그녀가 나를 통해 준호를 볼 수도 있다는 이치였다. 그렇다면 나는 준호를 통해 또 다른 나를 볼 수 있다는 것과도 같았다. 나는 준호에게 말을 걸었다.

"준호씨, 지구에 우림씨만 두고 가면 어떻게 해? 그녀는 지금 제 정신이 아냐. 준호씨 따라 가겠다는 데 이를 어쩌지?"

"우림이 옆에 당신이 있잖아. 당신이 그 집에 간 것도 우연은 아냐. 내가 다 주선한 거지. 나는 이미 그녀를 잊어 버렸어. 그러니까 더는 미련 갖지 말라고 해줘."

"아, 이 저금통장. 나는 당장 아버지의 병원비도 필요해."

"지금 뭐하는 거야? 생구씨, 허락도 없이 왜 남의 방엔 들어오고 야단이야?"

"여기 준호씨 사진을 향해 똑바로 서 보라구요. 준호씨가 뭐라고 해요. 아주 놀라운 일이 벌어진다구. 자아 귀를 동그랗게 오므려줘. 이렇게 말이에요."

그녀는 내 말에 화가 나는지 나를 무섭게 노려봤다. 그녀가 무섭다. 그러나 나는 괴이치 않고 위협적인 태도로 그녀의 귀를 오므리게 했다. 눈을 부라리던 그녀가 점점 사진 쪽으로 기울었다. 사진 속에서 무슨 소리가 잡히는 모양이었다. 준호는 세상에 없지만 그녀 안에 살아있었다. 아까 내가 들었듯이 그녀도 준호가 하는 말을 들었다. 그녀의 눈이 점점 커졌다. 그녀의 마음 깊은 곳에 자리했던 준호가 부활한 모양이었다. 내가 준호가 말을 한다고 하는 순간, 정말 그가 말을 한 것이다. 나는 그녀가 어서 빨리 정상으로 돌아오길 바라다가 만든 허상이고 그녀는 준호를 그리워하되 더이상 이 세상 사람이 아닌 그에게서 탈피하고 싶던 마음이 만들어낸 허상이었다.

아래채에 지어진 유리 상자는 굳건했다. 하지만 텅 비어 있었다. 열흘 전, 맥이 빠져 보이던 그녀의 모습은 많이 좋아졌는데 이상했다. 놀란 나는 여기저기를 찾았다. 뒤 베란다로 가봤다. 그녀는 거기서 울고 있었다. 놀란 내가 그녀를 두 팔로 감쌌다. 딥스가 달려왔다.

핸드폰이 울렸다. 미국 델리가게 점장인 이모부 전화였다. 통이 죽었단다. 자살이라 했다.

아버지의 여윈 손이 환상으로 보였다. 침대 밖으로 떨어진 아버지의 손이 섬뜩했다.

나는 어머니를 전화로 불렀다. 아버지가 걱정된다. 어머니는 당장 아버지가 계시는 병원에 가보라. 했다. 나도 저녁에 퇴근 후, 아버지의 요양원으로 갔다. 다행이다. 별 일 없다. 어두운 하늘을 올려다봤다. 내 안에서 동그랗게 말아 감은 소파 위의 그녀가 희고 근사한 한 마리의 백조로 출렁였다.

그녀는 예의 나무에 벙그는 목련꽃이었다.

목소리, 그의 목소리

1

　　　　　눈이 왔다. 그것도 함박눈이 펑펑 쏟
아지는 정초였다. 사람들은 저마다 가슴에 소원 한 두엇쯤 품
고 매화꽃 피기만을 기다리고 있을 텐데, 나는 그렇지 못했다.
나는 외투를 걸치고 거실로 나왔다. 딸애가 소파에 앉아서 아
니꼬운 듯이 나를 바라봤다. 내가 얼결에 오른 손을 드는 걸로
나간다는 표시를 했으나 오히려 '흥' 콧방귀를 뀌더니 제 방으
로 들어가 버렸다. 그리고 딸애의 방은 고요했다. 눈물을 흘리
는지 아니면 완벽하게 돌아앉아서 내게 마음의 총을 쏘는 건
지…… 암튼 내 안에서 힘 빠지는 소리가 났다. 나는 신발장 문
을 열고 우산을 하나 꺼내 밖으로 나왔다.

딸애를 생각한다면 어떠한 일이 있어도 참아야 했다. 허나 나는 절박하다. 숨이 막힌다. 까칠해진 내 피부 좀 봐. 나를 내쫓는 것들, 이미 이 집에는 나를 밀어내는 공기가 가득 차서 숨을 곳도 없다. 딸애의 적의에 찬 저 눈빛 좀 봐!

온난화 현상 때문에 날씨가 따뜻했다. 봄날 불시에 찾아온 불청객처럼 너울거리는 함박눈이 오히려 심술궂어 보였다. 하지만 어서 내려라. 이렇게 때 아닌 눈이 오다니! 내리는 족족 녹아서 물바다가 되어도 좋고 폭설이라도 좋으니 어서 내려라. 아니 폭풍이 불어도 좋다. 제발 미친 내 처지를 끌어갈 수 없다면 가려주기라도 하렴. 내 마음을 아는 함박눈이 더욱 펑펑 쏟아졌다. 행인들의 발자국들이 눈길 위에 어지럽게 찍히더니 급기야 단단하고 편편해졌다. 거리를 오가는 사람들은 분장을 한 배우들 같다. 겨울에서 봄으로 넘어가는 때라 을씨년스럽던 겨울 풍경을 눈이 와서 풍성하고 아름다운 배경으로 바꿔놓았다. 날씨의 영향이 커서 이렇게 눈이 오면 사람과 사람 사이의 관계가 다소 훈훈해지고 용기를 갖게 했다. 눈을 핑계로 사랑을 찾아 나서거나 사랑고백을 할 용기가 생겼다. 눈은 봄을 앞둔 모든 사람에게 좋은 선물이었다. 하지만 나는 오늘 이혼하는 날이었다. 18년의 결혼 생활을 접는 날이었다.

20여 년 전, 그와 처음 사랑을 나누던 날도 이렇게 흐벅지게 눈이 내렸다. 그때도 순전히 눈 때문이라고 할 만큼 순백의 대지가 둘의 관계를 뜨겁게 부추겼다. 백설로 가득 찬 깨끗한 들녘, 거기에 둘만의 호젓함과 순백의 자유, 우리의 미래에 티끌 하나 끼어 들 수 없는 순백의 눈은 곧 하늘의 축복이라고 굳게 믿었다. 지금 생각하면 눈이 함정이었다. 눈만 아니었어도 그의 목소리가 그렇게 근사하게 들리지는 않았을 것이다. 은밀하게 다가와 촉촉하게 젖어들던 그의 목소리였다. 눈으로 맺어진 우리의 사이가 너무 하찮았나? 결혼한 그가 나와의 사랑이 밤새 내린 눈 녹아버리듯, 바로 다른 여자와 어울리며 외박이 잦았다. 그런 아버지를 부르며 언젠가 딸애가 울었다.

"아버지, 정신 좀 차리세요."

"아이구우 내 딸 그래 알았습니다요."

나는 그때 지쳐서 자포자기했었다.

'딸아, 울지 마라. 삶이란 따지고 보면 하찮은 거란다. 평평 쏟아지는 함박눈 같은 건지도 모른단 말이야. 우리는 그 눈을 맞지 않으려고 우산을 받거나 아니면 눈싸움으로 깔깔대잖니. 사는 건 어쩌면 그런 것인지도 몰라. 알겠니? 그러니 뚝 그쳐라'

딸애는 우리 부부가 헤어질까봐 무진 애를 썼었다. 나도 정신이 딴 데 가 있으니까 가족이란 시스템이 구차스러워졌다.

내 삶의 프로그램은 이미 신우에게 맞춰졌다. 그래서 딸의 하소연은 담배 한 대의 역할에 불과했다. 그동안 마음 졸여가며 그에게 매달렸던 일을 딸애가 내게 대신하고 있었다. 마치 역할극을 바꿔하고 있는 것 같아서 소름이 돋았다. 그런 딸을 이제 무신경하게 바라보는 내가 미웠다. 그가 딴 여자와 사랑에 빠졌을 때, 그의 태도도 나처럼 냉랭했었다. 그 당시의 그의 무표정이 생각나서 나는 전율했다.

"일이 잘못되는 경우에도 너만은 내가 키울 거야."

이번에는 성긴 눈발이 흩날렸다. 나는 상점의 쇼윈도에 나를 비춰봤다. 40대 중반의 중년 여인이 초췌한 얼굴로 나를 봤다. 40대야 말로 인생의 정점이라던데, 나는 지금 외롭고 쓸쓸했다. 나는 그동안 진지하고 성실하게 살았다. 그런 내가 중년이 되어 힘이 빠지다니! 40대야 말로 식별 가능한 눈과 귀가 열리는 때가 아닌가. 내 인생의 시작이요, 계절로 치면 이제 마악 땡볕 지나 한들한들 미풍에 몸을 맡기는 초가을이다. 비로소 여유를 가지고 하늘을 올려다보며 미소 지을 나이 아닌가. 지난 가을을 떠올렸다. 그날도 시름에 겨워서 창가에 턱을 괴고 멍청하게 밖을 보고 있었다. 마치 가족의 곁을 떠나는 그의 뒷모습을 바라보듯 그랬다. 나는 이혼을 하면 어떻게 될 것인가 생각해봤다.

우선 법원에 가서 18년간의 결혼생활을 쪼개겠지. 그리고 같이 했던 그에게 손을 흔들겠지. 마흔 살이 되기 전의 눈으로 본다면야 어느 면으로 보던지 지금의 그가 나은데 얼간이 같은 신우에게 빠져있는 내가 한심했다. 굳게 잠겨 있는 딸의 방이 떠올랐다. 주름이 늘어진 이 나이에 이혼하는 자신에게 기가 찼다. 이혼을 하면 딸과 함께 살려고 했다. 어떻게든 딸은 자기와 살아야 했다. 그런데 그와 1년 이상 싸운 결과, 그는 내게 딸을 줄 수 없단다. 완벽하게 침묵을 지켰던 딸애의 방이 마음에 걸렸다. 나 자신보다 더 사랑했던 딸이었다. 그의 얼굴이 잠깐 떴다 사라졌다.

그는 방송국 성우였다. 그의 목소리는 우선 감미로웠다. 그의 목소리를 들으면 안개를 떠올린다는 여자들이 많았다. 그래서 그는 에로물의 단골 성우였다. 주위에는 늘 여자들이 안개처럼 진을 쳤으며 자연히 그는 다른 여성으로부터 자유롭지 못했다. 그의 직업의 특성으로 봐서 이해는 하면서도 나라는 인간은 그런 것을 극복하면서 적당히 살아가지 못하는 성격이었다. 그는 여자들 사이를 헤엄쳐 다니느라고 머리가 빠지고 피부도 윤기를 잃었다. 결국에는 핏기 잃어가는 피부만큼이나 그의 목소리도 윤기를 잃더니 급기야는 쉰소리를 내기 시작했다. 방송국에서는 매일 꿀에 잰 인삼을 보낸다거나 목소리를 고치는 병원을 소개하는 등 법석을 떨었다. 그는 무리하면 안 되는 줄 알면서도 밀려드는 성우 일로 목소리는 더욱 변해갔다. 또 일에 지친 그는 밤이면 피곤해서 한잔, 연애하느라고 한잔, 하다가 그만 회복될 겨를도 없이 영영 본래의 감미로운 목소리를 잃어버렸다.

그의 서재에는 목소리에 관한 책들이 즐비하게 늘어갔고 나 또한 연일 적당히 달착지근한 꿀물을 준비해서 식탁에 놓아두는 걸로 내조를 했다. 물론 말간 물이 나오도록 내 속에서는 녹슨 칼을 갈아댔지만 결과가 이쯤 되다 보니 오히려 그가 전처럼 여자들을 몰고 다녀도 좋다할 만큼 그의 인생이 걱정되었다. 전처럼 휘파람을 불면서 무스를 발라도 관대할 수 있었다. 그는 목소리 때문에 여름에도 목이 긴 셔츠를 입었다. 그는 이제 에로물 대신 목소리 걱실걱실한 동네 반장이나 해변가의 막노동꾼으로 출연했다.

우리 집에는 가습기가 많았다. 차 속에도 화장실에도 가습기가 습기를 뿜어 올렸다. 그렇게 정성을 들이는 바람에 그의 부스스하던 피부가 촉촉해지기 시작했다. 반면에 내 피부는 까슬해지고 부스스해졌다. 여름에 목이 긴 털셔츠의 그를 보는 일이라던가 쉿소리로 변한 그의 목소리를 듣는 일이 내게는 너무 고통스러웠다. 이번에는 내 고통을 견디기 위해서 나는 밤이면 옥상에 올라가서 하늘로 오르는 꿈을 꿨다. 그 꿈을 꾸는 시간만은 행복했으며 하늘의 수많은 별들이 내 고통을 위로했다. 나는 그 시간들을 일기에 쓰고는 했는데 시간이 흐를수록 일기장에는 깨알 같은 시로 가득가득 차기 시작했다. 결국 나는 시인이 되는 영광을 안았다. 사람들은 나를 시인으로 대접했으며 이제 어느 성우의 아내가 아니었다. 별은 내 가슴에 뜨는 것이지 결코 그의 것으로 내 가슴에 별을 다는 것이 아님을 알았다. 나는 시인으로서 조금씩 알려졌다. 그러자 건들대는 시인 하나가 내게 다가와서 손을 내밀었으며 나는 기꺼이 시인의 애인이 되었다. 이제 내게 있어서 그는 박제가 되었을 뿐이었다.

교보문고의 입구에는 젊은이들로 붐볐다. 나는 책 향기 가득한 속으로 들어가서 풀 속에서 장미를 찾는 눈길로 신우를 찾았다. 책장에 꽂힌 책들이 저마다 기웃거리며 알은체하였지만 나는 오로지 신우만 찾았다. 사실 나는 그의 바람 때문에 별을 헤다가 책방을 찾게 되는 계기가 됐다. 딴 곳도 아닌 별들과의 만남 이상인 이곳, 인문학 순수과학, 외국어, 예술 지들이 가득한 이곳은 기분 좋은 곳이었다. 거꾸로 보이는 천장의 거울 속에서 신우를 찾았다. 저쪽에서 모자를 뒤집어 쓴 신우가 다가오는 게 보였다.

"검정 옷이 잘도 어울리는데 그래."

"눈 때문일까?"

우리만의 대화. 그리고 미소. 우리는 책방 안에 있는 커피숍에 가서 커피를 마시면서도 서로 볼을 쓸었다. 그동안의 무명작가와 유명작가의 작품들을 대강 품평하면서 천천히 밖으로 나왔다.

"날씨가 왜 이래."

"좋은데 뭘."

"너무 질척이잖아."

"이런 날 기차 타고 어디론가 갔으면."

"꿈꾸는 군."

"꿈꿔야 날 수 있다구."

"말대로 하려고 하는데 나를 받아들일 준비는 됐어? 도무지 믿음이 안 가서 말이야."

"살면서 믿음은 키워가는 거야."

"그럼 당신 말대로 이혼하고 올 거야."

"그려."

그는 현재 서울 도심에 있는 중학교에서 국어선생을 하고 있다. 그는 주로 공부 대신 자신이 여행하면서 보고들은 걸 애기하고 학생들에게는 소감을 쓰게 하는 형식으로 수업을 진행했다. 거기다가 가끔 히히, 난데없는 웃음으로 분위기를 풀어 놓는 바람에 '맹구' 선생으로 알려졌다. 지금 학생들의 경직된 분위기를 바꿔주는 게 자신이 할 일이라나. 그러므로 자신이 좀 망가졌다 해서 누가 얕보지 않는다는 것이다. 그렇다고 "히히"가 뭐냐? 좀 더 품위를 지켜라 해도 그는 그렇게 살았다.

다시 눈이 내렸다. 날씨가 푸근해서 눈이 내리는 족족 녹았다. 그래서 거리는 질척댔다. 마치 내 마음 같은 그런 길거리, 흰 눈으로 인해서 하얀 세상이 좋았으나 지금은 짜증나게 질척였다. 눈이 오면 올수록 교통은 더 막히고 사고는 예전보다 배가 됐다. 나는 지금 눈 오는 거리를 애인과 걷고 있으나 마음은 한없이 복잡했다. 가끔은 내 안에서 길을 잃고 헤매는 나를 발견했다. 그래서 잠시 얼굴을 찡그렸더니 신우가 그런 나를 위로했다.

"너무 걱정 마."

바람이 지나자 길거리의 가로수들이 일제히 몸을 흔들었다. 빈 나뭇가지에 가볍게 내려앉은 눈이 머리 위로 떨어졌다. 구석에 처박혔던 몇 남은 은행잎들이 달리는 스포츠카의 흙탕물 세례를 받고 더러운 모습을 드러냈다.

"오늘 커튼을 맡기려고 해."

"아니 어떻게 그런 생각을 했어."

"커튼은 우선 불안한 당신 마음을 안정시켜 줄 것 같아서였어."

나는 신우의 오바주머니에 손을 넣는 걸로 그의 따뜻한 애정에 답했다. 우리는 술렁거리는 큰길을 버리고 비교적 한적한 미대사관 쪽 길을 택했다.

"간단하게 생각하래도 그래."

"고마워."

겨울이 깊어가므로 하늘은 낮게 가라앉고 바람은 찼다. 하지만 답답한 내 가슴을 열 듯 창문을 반쯤 열었다. 저 골목, 청우 슈퍼가 보였다. 집집마다 다 자란 나무들이 잎을 떨구고 서 있는 모습이 내게는 애처로워 보였다. 슈퍼마켓의 뚱보 주인은 이제 못 보겠지. 그동안 수만 번도 넘게 딸애의 손을 잡고 물건을 사러 다녔는데, 이제 우리 부부의 이마에는 계급장처럼 주름이 늘고 아장거리던 딸애가 어느새 커서 대학에 들어갈 나이가 됐다. 내년이면 대학에 들어갈 그런 딸애한테 한없이 미안하다. 우선 까칠해지는 내 영혼부터 살아야 하니까 니가 이해해라. 나는 속으로 중얼거렸다. 이 집은 처음에 영단주택 상태에서 입주했다. 주위에 같이 살던 사람들이 여러 번 바뀌고 대부분의 집들이 다가구화 했지만 작은 정원이 딸린 우리 집만은 옛날의 모습을 그대로 간직한 상태였다. 나는 천천히 화장대로 가서 스킨을 발랐다. 까칠해진 내 피부가 많은 화장수를 요구했다. 발라도 발라도 여전히 피부는 까칠했다. 얼굴에 콜드크림을 듬뿍 발랐다. 그러나 여전히 피부에 스며들지 않고 겉돌았다. 그렇게 대강 화장을 하고 집을 나섰다. 18년 동안 오갔던 골목들이 이제 확장에 확장을 거듭하여 대로로 변했지만 오늘만은 내 마음에 골목을 만든다. 그리고 맨 처음에 만나서 말을 트고 살았던 진만이네를 떠올렸다. 파랗던 새댁시절, 그때는 꿈도 많았다. 아들 딸 둘만 낳아 잘 기르자고 다짐하며 그가 내 손등을 다독였다. 이제 오늘로 이곳이 마지막이라니. 오늘은 이혼하기 위해서 법원에 가는 날이다. 내게 다가온 운명을 담담하게 받아들이자고 속으로는 되뇌어도 눈물이 났다. 이보다 더 젊어서도 그의 외도가 모멸스러워서 내 얼굴, 내 체형, 내 손톱의 모양까지도 바꾼 뒤 훌쩍 자취를 감추고 싶었다. 나는 그때부터 일탈을 꿈꾸었다. 그렇다고 해서 내가 가지고 있는 기억이나 이름, 부모와 자식 무엇 하나 바꿀 수 있겠는가. 그래서 절망한 적도 있었다. 그랬는데 이제는 정말 이 집을 떠나야 한다.

나는 거리로 나왔다. 바람 한 줄기가 지나는 통에 정신이 났다. 심호흡을 하고 비로소 택시 승강장에 가서 택시를 탔다. 운

전기사가 어디로 모실까요? 하고 물었다. 서초동에 있는 법원
이요. '이요'에 힘이 빠지는 소리를 들으며 나는 뒷좌석에 짐
부리듯 몸을 던졌다. 내 어조가 퉁명스러웠던지 아니면 '법원'
이 나를 심상치 않게 보였나? 운전사가 룸미러로 나를 힐끔 쳐
다보았다. 나는 개의치 않았다. 창밖을 봤다. 바람이 세차게 불
었다. 사람들은 외투 깃을 세우고 종종걸음이었다. 마치 뒤에
서 누군가 쫓고 있어서 도망치고 있는 것 같은 착시현상을 일
으켰다. 그가 뛰는 것 같기도 하고, 신우가 나를 향해 달려오는
것 같기도 했다. 법원에서 그와 만나기로 한 시간이 아직 한 시
간이나 남아 있었다. 나는 그보다 일찍 집을 나왔다. 막상 법원
쪽으로 우회전하자 불안해졌다. 운전기사가 또 다시 룸미러로
나를 살폈다. 나는 우회전을 하자마자 차를 세웠다. 그리고 이
미 오피스 타운으로 말끔하게 변한 그곳의 커피숍을 찾아들었
다. 3층에 한약방이 있는 그 건물 입구에 이르자 한약 냄새가
진동했다. 1층에 체인으로 알려진 커피 전문점에 들었다. 우
선 공중전화 부스를 찾았다. 허나 없었다. 휴대폰이 많아진 세
상이라서 공중전화 걸기가 쉽지 않았다. 나는 포니테일 머리를
한 알바생에게 전화를 좀 이용할 수 없느냐고 물었다. 그녀는
커피포트에 물을 붓다 말고 돌아서서 쓰세요, 했다. 실내에는
아직 오전이라 그런지 두어사람이 앉아 있을 뿐, 한산했다. 나

는 신우의 전화번호를 눌렀다. 그가 나왔다. 실내가 춥지도 않은데 나는 몸을 웅크렸다. 그리고 퉁명스럽게 말했다.

"내가 들어갈 방 치워놨어?"

"사모님, 무슨 소릴 하시나요."

"여기 법원이야."

"아, 그러세요?"

"이혼 즉시 들어갈 거야. 알았지."

나는 그에게 협박조로 말했다. 그 바람에 전화기 근처에 앉아서 이야기 중이던 신사 둘이서 하던 이야기를 멈추고 멍한 얼굴로 나를 봤다. 나는 멋쩍어서 그만 전화를 끊고 내 자리로 갔다. 마시다 만 커피는 약간 식어 있었다. 구수한 커피 향이 어느 정도 위로가 됐다.

며칠 전에 그가 이혼서류라며 주머니에서 봉투 하나를 꺼내놨다.

"……"

"이제 살만하니까…… 너 땜에 빠진 내 머리카락까지 가져가라."

"난데없이 머리카락은 뭐야?"

그가 휑해진 머리 위를 들이밀면서 나를 노려봤다. 내가 한 마리 벌레이기나 한 것처럼 그가 나를 보고 진저리를 쳤다. 그때 현관문이 열리면서 딸애가 들어왔다. 제 방으로 들어 가려 다가 안방 문을 열었다. 부모의 분위기가 심상치 않아 보이는 지 열었던 문을 힘껏 닫는 바람에 벼락 치는 소리가 났다. 내가 눈을 감았다. 성난 딸애가 내 눈에 와서 박혔다.

나는 커피전문점을 나왔다.

2

가정법원 쪽으로 느릿느릿 걸었다. 삼풍백화점 자리는 이미 공원화 되어가는 중이었다. 법원 앞 문화 은행에서는 노조원들 의 데모로 전경들이 근처를 에워싸고 있었다. 머리에 붉은띠를 질끈 두른 데모대들의 흥분이 터질까봐 둑을 만든 검은 방탄복 의 전경대원들이 요즘은 도심 풍경의 일부가 됐다. 모녀로 보 이는 두 여자의 뒤를 따라서 나도 법원 안으로 들어섰다. 몇몇 나무들의 몸통은 새끼줄로 꽁꽁 동여매 있었다. 나무한테서 까 칠한 비늘이 떨어질 것 같다는 생각을 하면서 3층에 있다는 이 혼법정을 찾아 들어갔다. 그의 모습은 보이지 않았다. 거기 있 는 남녀들은 이미 부부의 연이 다 된 사이라 그런지 멀찍이 떨 어져 있거나 같이 서 있어도 입을 꾹 다문 채였다. 한 번도 다정했던 적이 없어 보이는 그들을 곁눈으로 훑는 내 마음도 착잡했다. 나는 다시 메인 룸을 지나서 밖이 보이는 곳으로 왔다. 그의 차가 들어오는 모습이 보였다. 그는 3년 전에 그 차를 사기 위해 3개월 동안 월급을 주지 않았다. 그는 친구들로부터 생활비를 꾸어왔다. 그해 겨울을 나는데 긴 터널을 지나는 느낌이었다. 그렇게 장만한 차라 우리 가족은 그 차를 애마처럼 아꼈다.

그의 번들대는 머리가 계단 위로 쑥 올라왔다. 그리고 두리번거렸다. 나는 불안한 마음으로 밖을 보고 있었다. 그가 나를 발견하고 내게로 왔다. 그리고 투덜댔다. '혼자서 접수해도 되는 걸 굳이 오라는 건 뭐야? 뭐 좋은 일이라고……' 이혼 법정에 나가기 전, 둘 사이를 재확인하는 사무실은 넓지 않았다. 여사무원과 남자 사무원. 그가 이혼서류를 내밀었다. 우리말고도 남녀 두엇이 긴 의자에 앉아 있었다. 앞 사람들의 일이 끝나자 남자 사무원은 우리 서류를 훑었다. 그리고 혼잣말처럼 중얼거렸다. 따님이 열여덟 살이면 한참 어려운 나인데…… 무엇이 어렵다는 건가. 나는 짜증이 났다. 어려운 나인 줄 몰라서 여기까지 온 줄 알아? 이런 곤혹스런 일을 할거라는 생각은 했지만 싫다. 나는 속으로 소리쳤다. 전 국민이 보는 TV의 아침 프로에 부부 갈등을 중재하는 프로가 있다. 거기에 늙수그레한 부부들이 나와서 옥신각신하며 가시 돋친 말들을 쏟아내던 게 생각났다. 그 프로는 보기에도 아슬아슬했다. 남자는 아내의 마땅찮은 점에 대해서 거품을 문다. 아내는 그의 나쁜 습관, 무능에 대해서 고발한다. '그래서 어쩌라고 당사자인 둘이서 해결할 일이지' 하며 나는 그들을 힐난했다. 그런데 사무원이 끼어드니까 짜증이 났다.

"다아, 참다 참다 여기까지 온 겁니다."

"내 머리 빠진 것 좀 보시오."

그가 자신의 빠진 머리가 내 탓이기나 한 듯, 쇳소리로 말했다.

"아이가 다 컸는데. 나도 이런 딸이 있어요."

사무원이 담배를 피워 물었다. 자신은 가정이 깨지는 불행에서 비켜난 사람이라는 안도의 담배를 피워무는지도 몰랐다. 심사가 뒤틀리니까 공연히 내 속에서 부아가 났다. 이 사무원이 월권행위를 하고 있다는 생각을 하는데 그가 말했다.

"어서 접수나 해주시오."

사무원은 재떨이에 담뱃재를 털더니 이내 접수로 들어갔다.

"오전에 접수하시면 오후에나 제판이 있습니다. 세 시 반까지 392호실 앞에서 대기하세요. 두 분 모두 주민등록증과 도장을 꼭 지참하셔야 합니다. 둘이서 같이 오셔야 하구요. 그럼,

다음."

사무원이 손바닥만 한 종이를 내밀었다. 그가 끝까지 나를 홀대했다. '다음' 할 때 내게 마땅찮은 눈길을 보냈다. 이제 일반화된 중년의 이혼을 아직도 못내 마땅찮아 하는 눈치였다. 그는 나보다 한 발 앞서 나와서 어디론가 전화를 하고 있었다. 마치 은행에서 차례를 기다리는 번호표인양 바로 일상으로 돌아가는 그가 미워서 그의 뒤통수를 노려봤다. 어쩌면 그 나이에 누가 눈길 준다고 이혼 도장 찍는 너, 어디 두고 보자는 심사인지도 몰랐다. 그렇게 엿 먹어 보라는 식이 아니면 어떻게 태연자약할 수가 있느냐 말이야. 괜히 제가 먼저 발동 걸어놓고 스스로 부화가 나는 내가 이상했다. 아까 법원으로 들어올 때 뒤따랐던 모녀가 서류봉투를 들고 계단을 올라서고 있었다. 아는 사람과 맞닥뜨리지 않아 다행이면서도 이혼율이 급증하고 있다는 매스컴의 보도를 의심케 했다. 이혼하러 온 사람들이 복도에 별로 없기 때문이었다. 매스컴 말대로라면 이 복도가 차고 넘쳐야 마땅했다. 그들 중에는 내 제자도 있을 수 있다. 내가 사십구 세니까 남자 제자들은 이제 대학을 졸업했거나 아니면 복학 단계일 테고. 하지만 여 제자들은 결혼한 지 2, 3년도 된 새댁들도 있을 것이다. 요즘은 신혼여행가서도 맞지 않는다 싶으면 이혼한다 했다. '선생이었던 주제에 이혼이 다

뭐야' '어, 혹시 김신옥 선생님이 아니세요? 여긴 웬일이세요? 그러면 나는 어떻게 해야 하나. 그리고는 선생도 이혼하는데 나는……하고 위안을 받을 것이다. 그때 나는 어떤 표정을 짓고 어떤 대답을 해야 하나? 생각하는데, 그가 휴대폰에 대고 화를 내는 소리가 들린다. 그가 계단을 내려온다. 저 쉿소리, 나는 젊은 여자와 사는 그를 상상해 봤다. 전 같으면 얼마든지 젊은 여성 팬들이 늘어섰을 텐데 그러면 거기에 결혼까지도 가능한 젊은 여성이 있을 수 있는데. 그렇게 된다면 수혈을 하듯 그의 목소리가 회복되고 다시 에로물의 히로인이 될 수 있을까? 그의 일도 안타까웠다. 만약에 그럴 경우 딸애와의 관계는 어떻게 될까? 나는 잠시 골치가 아팠다. 딸애한테 결손가정의 오명을 안겨주는 게 어미로서 제일 가슴 아픈 일이다. 전에 내가 가르치던 아이들 중에 말썽꾸러기는 대부분 결손가정 속에 있었다. 하지만 어미의 아픈 가슴을 이해하면서도 어른들의 행태에 대해 딸애는 화가 나 있다. 차라리 그렇게 살 바에는 헤어지는 게 낫다는 소리를 제 입으로 하면서도 막상 부모의 이혼이 현실로 다가오자 딸애는 당황하고 서러워했다. 전에는 결손가정의 아이들을 보면서 그들의 어미, 아비를 탓했는데 내가 그 꼴이 되고 말았다. 나는 이제 딸애의 눈총조차 견디기 힘들다. 그렇다고 내가 이혼 후, 무얼 해야 할지 정하지도 못한 상태였다. 신우한테는 나 들어갈 방 치우라고 큰소리쳤지만 일이 이쯤 구체적으로 진행되어가니까 막상 그의 집에 들어가는 것도 꺼려졌다. 나는 그를 찾았다. 그는 이미 차 있는 데로 가고 있기에 쫓아가서 번호표를 내밀었다.

3시 반까지는 무려 4시간이나 남았다. 나는 그 시간을 어떻게 보낼까 걱정이었다. 아침을 먹지 않았는데도 배가 고프지 않았다. 나한테 4시간이란 너무 긴 시간이었다. 신우는 지금 잠을 잘 것이다. 방학 중이다. 저녁에는 작품을 쓰고, 새벽에야 잠을 자는 그의 습관을 나는 안다. 나는 월동준비가 끝난 법원 뜰을 지나서 천천히 밖으로 나왔다. 그리고 정처 없이 거리를 걸었다. 앞으로는 이런 시간이 많을 것이다. 마침 길 건너에 세차장이 보였다. 승용차에 물줄기가 강력하게 분사되고 있었다. 순간, 목욕탕의 샤워기가 번개처럼 떠올랐다. 4시간 동안을 조용하게 있으면서 괴로움을 잠재우기로 맘먹고 사우나를 찾았다.

목욕탕은 1층에 있었고 한산했다. 내가 플라스틱 바가지를 들고 막 수도꼭지 앞으로 다가서려는 순간 누군가 알은 체를 했다. 그녀는 중학교 시절의 얼굴 윤곽이 남아있었다.

"혹시 김신옥 선생님 아니세요?"

"어! 이게 누구야?"

내 예감이 들어맞는 순간이었다. 그리고 놀랐다. 젊은 여자가 축 처진 내 몸을 천천히 훑었다. 20년 전 내가 맡았던 담임 반의 반장이었던 현숙이었다. 그녀를 보면서 나는 웅크리고 앉은 그대로 가칠한 내 피부에 샤워기로 연신 물을 주었다. 내가 교편생활을 그만 두고 나서 그 애가 한 번 나를 찾은 적이 있었다. 딸을 위해서 미국이민 길에 오른다는 그녀의 부모는 지방 도시에서는 보기 드문 인텔리들이었다. 아버지는 법조계에 있었고 어머니도 꽤 괜찮은 직업을 갖고 있었다. 그런데 유독 현숙이가 내 말을 하면서 꼭 만나보고 싶어 해서, 나와 같이 식사라도 하면서 아나운서와 무대감독 둘 중 어떤 것이 딸에게 맞나 의향을 묻고 싶다고 했다. 나는 그때 무대감독을 권했으나 그의 전공은 전혀 엉뚱한 미생물학이었다. 그리고 그 뒤 편지가 한 번 왔을 뿐, 소식이 없었다.

"그러니까 현숙이 아냐?"

"예, 맞아요. 선생님."

우리는 벗은 채, 얼싸안았다. 정말 오랜만이었고 반가웠다. 탕 안의 시선이 우리에게 모아졌다. 우리는 이런저런 과거 얘기를 도란거렸다. 나도 잠시 우울을 벗었다.

"이민 갔다면서 언제 왔어?"

"미국에서 학위 받은 뒤 바로 왔어요."

"부모님들도 같이 오셨나?"

"엄마만 가셨다가 그냥 오셨죠. 거기서 못 사시겠대요."

"결혼은 했어?"

"예, 아이가 둘이에요."

"사부님은 요즘 방송에 안 나오시던데요 혹시?"

그녀는 '혹시'에 뭘 집어넣고 싶었을까? 잠시 궁금했다.

"왜? 아직 방송국에 나가고 있어. 목소리가 좀 변했지."

나는 짧고 간단하게 말했지만 그녀는 내 표정에서 심상치 않음을 느꼈을 것이다. 내가 하는 말에 힘이 빠진 상태였으니까. 우리는 자매처럼 나란히 앉아서 옛날얘기로 도란거렸으나 실은 나는 어서 그녀를 벗어나고 싶었다. 그렇지만 당장은 어떻게 해볼 도리가 없었다. 나는 그런 기분을 씻어내기 위해 우선 뜨거운 물을 틀어서 샤워기로 온몸을 뜨겁게 데웠다. 현숙이도 나와 똑같은 방법으로 샤워기를 어깨에 걸친 채 나와 마주한 상태였다. 사우나탕을 생각해낸 것이 후회가 됐다. 그녀는 전신이 희고 탄력 있었다. 나는 그녀가 귀찮아졌다. 그래서 이번에는 사우나실로 들어갔다. 사실 평소에도 내 목욕법은 샤워 후 사우나실에 들어가는 것이다. 날개처럼 살이 늘어져서 땅으로 쏟아지려는 여자가 누워있었다. 나는 사우나실 한 쪽 귀퉁이에 앉아 있다가 밖으로 나왔다. 현숙이가 나를 찾았다는 듯이 다가왔다.

"선생니임, 사실은 그때 같은 반이었던 학생회장 현우 아시죠. 그 사람과 결혼했어요. 지금 밖에서 기다릴 거예요. 오늘 선생님 모시고 점심같이 하고 싶은데 시간이 어떠세요?"

"다음에 하지 뭐."

나는 심드렁하게 대답했다. 그녀의 행복해 하는 모습이 좋으면서도 한편 나를 짓눌렀다. 나는 그녀와 헤어져서 목욕탕 밖으로 나왔다. 길옆에 서있는 차 속에 사람이 있다. 나는 무의식적으로 외면했다. 현우라고? 얼굴이 흰데다가 뭐든지 잘했으니까. 정말 세월이 빨랐다. 그런 그들이 벌써 아이가 둘이라니.

3

"아줌마, 392호실로 가려면 위로 올라가야 하나요?"

젊은 여자가 나를 불러 세웠다. 내가 턱짓으로 위를 가리키자 나를 잠시 올려다보고는 총총히 앞질러 갔다. 나는 조금 을씨년스러워진 하늘을 올려다보며 천천히 올라갔다. 나의 아까의 예상은 빗나간 것이었다. 나에게 호수를 묻던 여자를 합하여 대기실이 사람들로 북적였다. 그가 먼저 와있었다. 나를 보자 멋쩍은지 담배를 꺼내면서 일어섰다. 그리고 자리를 떴다. 나도 일어나 그가 있는 쪽으로 갔다. 그가 마악 담배 한 모금을 입안에 가뒀다가 뱉는 순간이었다. 흩어지는 담배 연기를 물끄러미 바라보는 그는 무척 착잡해 보였다. 서류를 접수하러 왔을 때의 예상은 빗나간 것이었다. 단 하루에 이토록 많은 부부가 갈라선다는 사실을 생각지 못했다. 그들은 마치 진료를 받기 위해 진료실 앞에 대기 중인 것처럼 무표정했다. 나는 그의 맞은편 복도 끝에 가서 창밖으로 시선을 던졌다. 자연은 불평없이 때가 되면 오가는데 사람들은 저마다 무슨 불평이 그리 많은지. 마치 입속에 머물던 담배 연기가 입 밖으로 흩어지려는 찰나와 같은 모습들이었다. 30대 중반쯤의 여자가 내게 다가왔다. 그녀는 귓속말로 속삭였다

"아유, 이번에야말로 그가 도장을 찍어줘야 할텐데. 증말 죽겠어요. 허구헌 날 술 들어 가면 때리니 살겠어요?"

"?"

뭐라고 하기에는 너무 느닷없어서 그 여자를 멍하니 바라보다가 눈을 떼는데 그가 이쪽을 건너다보고 있었다. 나와 눈이 마주 치자 그는 마땅찮은 표정을 지었다. 법정 안에서 한 사람씩 호명될 때마다 대기실과 복도의 우울한 시선들이 그쪽으로

향했다. 도중에 이혼을 취소하고 돌아가는 부부는 없었다. 어린 자식들 생각에 혹은 홧김에 여기까지 왔다가 후회하고 총총히 온 길 거둬들고 되돌아서는 부부도 있다는데 그런 일은 일어나지 않았다. 백년해로하며 사는 부부들과 이들과는 무엇이다를까? 여기에 온 사람들은 부부사이의 이해가 절대적으로부족해서일까? 신뢰가 부족해서일까? 내 차례는 좀처럼 돌아오지 않았다. 그는 쓰레기통 옆에서 두 번째 담배를 피워 무는중이었다. 목소리 때문에 끊은 담배인데 요즘은 줄담배였다.

신우의 얼굴이 호명 속으로 떠올랐다. 사람이란 간사스러운동물이다. 20여 년간 살아온 사람에게 메말라 가는 영혼 어쩌고 하면서 등을 돌릴 수 있다니. 그간의 동반자로서 눈에 넣어도 아프지 않을 딸애의 아버지인 그인데. 허나 이제 나는 말라가는 피부를 버틸 자신이 없다. 딸애의 반항이 무거운 짐으로남으나 내가 살아있는 그 아이의 어미임은 부정할 수 없다. 언젠가는 내게 호의적이 될테고 또 이런 나를 이해할 테지. 지렁이의 마른 살갗처럼 변해가는 내 피부를 보고 그 애는 울면서아버지를 미워한 적도 있었으니까.

부부가 이혼이 성립되고 나오는 데까지 채 10분도 걸리지않았다. 가슴이 조였다. 나는 밖을 바라보았다. 그때 우리의 이름을 호명했다. 나는 그쪽을 쳐다봤다. 그가 천천히 움직였다.

우리는 운명의 문을 노려보다가 들어섰다. 판사의 얼굴은 보이지 않았다. 세평 남짓 되는 법정에는 장방형의 대형탁자가 한가운데 놓여있고 그것을 사이에 두고 판사와 이혼신청자가 마주 앉게 되어있었다. 판사의 의자는 뒤로 돌려진 채, 서류 넘기는 소리만 났다. 우리는 피의자처럼 고개를 숙이고 판사의 동태에 온 신경이 쓰였다. 잠시 침묵이 법정을 장악하고 있었다. 판사의 입이 되도록 늦게 열리기를 기다리면서, 아니 그 순간만은 되돌아서서 나가고 싶었다. 무효화시키고 싶었다.

"김신옥 선생님! 저를 알아보시겠습니까?"

판사가 나를 불렀다. '선생님'이라는 호칭에 나는 놀라서 판사를 쳐다보았다. 그러자 판사가 벌떡 일어났다. 뜻밖이었다. 아까 목욕탕에서 만난 현숙이의 아버지였다. 이미 머리가 하얀 로맨스그레이! 그들은 그때 미국으로 가지 않았다. 그리고 장안에 파다한 우리들의 이혼 소식도 익히 알고 있었다.

"선생님, 다시 생각해보십시오. 이 사건은 제가 맡을 수 없습니다. 그리고 피부병 치료는 병원에 가면 얼마든지 치료가 가능합니다."

"당신 지금 뭐하는 거요? 그러면 다른 판사한테 넘겨."

그의 쇳소리가 법정 가득 출렁였다.

"진정하세요."

"홍, 진정하라고? 여보쇼, 우리는 이미 이혼하기로 하고 여기까지 온 거야. 알았어."

그가 기세등등해서 더욱 쇳소리에 힘이 들어가 있었다. 귀를 세우는 소리가 여기저기서 들리는 듯했다. 문이 살짝 열리기도 했다. 쇳소리에 지남철이 철컥철컥 들러붙는 것 같았다. 그렇게 그의 음성은 유별났으며 내 피부는 순간 까칠해졌다.

"여보쇼, 우리는 이미 이혼하기로 합의를 봤다니까 그래. 어디 이혼서류에 하자라도 있답디까?"

"서류 여부를 떠나서 나로서는 본 건을 처리할 수 없게 됐습니다."

"그럼 다른 판사를 부르쇼."

"아, 그렇게 해 드리죠."

판사가 자리에서 일어나서 별도로 난 문을 향해 뚜벅뚜벅 걸어 나갔다. 나는 알 수 없는 표정으로 반신반의하면서 밖으로 나왔다. 밖에 있던 사람들이 내게로 우르르 몰려들었다.

"저 사람이 한때에는 라디오스타였잖아. 한참 주가를 올리던 김산성 성우 말이야."

하는 소리도 들렸다. 하지만 대부분 무표정했다. 아니 그 보다도 왜 큰 소리가 났는가에 관심이 쏠려 있었다.

"별거 아녜요."

나는 그들을 헤치고 계단을 내려왔다. 그도 푸푸거리며 앞서 나갔다.

"협의가 안 되면 소송을 하는 방법도 있어."

그가 한껏 상한 자존심을 내보이듯 내 앞을 지나칠 때 중얼거렸다. 내가 천천히 걸어나오는데 누군가 나를 불렀다.

"김신옥 선생님, 아직 안 가셨군요. 판사님이 뵙자십니다."

그가 문을 열어놓고 나를 기다렸다. 나는 좀 넋이 나간 상태였다. 그래서 잠시 그를 노려봤다.

"선생님, 무례했으면 용서하십시오. 실은 신우라는 시인의 요청이 있었습니다. 내 친구의 장남이기도 한 그의 부탁이 만만치 않았거든요. 선생님의 이혼만은 막아달라고 말입니다. 부인인 선생님보다도 성우인 그를 위해서랍니다. 지금 이혼하면 그의 목소리를 영영 잃을지도 모른다는 겁니다. 목소리가 돌아온 다음에 이혼해도 늦지 않다는 겁니다. 그는 본질이 변하는 걸 아주 싫어합니다. 이제 이렇게 된 이유를 아시겠습니까?"

"그의 목소리는 영여 안 돌아와요."

나는 다리에서 힘이 싹 빠지는 소리를 들었다. 금방 주저앉을 것 같아서 가까스로 정신을 차린 뒤, 판사의 방을 나왔다. 그리고 천천히 아까의 사무원이 있는 사무실로 걸어가서 다시 이혼 신청을 했다.

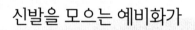

신발을 모으는 예비화가

카페 안은 아침이라 사람이 없다. 창가로 갔다. 낙엽이 졌다. 낙엽은 나무의 환멸일까? 불그락 회르락 색깔 변해 떨어져 바스락댔다. 나는 낙엽을 보면서 담배에 불을 댕긴다. 두꺼운 유리창 너머에 내가 보였다. 마치 낙엽 위에 앉아서 불을 켜든 이미지였다. 외롭고 지친 남자가 나를 떠나서 타오르는 불빛을 기웃거렸다. 그 뒤로 푸르디푸른 눈동자가 지나갔다. 그리고 검은 물체가 눈동자 속으로 들어갔다. 다시 바람이 불자 마른 잎들이 바스락댔다.

나는 지금 누군가의 발자국 소리에 귀를 기울인다. 승미, 승미가 오기를 기다린다. 오디오에서 음악이 낮게 흐른다. 글루미 선데이, 여주인공 일루나를 위해 만든 곡, 감미롭고도 고독이 묻어나는 선율 뒤로 이 집 여주인이 걸어온다. 여자의 희디 흰 발이 보인다. 사십 대 중반의 옆선이 고운 그녀는 모카커피 잔을 내 앞에 갖다 놓으며 묻는다.

"글루미 선데이, 이 곡 좋아하신다고 하셨죠?"

그녀가 입 바람으로 머리카락을 불면서 웃었다. 봄에 왔을 때도 이 곡이 흘렀다. 그래서 비슷한 대화를 나눈 기억이 났다.

소파가 적당히 푹신해서 더욱더 선율이 귀에 감긴다. 맞은 편에 걸린 액자 속의 개미가 저보다 몇 배 더 큰 커피열매를 물고 있다. 번들대는 건 커피열매나 개미나 같다. 개미의 큰 먹이가 신발로 바뀌더니 신발은 배로 변하고 그 안에 타고 있는 그녀는 물살에 휩쓸려서 어디론가 가버렸다. 감은 눈을 떴다. 선율은 감미로우나 살기를 띤 듯 으스스하다. 영화 속의 레스토랑에 도착한 남자가 스트롭을 시킨 뒤 피아노 위의 젊은 여자 사진을 보고 쓰러진다.

나는 담배에 불을 붙인다. 그녀의 알몸, 그들 셋의 목욕탕 속의 모습, 다 잃는 것보다 반이라도 좋다는 그들 셋이 인상 깊었다. 글루미 선데이의 잔잔한 선율이 실내를 가득 채운다.

"헤이,"

승미는 아직도 나를 소꿉친구 취급한다. 이미 50대 중반에 접어든 여자. 탱탱한 청바지에 줄무늬 재킷이 멋있다. 나 혼자 은밀히 즐기던 상상을 뭉개는 버릇까지가 잠시 마땅찮아진다.

"더 좀 있다 나오지."

"삐지긴, 애들 먹을 거 맹그러 놓고 나오느라 늦었다. 화났니?"

"누가 뭐래. 외박까지 해야 하니까 완벽하게 해놓고 나오지 그랬난 거지."

"미안해, 여기 차 좀 주세요."

글루미 선데이의 여주인공, 일로 나와 잠깐 내 눈이 엉기다가 풀어진다.

"글루미 선데이에 어울리는 커피 한 잔 주세요."

내가 그녀의 커피를 주문했다.

"영화적으로 주문하네."

"그런 커피도 있던가요?"

"그런 커피가 있는 게 아니라 있는 데로 갖다 주면 글루미 커피로 알고 마실 거예요. 아 그러면 이 분위기에는 커피보다 칵테일을 한 잔씩 하는 게 어떨까."

"그럼 칵테일로 하시겠어요?"

"그러죠 뭐."

승미는 페퍼민트 향이 가득한 칵테일을 주문했다. 여전히 창밖에서는 물기 마르지 않은 나뭇잎이 툭툭 떨어졌다. 나는 어젯밤 영화 속의 인물이 다른 인물로 변해가는 과정을 필름에 담고 있다가 꿈을 깼다. 돌아오지 않을 애인을 기다리는 한심한 남자처럼, 나는 내 젊음을 영화에 바쳤다. 이제 충무로는 영화로 무르익었다. 영화에 투자하기 위해 돈 보따리를 싸들고 찾아오는 사람들로 줄을 서다가 그것도 모자라서 돈이 저 혼자 굴러다닌다지만 그것도 나하고는 아무 상관없어서 나는 항상 궁핍했다.

내 필름 속의 여자는 신발을 모으는 여자였다. 가는 곳마다 그곳 분위기에 맞는 신발을 신기 위해서 혹은 옷과 맞추기 위해서 신발을 사는 여자였다. 여자는 마치 신발을 모으는 여자처럼 보였다.

"그런 필름으로는 안 된다니까."

꿈속의 여자는 집채만 한 신발 속에서 허우적거렸다. 허우적거리는 게 인생이다라는 결론에 다다른 나는 신발 속의 그녀를 사랑했다. 나는 차를 마시고 승미는 칵테일을 마셨다.

"말이 좀 지나치다."

허긴 아무리 자극을 주고 달라지기를 바라도 안 되는 사람인데 뭘 어쩌겠어?

"아직도 아이엔진데 벌써 포기하는 소릴 하고 그래."

내가 좀 기분 나쁜 태도로 담배에 불을 붙이자 그녀가 긴장했다. 그러면서 승미는 천천히 칵테일을 마신다.

"우리 집에 와. 동거로 들어가자구."

"난 영화와 결혼했다니까."

"영화도 현실생활이 안정 돼야지. 열정만으로는 되는 게 없어. 우리 집 방 하나 비워 줄 테니까 들어오는 게 어때?"

"고맙지만 사양하겠어. 영화는 방 하나로 되는 게 아니거든."

"이상한 소리하는 데는 뭐 있어."

"지금 사는 방 빼서 뭐든 해보란 말이지."

"수십, 수백억씩 드는 게 영화제작인데, 방 하나로 되는 게 아니잖아."

"오라잇, 아이노우 아이노우."

그녀가 단호하게 오른손으로 뭘 자르는 시늉을 했다. 말이 통하지 않는다 싶으면 영어가 튀어나오는 승미. 나는 그녀와 전생부터 연이 닿아 있는 모양이다. 내게 그녀의 손길은 늘 닿아 있었다. 내가 어려울 때면 언제나 내 곁에서 나를 위로하고 챙겼다. 허긴 우리는 어려서 이미 약혼한 사이다. 물론 그녀가 그런 구닥다리 사고방식에 얽매여서 인생을 허비할 여자는 아니다. 하지만 어찌됐던지 내 사춘기부터 그녀는 내 앞에서 얼쩡댔다. 여자에 대한 호기심으로 감미로울 겨를도 없이 승미와 나는 달과 달무리처럼 뱅글거렸다. 내가 가끔 그런 식의 말을 내비치면 승미는 눈을 흘겼다. 꼭 능력 없는 사람들이 남 탓해요. 우리는 서로의 끈을 놓지 못하고 묘하게도 엉켜 돌아갔다.

낙엽들이 바람에 바스락댔다. 거리에는 등산복 차림의 남녀들이 몰려다녔다. 이 거리를 흥청거리게 하는 사람들은 어쩌면 하나같이 중년들일까. 서울역 역사 근처를 어슬렁거리는 사람들은 하나같이 중년들의 맞춤 세트 같다.

"관광차들이 낙엽처럼 바스락대네."

들고 날고 떠나고 마중하는 서울역과는 달리 여기는 깔깔깔 호호호 웃음소리가 기적소리처럼 폭발하다가 흩어졌다.

"그럼 말이야, 우리는 부안에 내리자마자 해변으로 가는 차를 탈까? 아님 먼저 여주인공의 집부터 가볼까?"

"주인공의 집부터 가봐야지. 우리를 눈 빠지게 기다릴 테니까."

개찰구를 빠져나가서도 뛰는 건 습성인가? 아직 시간이 있는데 습관들이 뛰었다.

"우리 자리는 이십오, 이십육 번이네. 기차의자가 고속버스보다 푹신하고 좋다. 그럼 그렇게 하기로 하고 잠깐 눈 좀 붙일게. 애들 먹을 거 해 놓고 오느라고 새벽 일찍 일어나서 나 지금 피곤해."

내가 만든 영화 '한 벽'은 실화였다. 영화 속의 여주인공의 가족은 실향민이었다. 실제로 강원도 땅에서 농사를 짓고 살았다. 기찻길 옆 오막살이들은 적색과 청색 기와로 세트장을 방불케 했다. 가을바람에 황금벌판이 넘실댔다. 농가를 지날 때 붉은 감이 투명한 가을 하늘을 향해 축포를 터트렸다.

여주인공의 습작품에는 감나무 그림이 많았다. 감이 열리는 가을이면 더욱더 딸이 그리워진다는 여주인공의 아버지는 그래서 나를 불렀다. 그는 우리가 도착하면 감나무에서 홍시도 따다 먹이고, 감이 다닥다닥 붙은 감나무 가지도 꺾어 주고 싶다고, 전화로 어서 내려오라고 했다. 그런 다음 서해 바다를 보고 대하도 구워 먹고 자기 딸 얘기도 하고 싶다고 했다.

영화 속의 여주인공은 실제 인물이었다. 미대생인 그녀는 서울에서 혼자 자취하며 학교에 다녔다. 늘 그림의 소재를 찾아서 떠돌던 그녀가 한 남자를 만나면서부터 운명이 달라진다. 그녀는 좀 엉뚱했다. 그녀는 서울에서 고향에 올 때는 작은 신발가방을 들고 왔다. 웬 신발이냐? 그림도구도 힘이 드는데 신발 가방이라니. 하지만 그녀는 누구 말도 듣지 않았다. 학년이 올라갈수록 그림의 소재를 찾아서 그녀는 전국을 떠돌았다.

그녀에게 신발은 일종의 주술 같은 것이다. 마음이 답답할수록 신발을 보면 속이 트인다. 세상을 돌다가 불쑥 집에 오는 그녀를 자연의 순리따라 사는 부모형제는 이해할 수 없었다.

'한 벽' 시사회장은 훌쩍거리는 소리로 분위기가 가라앉았다. 참석했던 여주인공의 가족들은 영화가 만들어지기 전에는 오해로 일관, 그녀가 나쁘거나 남자에 미쳐서 목숨을 잃은 걸로 알고 있었다. 그러나 여주인공이 어려움을 견디며 힘든 사랑을 하다가 그만 목숨을 잃은 뒤에 가족들은 그녀를 몹시 그리워했다. 벽, 분단의 벽이란 인간들이 만든 아무 짝에도 쓸데없는 이념일 뿐인데, 자식만 하나 잃었다고 그녀의 아버지는 통곡을 했다. 그녀의 어머니 역시 그 길로 몸져누웠다. 미안해, 너무 미안해! 오해해서 미안해! 했다. 가족이 그녀를 용서했다는 점에서는 그 영화가 성공한 셈이다. 그것만으로도 내가 여태 영화에 매달린 이유가 됐다. 미디어 시대에 낡은 소재라고 스폰서들로부터 외면당한 영화였다. 하지만 내 신념이 이기는 날이기도 했다. 이념이 얼마나 무섭게 사람을 잡는 것이냐고 이 영화는 소리 질렀다.

영화에서 승미가 스파이를 의심하는 장면 등은 아주 리얼했다. 영화가 끝나고 나서 그녀의 가족들은 말했다. 가족의 몰이해가 얼마나 무서운 것이며, 이 영화가 이 애비를 부끄럽게 했다. 당신은 정말 우리에겐 은인이며 영화의 위력을 새삼 깨닫게 했다.

"우리 가족은 각자의 신발을 섬 삼아 살고 있다."

신발을 주제로 그린 그림 속의 문구였다. 그 신발 그림은 고향집의 광에 처박혀 있다가 지금은 그 집 안방에 걸려 있었다. 신발들은 어디론가 빙글거리는 듯한 착각을 일으키게 하는데, 누군가 그 그림을 팔라고 한다. 주름진 얼굴에 흰 수염이 도드라져 보이는 그녀의 아버지는 딸에 얽힌 이야기를 하면서 눈물이 그렁거렸다. 그리고 억울해서 죽겠다는 듯이 내뱉는 '하이고우' 하는 짧은 외마디는 많은 걸 담고 있었다. 부모, 자식 간의 이념이 가져온 우리만의 아픔이었다.

우리는 12시 반에 전주에 도착했다. 그리고 부안가는 고속버스에 올랐다.

"어서 들어갑시다. 술 한 잔 해야지. 저 그림은 자자손손 가보로 물려 줄 거야."

그녀의 아버지 김 노인이 씁쓸한 듯이 입맛을 다시자 입 주위의 수염이 흔들렸다. 시사회장에서 볼 때만 해도 희멀겋던 사람이 농사일에 지쳐서 그런지 많이 늙어보였다. 그녀의 아버지는 딸의 머리를 쓸듯 그림을 쓸었다. 그러자 먼지 낀 액자에 그의 손자국이 무지개처럼 떴다.

나는 사실 지쳤다. 누구와 어울려서 한껏 웃는 것도 힘들고 그렇다고 어려운 감정 추스르며 김 노인을 위로할 기력도 없다. 경제력은 바닥나고 이 년 전, 내가 만든 '한 벽' 때문에 스폰서들이 오히려 나를 외면했다. 낡은 소재를 들고 다니는 '영화맨'이라는 낙인까지 찍혀버렸다. 앞으로 좋은 작품 하나 찍어서 빛을 보아야만 했다.

영화를 만들기 전에는 제법 돈을 쥐고 있었다. 허나 그 영화는 그녀의 가족을 감동시킨 일 말고는 돈은 벌지 못했다. 승미는 개런티도 받지 못했다. 오히려 승미는 영화 '한 벽'을 찍느라 자잘한 비용을 쓴 것도 내게 받지 못했다. 영화 후의 후유증은 컸다.

여자는 늘 신발을 가방에 넣고 다녔다. 그중에는 자신의 발보다 큰 신발도 있었는데, 한 남자한테 그 신발을 꺼내 주면서부터 그녀의 운명이 바뀐다. 신발을 건네주었던 장소는 지방도시의 으슥한 곳이었다. 다른 곳으로 가기 위해서 신발주머니를 열었다. 그곳은 빌딩 층계였다. 그때 맞은편에서 어떤 기운이 느껴졌다. 남자의 구두코가 보였다. 개미의 등딱지 같이 번들거리는, 커피알맹이 같이 번들대는 남자의 구두코였다. 셔터가 내려지다 만 곳에 발만 보이는 장면은 사람을 긴장시켰다. 구두코를 보면서 숨도 쉬지 않는데 구두가 조심스럽게 움직였다. 막이 오르듯 셔터가 올라가고 천천히 모습을 드러내는 구두의 주인은 놀랍게도 여자였다. 이 부분에서 고양이 눈이 보였다 사라졌다. 그녀를 발견하고 놀라는 여자의 눈동자. 둘의 눈이 마주쳤다. 그녀의 홍채도 커졌다. 키가 큰 맞은편 여자가 배시시 웃었다. 그녀는 열어놓은 가방에서 구두를 골랐다. 갈색 구두를 꺼냈다. 펌퍼스형 스타일을 신으려다 생각을 바꿨다. 맞은편에 서 있는 여자는 그녀의 행동을 바라보았다. 그 여자의 발이 움직였다. 그때 그녀의 마음도 움직였다. 그녀는 구두가 든 가방을 열어서 맞은편 여자에게 보여줬다. 맞은편의 여자가 이쪽으로 건너왔다.

"왠 구두가 이리 많아요?"

"나는 구두를 좋아해요."

그 여자의 목소리가 이상했다. 일부러 꾸미지 않고는 낼 수 없는 목소리였다. 남자가 여자 목소리를 낼 때의 어색함이 억양 끝에 대롱거렸다. 거기다가 주머니에서 나오지 못하는 그의 손이 궁금했다. 그렇다면 무슨 사연일까? 나오지 못하는 그의 손이 나오도록 유도했다.

"실은 저는 그림쟁이인데, 제 모델이 될 수 있을까요?"

"그래요? 그렇다면 모델료는 주나요?"

"학생이라 모델료는 드릴 수가 없고 대신 여기에서 맘에 드는 구두를 고르시면 어떨까요?"

"그래요? 남이 신다가 만 구두를 신으라고?"

"내가 보기에는 지금 이 신발이 구세주구먼. 여장차림에 남자구두가 영 눈에 거슬리는구먼요."

"여장차림으로 보였어요? 그랬다면 지루한 세상에 개성적이어서 좋잖아요?"

"개성도 조화를 이루어야 돋보이는 거죠. 그림이 아닌데 뭘."

"그렇담 미술학도 말을 들어주지. 어디에 앉을까요?"

"저 계단에 앉으세요."

"우선 구두를 한 켤레 골라볼까?"

"어머, 모델도 안 하고 구두 먼저 고른다고요?"

"그럼 상도의상 안 되나?"

"그럼요. 거래질서를 거스르는 거죠."

"그렇담 학생 말대로 부조화를 그리겠다 이거죠. 굳이 그렇담 그렇게 하죠."

"듣고 보니까 그렇기도 하네. 좋아요. 맘대로 하세요."

"좋아요."

그가 자신의 구두를 찾아 신고 나서 담배를 꺼냈다. 그 모습, 한가로이 계단 위에서 담배에 불을 붙이는 여자의 지친 모습이 새삼스럽게 그녀의 머리에 새겨졌다. 여자의 표정만큼 지친 왼쪽 다리도 저절로 벌어졌다. 여자는 의혹의 눈으로 바라보는 그녀에게 어디로 갈 건지 물었다. 흘러가는 대로 마음 내키는 대로 자신을 흐르는 구름이라고 했다. 여자가 웃었다. 그러자 누군가 큰소리로 말했다.

"동네에 봄바람 부네. 아니 수상한 바람이 부네."

이 대목에서 '행인 1'로 승미가 나왔다.

승미는 수상한 눈길로 그들 곁을 지나갔다. 그들은 그곳을 나왔다.

갑자기 소나기가 쏟아졌다. 여자는 여장남자였다. 둘은 마주보았다. 마침 음식점 골목에 도착했다. 그는 그녀에게 적절한 시기에 구두를 주었으므로 술과 저녁을 사겠단다. 그가 자연스럽게 그녀의 신발가방을 뺏어 들었다. 여기서 나는 관객들이 그에게 마음이 쏠리도록 가방을 뺏는 그의 손을 클로즈업했고, 가방을 손에 넣으면서 지긋이 눌러보는 그의 입술을 클로즈업했다. 이미 자신의 번들대는 구두코와 간접으로 보이는 고양이의 눈, 발과 신발의 관계, 그리고 사랑과 액션을 적절히 배합해서 꽤 괜찮은 영화가 만들어졌다고 생각했다. 헌데 흥행에 실패했다. 미학적인 부분에서 구두의 이미지를 살리지 못했다는 평이었다. 가방 속에 들어있는 여러 켤레의 구두를 보여주는데 그치지 말고, 한짝한짝 떨어져 있을 때의 쓸모없음과 쓸쓸함에 초점을 맞추지 못했다는 평이었다. 가장 중요한 것은 화려한 구두로 그녀의 앞날을 암시하지 못했다. 평론가들이란 무슨 말들이 그리 많은지, 나는 이미 그들에게 질려버렸다. 꼭 신발 두짝이 같이 있어야 한다는 논리가 맘에 안 들었다. 발에 맞으면 따로따로 신어도 무방한 시대가 곧 올 텐데 그렇다.

그의 품속에서 꺼낸 애기 신발은 고무재질이 뻣뻣하고 모양이 조잡스러웠다. 허나 아기 신발의 앙증스럽게 귀여워 예쁜 신발에 팔랑팔랑 노랑나비가 따라다닐 것 같았다. 잠시 그의 표정이 석양빛 같이 쓸쓸해 보였다. 그녀도 가족들 생각이 났다.

"비도 오는데 어딘가 들어가야죠."

"술 좋아하세요?"

"좋아하지는 않아요. 단지 옆에 미인이 있으면 좀 즐길 뿐.

그날 아기의 신발이 대화의 끈이 되어서 결국에는 구두코와 그녀가 같이 술을 마셨다."

"이상한 소리가 나요."

"무슨 소리가요? 나는 그림을 하기 때문에 색감은 물론 음감도 발달했는데 아무 소리도 안 났어요."

"아, 그건 말입니다. 내 몸에서 나는 소립니다. 맘에 드는 여자를 발견하면 내 안에 싱싱한 에너지가 들어차는 소리. 마치 보일러가 돌기 시작할 때 내는 소리와 마찬가지라고 생각하시면 됩니다. 궁금하시다면 당장 어디 들어가서 들려드리겠습니다."

그날 그녀는 아무리 마셔도 취하지 않았다. 여기서 좀 맥빠지게도 피로해 보이는 둘의 모습을 클로즈업시키고 호텔 계단을 올라가는 신발을 롱으로 잡았다.

호텔 레스토랑, 그리고 흐린 불빛, 술과 요리가 나왔다. 그는 여장을 해야 할 만큼 긴장의 연속인 나날을 사는 사람이었다. 그는 그녀와 마주앉고서야 비로소 찬찬히 그녀의 얼굴을 본다. 이쁘지는 않지만 귀염성 있는 얼굴이었다.

"여장의 이유에 대해서 말 좀 해주세요."

"밥벌이 수단으로다 그런 거라니깐. 심심해서 그런 줄 알아요?"

"바보 취급을 하겠다면 할 수 없죠 뭐."

그는 속으로 생각했다. 이곳 남한 땅에서 다섯 번째로 안아볼 여자. 이곳에 왔을 때 놀란 건 잘 생긴 남자들, 늘씬한 여자들이었다. 젊은이들의 구김살 없는 표정들, 그저 어느 것 하나 자신의 정보와 맞는 게 없었다. 다만 여자를 다루는 기술은 남한 여자들에게도 쏙쏙 잘도 먹혀들었다. 이 부분에서만은 자신 있었다. 언제나 주의 깊게 살피고 조심스럽게 행동해야 하며 죽을 각오가 되어 있어야 하는 운명에 그는 가끔 절망했다. 그래서 어디 괜찮은 여자가 없나 두리번거리던 중이었다.

그녀는 예비화가였다. 그의 수작은 위험을 불렀다. 허나 어쩌랴. 마치 장맛비가 내려쳐 후박나무 잎사귀가 휘듯, 그의 마음이 그녀에게 휘어지고 있었다. 예비화가인 그녀 역시 신발을 싸들고 다닌 것은 그를 얻기 위한 신의 뜻이었을까? 어쨌거나 특이한 두 사람의 사랑의 변주곡은 그렇게 시작됐다.

"오늘 보니까 신발이 아니라 사랑을 싸는 가방이군요."

"어머! 예술을 싸는 가방인데 요상하게 해석하시네. 한 때는 정의를 싸는 가방일 뻔했죠."

"정의를 싼다고?"

"오죽함 정부에서 정의구현을 부르짖을까? 정의가 바로 서 있지 않으니까 치안질서가 어지럽고, 그런 사회에 비집고 들어온 인물들이 삽시에 산사태를 내는 폭우가 되기에 정의에 대해서 골똘히 생각했던 적이 있었죠. 혹시라도 댁이 그런 사람이라면 내게 접근할 꿈도 꾸지 마시길!"

"난 폭우는 아니고 폭포 같은 사람. 바라보면 마음까지 맑아지는 그런 사람이죠. 하하. 그런데 나 보다 더 맑은 사람이 내 앞에 있네. 내 마음이 맑게 정화되는 이 느낌. 그런 당신을 청강수라 할까요?"

하면서 그가 그녀에게 수작을 걸었다. 그녀도 남자들의 그렇고 그런 수작인 줄 뻔히 알면서도 날씨 탓일까 싫지 않았다. 그는 그녀를 두고 긴장을 푸는 명약 운운했던 자신이 오히려 미안했다. 그 안의 야성이 불뚝거리지 않는 건 아니지만 오히려 그녀를 보면서 그런 생각을 하는 자신이 싫었다. 그녀의 세련된 외양과는 달리, 그녀는 순진했다. 그는 명쾌해 보이는 화법도 재밌고 자신을 꿰뚫어보는 듯한 눈빛만은 두렵지만 왠지 그녀가 좋았다. 거기다가 그녀는 젊고 날씬한 예비화가였다.

"학생, 나는 급속히 변하는 세상에 적응하지 못하고 미쳐가는 사람들을 다독이고 지켜주는 신종 직업, 즉 '뉴 타입 덕'이죠. 혹시 들어보았나요?"

"아뇨. 신종의사라고요?"

"아, 웃자고 한 얘깁니다."

사실 그는 자신이 미쳐가고 있다고 생각했다. 지금부터 그녀가 그의 치료사 역할을 하면 좋겠다는 생각을 하면서 와인잔을 들었다.

"건배할까요?"

"건배."

그는 그녀의 가슴에 장미꽃을 꽂아주고 싶었다. 그는 자신의 처지를 생각하면 소금 바다 속을 걸어가는 기분이었다. 발이 푹푹 빠지는 소금 바다 속 말이다. 그는 와인을 마시면서 가만히 한숨을 토했다. 열이 났다. 그녀가 탐색과 미소를 날리는 바람에 그가 긴장했다. 그녀는 난처했다. 날씨 탓일까? 점점 힘이 빠졌다. 그는 숙소를 원했다. 할 수 없이 더듬더듬 호텔 숙소로 올라갔다. 마악 소파에 앉아서 숨을 돌리는데 그에게 진동으로 신호가 왔다. 그가 놀라서 그녀더러 나가 있으라고 했다.

그녀는 '혹시 간첩인가? 간첩이라면?'까지 생각했다. 문 틈으로 들린 이상한 소리가 그를 의심케 했다.

"그래, 쿡쿡 콜록콜록. 잠복이 어려워."

그가 간첩이라면 '포상금이 일억 원이다. 우선 그 돈이면 아담한 집을 한 채 사고 또 화구 역시 고급으로 구입할 수 있다. 그렇게 되면 그녀 자신은 집에서 그림이나 그리면 그만이다. 그녀가 호텔을 나오는데 카운터에서 호텔 종업원이 그녀를 불렀다.

"202호 호출 전화 좀 받아보세요."

"여보세요. 그래요? 열이 나고 숨이 막힌다고요?"

김 노인 집, 승미가 앉아 있는 안채 마루에 알루미늄 세시를 새로 해 달았다. 방충망 역할을 할 뿐만 아니라 집안 분위기가 전체적으로 밝았다. 그것은 인테리어 역할까지 훌륭히 하고 있었다. 그래서 요즘은 시골에도 집집마다 알루미늄 세시 바람이 불었단다. 아래채의 작은 창문에 붙은 푸른빛 모기장이 더욱 차게 느껴졌다. 그 옆으로 거미줄이 얼기설기 걸려있다. 다만 안채에만 신경을 썼는지 토방 위에 놓여 있는 신발 닦이까지 정갈했다. 우리가 온다고 그 바쁜 시간 틈내 안채만 청소를 한 듯했다.

과꽃 한 무더기가 심하게 흔들리다가 멈췄다. 정원석 위로 소국더미가 쏟아질 듯 피어서 벌들이 윙윙댔다. 대문 밖에는 버스가 지나고 지프차가 지났다. 남쪽 담장 위로 솟아있는 감나무가 소담스럽다고 호들갑을 떨던 승미가 신발을 신고 부엌으로 갔다. 그녀의 어머니가 우리를 위해 음식을 장만중인 모양이었다.

"와! 정말 감이 많이 열렸네요."

"올해는 해갈이 한 다음 해라서 감이 많이 열렸다니까요. 그래서 김선생님 오시라했어요. 죽은 우리 딸년이 감을 자주 그렸는데. 내 참 기가 막혀서. 연애를 해도 드럽게 해 가지고. 어드레, 사람이 없어서 그 고운 얼굴로 간첩을 좋아할 거요. 내 저 놈의 감나무를 몽땅 캐내 버리던지 해야지, 속이 상해 죽것수다래."

그녀의 어머니는 흥분으로 밥 푸는 주걱에 성질이 묻어서 탁탁 소리를 냈다.

"어디 임자, 김선생님, 오셨는디 술상 한번 근사허게 차려 내와 봐."

"염려마시요. 내 다아 준비했으니께 좀 기다리래요."

"아! 이 배우 보니께 우리 딸 생각이 더 나네. 왜 그리 우리 딸 감시를 그리 심허게 하셨오? 그때는 미워 죽것대 그려. 영화니께 그렇지 진짜면 열나겠어."

우리는 모두 웃었고 승미는 맞장구를 쳤다.

"아따 나 좀 때려 주시드레요. 속으로 미워 마시고."

그때 누가 대문 안으로 들어서면서 김 노인을 불렀다. 젖소 한 마리를 팔 의향이 있느냐는 것이었다. 김 노인은 많은 젖소를 키우고 있었다. 손님이 오셨으니까 나중에 전화하겠다고 대꾸했다.

"돈은 암 것도 아니여. 식구찌리 머리 맞대고 사는 게 행복이지. 그 깐 돈 암 것도 아니라니께."

그들은 전라도와 강원도 말, 그리고 표준말이 뒤섞인 이상한 말을 쓰고 있었다.

노인은 울고 있었다. 승미는 난처했다.

"다 큰 자식 잃고 상심이 크시겠지만 어쩝니까? 운명이려니 하셔야죠. 신이 종을 치는 데야 우리 인간이 어찌할 수 없잖아요. 진정하세요."

승미가 김 노인을 위로했다.

이번에 김 노인 가족은 그녀의 유품을 정리하여 집안에 그녀를 위한 모음관이랄까, 작은 기념관을 하나 마련했다. 7~8평에 불과한 규모였으나 가족들의 애정이 깃들어 있었다. 오빠들이 기억하는 여동생, 그에 대한 글과 사진을 일일이 액자에 넣어 걸고 부모와의 애틋했던 한때를 그린 그림과 사진들로 꾸민 방이었다. 봄처럼 해맑고 초롱초롱한 저 눈 좀 봐. 승미가 옆에서 한 마디 했다. 영화를 만들기 전에 이렇듯 그녀에 대한 자료를 한 눈에 보았더라면 더욱더 여주인공의 캐릭터가 살지 않았나 싶었다. 허긴 이념의 슬픈 모습을 그리려 했을 뿐이다. 어둠 속에서 자기의 사랑을 키우며 통일을 꿈꾸던 그녀가 뜻을 펼치지 못하고 사라진 이 땅. 그녀와 그는 이념이 살해한 것이었다.

그를 사랑하기까지 참 많이도 갈등한 그녀였다. 그가 간첩이라는 사실을 알고 나서 간첩신고로 상금을 탈까 말까 갈등하나 조부의 고향이 이북이라는 점과 남자에 대한 연민이 차츰 사랑으로 변하는 바람에 포기하고 말았다. 그 사이 간첩들끼리의 난타전이 몇 번인가 벌어졌고, 남자는 그녀와의 사랑으로 결국 살해됐다. 그리고 심장까지 도려가는 엽기적인 사건이 있은 후, 그녀 또한 같은 방법으로 죽었다.

여인의 유혹처럼 은밀하고 감미로운 선율, 글루미 선데이가 흐르는 카페. 자보는 유태인이라는 죄목으로 끌려가서 바람처럼 사라진다. 사랑을 시기하는 이념이 눈알을 뛰룩대다가 사랑을 삼켜버렸다.

내가 만든 영화 '한 벽'은 제법 고급스런 조크와 위트를 깔고 있었다. 거기다가 뜨거운 사랑으로 칼라풀하게 도배했다. '스파이들의 박진감 넘치는 플레이와 바닷가에서의 질펀한 에로스로 성욕냄새 가득한 화면이 색다른 재미를 주었다'는 평도 있었다.

"그래서 주목하는 스폰서도 있어. 언젠가는 김 감독 소원대로 히트해서 칸영화제에도 나가게 될 거야."

그러나 나는 안다. 아직은 때가 이르거나 늦었다는 걸.

그녀를 위한 기념관에는 그에게 띄우려다 만 연서도 있었
다.

　　승무 씨, 비가 오네.

　　이렇게 비가 오는 날이면 당신이 사준 호피무늬 구두를
신고 싶다. 그래서 말인데 나는 지금 호피구두를 신고 당신
한테 가려고 한다. 내가 당신한테 가는 날에는 당신이 위험
할거야. 그런 줄 알면서도 당장 달려 가야 할 만큼 당신이
그립다. 지금 신발을 신으면서도 내 안의 이성을 모두 동원
시켜서 견뎌보려고 해. 어쩌자고 당신 같은 사람을 사랑하게
됐을까?

　　허나 사랑해. 그럼 안녕. 내 사랑.

대학노트를 북 찢어서 갈겨쓴 편지였다.

사진에서 본 그녀는 퍽이나 영민해 보이고 매력적이었다.
해맑게 웃던 그녀, 약간 통통한 느낌을 주는 그녀는 정열적인
여자였으며 소문에 의하면 약간 조울증세가 있는 여자였다. 그

런 흠이 있어야 영화가 되잖은가. 본시 악하고 비틀어진 마음이 인간성 중의 하나였다. 영화는 그런 부분을 잡고 늘어지기 마련이었다. 승미는 그녀가 돌았다고 했다. 신발을 들고 다녔던 것도 이상하고 간첩과 사랑에 빠진 것도 이상해. 아니면 우리처럼 전생에 이미 짝지어진 사이였든가. 왜 하필이면 신발가방이냐고? 신발로 맺은 그들. 이념이 먹어치운 사랑하는 남녀는 그녀의 기념관 안에서 비로소 하나가 되었다. 석양이 짙게 누운 어스름 무렵에 우리는 밖으로 나왔다. 부안 읍내에 가서 대하를 사준다고 부산을 떨던 김 노인을 따돌리고 우리는 변산 해수욕장으로 가기 위해 그들과 작별을 했다. 감이 매달린 감나무 가지를 들고 차에 올랐다.

선운사 근처에 숙소를 정한 후, 밤이 되자 고즈넉한 선운사를 보러갔다. 가로등 불빛에 유난히 눈을 끄는 감나무들이 우리를 반겼다. 붉게 익은 감들이 고즈넉한 산사를 붉게 수놓고 있었다. 우리는 다음 날 선운사를 돌아보고 변산 바닷가를 본 뒤, 서울로 왔다.

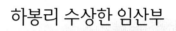

하봉리 수상한 임산부

1

　　"처음에는 나비로 오지만 나중에는 큰
재앙이 있은 후에 이 평야를 살찌울 인물이 나타날 것이다."

　옛날부터 하봉리 마을에 불온하게 떠돌던 말이다. 재앙 후
의 인물 운운하는 게 마뜩찮아서인지 누구 하나 그 말에 관심
두지 않았으며 마치 떠돌이 개 취급당하다 사라져버린 말이다.

　서 이장은 석양 무렵이면 습관처럼 간이역 쪽을 바라보았
다. 너른 평야의 젖가슴쯤에 외지와 연결된 대로가 누워있었
다. 가을이면 꽃무늬 허리띠 같은 코스모스 길을 따라 오던 아
들을 기다렸다. 그때 정말 먼 지평에 고양이만한 물체가 나타
났다. 뭘까? 서 이장은 잠시 잠이 덜 깬 것처럼 몽롱한 자신의

눈을 비볐다. 눈을 들자 황금들판을 쓸던 바람이 그새 모든 것을 지워버린 뒤였다. 서 이장은 아쉬운 듯 돌아섰다. 그는 회관의 별채 헛간에 만들어 놓은 누에 방으로 갔다. 그곳은 뽕 향기로 가득했다. 성체를 짓는 누에를 보면서 일곱 살 어린 아들의 모습을 떠올렸다.

샤샤샤샤샤, 빗소리를 들으며 누에와 같이 놀 요량으로 아이는 수북이 따다 놓은 뽕잎 속에 숨어들었다. 아이는 그 방에서 나는 빗소리를 즐기다가 잠이 들었다, 꿈속에서 무엇을 잡으려다가 몸을 튼 아이는 어느 틈에 누에 집에 머리를 디밀어버렸다. 게걸스레 뽕잎을 먹어치운 4, 5령 누에들이 이번에는 아이의 입속과 사타구니 속으로 파고들었다. 아이는 몰래 숨어든 사탕가게에 행복해 하다가 입안에 문 사탕의 느낌이 이상해서 눈을 떴다. 물론 아이는 놀라 크게 울었다. 어른들도 아이의 입에서 퍼런 물과 함께 씹힌 채 꿈틀대는 누에를 보고 놀랐다.

그때의 일곱 살이었던 서 이장의 아들 정우는 어엿하게 성장해서 서울에 있는 대학에 다녔다. 같은 과에 다니는 애인과 함께 미국 캘리포니아 농업현장을 견학하고 온 후부터 농촌 혁신운동에 대한 강한 신념을 보였다. '그녀와 함께'라면 자신의 꿈인 농촌 혁신운동을 잘해나갈 것 같았다. 하지만 그들의 짧은 행복은 한강 성수대교가 뚝 끊어져서 다리아래 한강물에 처박히는 순간에 함께 사라지고 말았다. 생각만 해도 서 이장은 가슴이 찢어질 듯이 아팠다. 그렇게 아들을 잃은 지가 벌써 얼마인가……,

서 이장은 잠실 실내 온도를 24℃ 습도를 70%로 맞추어 놓은 다음 잠실 문을 닫고 밖으로 나왔다. 시원한 바람이 불었다. 가슴이 트였다. 논에서 벼들 사이를 살랑거리던 바람이었다. 누에와 벼, 그 둘이 좋은 바람을 타면 올 농사는 순탄할 것 같았다.

벼는 우리의 생명이다. 서 이장은 아들을 잃은 슬픔으로 맥이 풀려 벼농사를 등한시하고 홀대까지 했다. 그러나 벼들은 참 대견했다. 포기를 한 손으로 쥐지 못할 정도로 제 몸을 부풀려줬다. 정구가 세상 뜬지 거의 1년이 되어가는 지금도 일이 손에 잡히지 않았다. 지난여름에는 일손도 달리는 데다 아들 잃은 슬픔 때문에 논일을 포기하다시피 했다. 그런데도 벼들이 튼실하게 잘 자라고 익어주었다. 고마운 일이다. 좁은 틈새에 한 톨의 곡식이라도 더 채우려고 몸 비벼 빼곡히 들어찬 벼들을 보면 슬픔이 엷어졌다. 서 이장은 숙연해져서 석양을 향해 고개를 숙였다. 농사가 실해야 농촌이 살고 국가도 사는 게 아닌가. 농촌이 푸르러야 시골도, 도시도 생기 푸른 삶을 살 수 있다. 하지만 현실은 우울했다. 많은 사람들이 농촌을 등지는 바람에 빈집이 점점 늘었다.

멀리서 장끼가 울었다. 꿩꿩. 구구. 까투리를 불러 함께 집으로 돌아가고 싶은 모양이었다. 아까 잠깐 고양이만 하던 실체가 나타났다. 사람이었다. 서 이장은 놀라서 눈을 크게 떴다. 남자가 아니고 여자였다. 여자는 무거운 가방을 끌면서 더듬더듬 마을회관으로 다가왔다. 만삭의 임산부였다. 서 이장은 마루에서 일어나 마당 끝으로 갔다. 저지로 만든 롱 원피스 위에 계절보다 약간 두꺼운 미색 스웨터를 걸친 앳된 여자는 둥근 배를 한 손으로 받쳐 안고 얼굴을 찡그린 채 마을회관 간판을 훑었다. 잠시 생각에 잠기는 가 싶더니 여자가 회관 마당으로 들어섰다. 여자는 서 이장을 보자 곧장 그의 앞으로 왔다.

"저, 실례합니다만 여기가 마을 회관인가요?"

"예, 그렇소만."

"아, 아버님. 저, 힘들어서 그러는데 회관에서 잠깐 쉬었다 가면 안 될까요?"

여자는 방랑에서 돌아온 것처럼 지쳐 보였다. 아버님이라, 참 들어보고 싶은 말이었다. 그 호칭이 서 이장의 귀에 스치는 순간 경계의 빛이 누그러지면서 여자를 며느리로 오인하는 일이 생겼다. 서 이장은 불시에 찾아든 낯선 임산부가 큰 부담으로 다가왔다.

"이 마을 누구를 찾아왔소?"

여자는 고통스런 표정으로 말을 돌렸다.

"저, 잠깐 마루에 앉아도 되지요? 서 있기가 벅차네요."

"그러시오. 그런디 애당초에 그 몸으로 집을 나선 것이 무리였던 것 같소만……"

"자세한 것은 나중에 말씀드릴게요. 저, 지금 말하기도 힘드네요. 우선 물 좀 주세요."

마치 대문 앞에 핀 맨드라미 같은 미색 스웨터가 말끝을 흐리더니 더듬더듬 마루의 기둥에 몸을 부렸다. 그녀는 많이 아픈 모양이었다. 혁! 숨을 몰아쉬더니 모로 몸을 꼬면서 눈물을 흘렸다. 서 이장은 냉장고에서 물을 들고 나오다가 여자의 모습에 당황했다. 심한 통증이 여자의 죽지를 잡고 늘어지는 모양이었다. 혁! 여자는 뜨거운 숨을 토하면서 신음소리를 냈다. 서 이장은 퍼뜩 겁이 났다. 진통이 심했다. 그러니 뭘 더 묻는다는 것은 할 짓이 아니었다. 우선 산모로 하여금 편안히 눕게 했다.

"샥시, 이를 어쩐대야? 방에 들어가 누워야 쓰겠구먼."

서 이장은 늘어진 산모를 겨우 부추겨서 안채로 갔다. 이제 그녀는 더 이상 산고를 참을 수 없는지 용을 썼다. 끄응, 아악! 큰일 났다. 근방에는 병원이 없었다. 이십 리 길이나 되는 정읍까지 가기에는 상황이 너무 긴박했다. 그녀를 데리고 가다가는 길에서 아기를 낳을 것이 분명했다. 서 이장은 난처했으나 별 도리가 없었다. 회관 가까이에 사는 상팔이를 급히 불렀다. 그에게 마실 나간 안터댁을 불러오라 일렀다. 안터댁은 서 이장의 부인이었다. 땅거미가 내려앉은 들판은 먹빛이었다. 조금 뒤 안터댁이 상팔이와 함께 벌건 얼굴을 하고 부리나케 뛰어왔다.

"이게 무슨 일이요? 웬 모르는 샥시가 우리 집에 와서 애기를 낳는대요, 참 별일이네."

겉으로는 귀찮은 기색이 역력했으나 불빛에 비친 안터댁은 이상하게도 전에 없이 얼굴에 화색이 돌았다. 집에서의 출산에 당황하면서도 서 이장 역시 오랜만에 생기가 넘쳤다. 안터댁은 방에 들어서자마자 바로 진통으로 고통하는 산모를 뒤에서 끌어안고 소리쳤다.

"숨을 크게 쉬소. 크게 쉬었다 아랫배에 힘을 넣었다가 뱉어."

안터댁은 여자의 배를 열심히 쓸어내렸다. 이따금 뒤트는 몸을 바로 잡아주기도 하면서 정성을 다해 산모의 출산을 도왔다.

"제 가방 속에 애 낳는데 쓰는 물건들이 들어있어요. 꺼내 쓰세요."

여자의 가방 속에는 해산 때 쓸 출산용품들이 가득 차있었다. 체온기, 기저귀, 배냇저고리, 포대기, 그리고 가위, 요드 팅크, 연고 등, 가정집에서 애 낳을 것에 대비한 여자의 만반의 준비가 더욱 이해할 수 없었다. 아니, 염치불구하고 찾아든 여자의 행동이 괘씸하기까지 했다. 안터 댁은 방문을 열더니 서 이장을 보았다. 그것도 잠시였다. 자신에게 맡겨진 일에 꾀부릴 줄 모르는 농민인지라 새 생명을 맞이하는 정중한 목소리로 안터댁은 마치 산모의 친정어미처럼 주문이 많았다. 서 이장에게는 놋대야를 깨끗이 씻어라, 끓인 물을 놋대야에 부어 미지근해질 때까지 식힌 후 방에 넣어 달라…… 상팔이에게는 마당을 치우고 깨끗이 쓴 다음 물을 쳐서 정갈하게 하라.

그녀의 턱에 닿는 신음소리가 담을 넘었다. 또 한 차례 모진 진통이 찾아온 모양이었다. 생사를 넘나드는 진통으로 그녀는 체면 불구하고 또 다시 다급한 소리를 냈다. 진통이 잦은 것으로 봐서 출산이 가까운 모양이었다. 산모가 연신 비명을 질러댔다.

"아악! 엄마야~"

서 이장은 문밖 토마루에서 하늘을 봤다. 구름 낀 하늘이었다. 상팔이는 마당에서 서성였다. 상팔이도 안터댁도 산모 못

지않게 산고의 의식을 치르고 있었다. 요즘 이 마을에서의 출산이 얼마만인가? 참으로 오랜만에 만나는 경사였다. 안터댁은 여자의 걷어 올린 치맛자락이 내려오지 못하게 붙들고 장차 나올 새 생명 받을 준비로 눈도 깜빡이지 않았다.

"아구 잘하네. 샥시, 어서 힘 좀 더 줘. 됐네. 어따, 됐어. 쬐금만, 어서 한 번 더 힘주면 풍! 나오겠어. 그래 잘하네. 옳지. 옳지. 쬐금만 더 힘줘요. 어어, 아이고, 보자기 쓴 보물이 나오네. 정구 아버지, 애기 나왔소! 근디 애기가 안 우네. 가만 있자. 애기가 왜 안 울지?"

몸이 텅 비자 바로 기진맥진해 버렸던 산모가 하얗게 질린 몸을 일으켰다.

"애기가 안 운다고요?"

"너무 놀래지 말어. 어디 보자. 양수가 입에 들어갔능감? 그러먼 그렇지. 애기 입에 양수가 들어갔고 만."

"응애응애!"

드디어 갓난아기가 울음을 터트렸다. 그러자 서 이장의 뛰던 가슴이 진정되었다.

"응애응애"

"에구, 아들이네 아들이여. 이런 경사가 있나!"

안터댁이 아기가 울지 않아 속으로 많이 놀라 미처 못한 '아들'을 비명처럼 외쳤다. 뒤이어 안터댁은 들뜬 목소리로 서 이장을 향해 주문했다. 대문에 아들 쌈 줄을 걸어라. 미역 좀 물에 담가라. 서 이장은 한쪽 옷자락이 심하게 늘어졌어도 아랑곳 하지 않고 모처럼 생기 넘치는 안터댁을 보고 웃었다. 산모는 다시 기진맥진하여 구겨져 있다가 바로 잠에 떨어졌다. 산모가 뒤뚱거려도 넘어지지 않고 잘도 다녔던 이치가 바로 저기 있었다. 그녀의 얼굴에 홍건하게 밴 땀이 불빛에 싱싱하게 반짝였다.

"응애응애!"

힘차게 우는 새 생명! 서 이장은 자신의 손자가 아닌 것에 잠시 떨떠름했던 기분을 가슴 깊숙이 집어넣었다. 그러자 신생아의 울음소리가 싱싱한 에너지가 되어 서 이장의 가슴 가득 차올랐다. 안터댁은 양수에 불어 들뜬 아기를 보물처럼 안고 놋대야 물로 살살 씻겼다. 핏덩이인 갓난애가 버둥거렸다. 안터댁은 깨끗이 씻은 갓난아기를 수건으로 감싸 닦았다. 그러고는 아기를 여자 옆에 뉘었다. 여자의 진땀으로 얼룩진 몸과 얼굴도 닦아주었다. 여자가 눈을 떴다. 옆에 누운 아기를 내려다보고 있었다. 여자가 미안한 기색으로 좌중을 둘러보았다.

"이거 미안해서 어쩌죠? 이 은혜 잊지 않겠습니다."

여자는 풀어진 외양을 수습하면서 부은 얼굴로 그들에게 미안해했다. 아기에게 빈 젖을 물리자 아기는 젖을 빨면서 발가락을 꼼지락거렸다. 아기는 건강했다. 안터댁은 부엌으로 갔다. 아기가 당장 먹을 설탕물을 만들고 산모의 미역국을 준비했다. 머리에 수건을 쓰고 아궁이에 싸리나무를 듬뿍 넣어 불을 지폈다. 곧 안채의 굴뚝에서 하얀 연기가 밤하늘로 치솟았다.

2

서 이장은 상팔이와 함께 정읍행 오전 7시 버스를 탔다. 농협에서 상팔이가 쓸 돈을 대출받고 또 산모가 먹을 미역과 아이 분유를 사기 위해서였다.

며칠 전 상팔이와 덕만이가 서 이장을 찾아왔다. 동네에 어려운 일이 있으면 사람들은 서 이장을 찾아와서 도움을 청했다. 서 이장이 하봉리 마을을 위해서 헌신적으로 일하고 있기 때문에 마을 사람들은 그를 믿고 따랐다. 상팔이와 덕만이는 그런 서 이장을 형님으로 모셨다. 두 사람은 풀 죽은 채 하늘만 바라봤다. 덕만이가 시무룩해 있다가 말문을 열었다.

"형님. 답답한 일이 생겨서 형님 의견을 들으러 왔어요."

"답답한 일? 무슨 일인디?"

"아, 상팔이가 논을 판다지 않습니까."

"나도 그 소문은 들었네. 서울 사람에게 판다며?"

"형님. 상팔이와 나는 약조를 했었죠. 논을 팔게 되면 함께 팔고 여기를 떠나게 되면 함께 떠나자고…… 그런데 상팔이가 먼저 논을 판다고 허네요. 거 참…… 자네도 나 없으면 안 되고 나도 자네 없으면 안 되는 줄 빤히 알면서 논을 판다고?"

"내 나름 살기 위한 몸부림이여. 나도 시방 천하에 배은망덕하고 잔인한 이 땅에 침을 뱉고 싶은 심정이네. 덕만이에게는 미안하지만 할 수 없시오. 나는 돈이 당장 필요하니께."

말을 마친 상팔이는 울먹였다. 흙과 더불어 살아온 나이 든 농사꾼의 표정에는 설핏 억울하다는 표정이 깃들었으나 곧 느긋해져 서 이장을 봤다.

"전에도 이야기 했지만 논을 꼭 팔아야 하나. 이 사람들아. 그 논이 어떤 논인디 팔아? 자네 할아버지, 아버지가 지어오던 논 아닌가? 그 할아버지는 우리 농촌 땅을 지키기 위해서 동학군에 참가하기도 했잖여."

"형님. 우리도 이제 60이 다 되었어요. 쥐가 파먹은 고구마로 끼니를 이어가면서도 팔지 않던 논인데, 이제는 힘도 부치고 또 농사 지어 애들 대학 보내기도 어렵구, 가문 팔아서 먹고 살 수도 없구 ……"

"팔고 나면 상팔이 자네는 대관절 어떻게 할 챔이여? 여기를 떠날 참인가?"

"논을 팔아도 오 단 한 배미는 내가 어우리로 짓기로 했습니다. 그걸로 식량을 하면서 당분간 우리 마을에 있을 작정입니다."

"그래? 자네는 자네 논을 남에게 팔고 자기 논의 소작인이 되겠다, 이건가베?"

상팔이는 불안과 노여움이 서린 눈으로 먼 들녘을 바라보았다. 논이 없는 농부는 농촌에 대한 애착이 줄어들었다. 농사꾼 중에서도 가장 실속 없는 농사꾼들이 소작인들이다. 그들이 많을수록 농촌은 우울한 흑백사진에 불과하다. 농촌이 이권다툼의 투기장이 되는 것은 아닌지, 서 이장은 그런 농촌에 현기증이 일었다.

"상팔이 자네는 정이 많고 신나는 사람 아닌가. 그런 자네가 없으면 우리 동네는 무슨 재미로 살며 또 나는 어쩌란 말인가."

하봉리에서 옛 풍물 치는 솜씨와 가락을 이어가는 사람은 상팔이와 덕만이었다. 그들 중 한 사람이라도 떠나면 전통이 깨어지고 동네 사람들의 마음을 이어주는 문화적 정서도 사라질 지경이다. 거기다가 둘이 짝을 이루면 어떤 일이라도 해냈다. 그들은 힘이 세고 흥이 많아 하봉리의 자랑스러운 장년들이었다. 푸른 힘줄이 돋아난 그들의 튼실한 두 다리는 아직도 30대가 부럽지 않았다. 그 중에서도 상팔이는 바로 서 이장의 이웃이라 누에치기와 논농사, 마을 일을 많이 도와주었다.

"내 다시 말하지만 소작인이 되지 말고 동네를 위해서도 자네 논을 지키게."

"당장 서울에 있는 자식 학비 땜이 급한데요. 사겠다는 사람이 나타났을 때 팔아야지요."

"그렇게 급한가? 그럼 농협에서 꾸어보지."

"농협에 빚진 것이 많아 그것도 안 되어요."

"그럼 이렇게 허세. 내일 아침 나와 함께 정읍에 가세. 가서 그곳 농협에서 내 이름으로라도 돈을 빌려보세."

그렇게 달래서 상팔이를 돌려보냈던 터였다.

버스가 출발하자 서 이장은 농협에서 처리할 일도 일이지만 자꾸 산모에게 신경이 쏠리고 있는 것을 느꼈다. 서 이장은 자기가 좀 별나다고 생각했다. 산모가 젖이 날 때까지는 아무래도 아기를 분유로 길러야 했다. 언제까지 그 뜨내기 산모를 집에 두려고 이런 귀찮은 일을 사서 하는지, 생각할수록 그런 자신을 이해할 수 없었다. 그러나 그것 역시 인력으로는 안 되는 이상한 힘이었다. 그 싱싱한 새 생명의 탄생은 방 안에 하얀 누에고치가 주렁주렁 열린 것처럼 꽉 찬 느낌이었다. 이제 겨우 무언가를 보려고 하는 그 순수한 눈, 그 눈의 시선을 따라가면 새로운 황금벌판이, 새로운 세상이 열릴 것 같았다. 버스바닥을 딛고 있는 발에 힘이 올랐다. 어서 장에 가야지, 서 이장의 마음이 바빴다.

이른 아침 버스에는 마을 사람들이 이십여 명 타고 있었다. 낯익은 얼굴들이었다. 해동이 어머니가 보였다. 서 이장과는 초등학교 동창이었다.

"뭘 그렇게 바리바리 싸가지고 가는 것이여? 정읍에 숨겨놓은 사람이라도 있남?"

"사람 잡는 소리하고 있네. 해동이 줄라고 좀 꾸렸어."

"뭔디?"

"꼬추, 마늘, 깨여. 곧 김장철 아녀, 그때 쓰라고 주섬주섬 보퉁이 하나 맹글었더니, 하이고 그것도 힘에 부치네."

"해동이 녀석 복도 많다. 어머니 잘 두어 호강하네. 나도 오늘 해동이를 만날기여."

해동이는 시내 농협에 근무하고 있었다.

"무슨 일로?"

"농자금 좀 빌리려고. 해동이 만나면 내 일 잘 봐달라고 일러줘."

"해동이 어머니시구먼요. 안녕하세요?"

"누구여?"

"우리 동네 사람이여."

"으응, 젊은 사람이 튼실하게 생겨서 보는 나도 기분 좋소. 고맙소."

버스는 얼마 전 포장한 아스팔트 길을 따라 들판 한 가운데를 미끄럼 타듯 잘도 달렸다. 차창 밖 멀리 동학농민군의 황토현이 보였다. 전적을 기념하는 기념관, 탑도 보였다. 쌀 한 톨에 농민의 목숨이 달려있던 그 당시, 동학란은 농토를 재분배하여 농민이 농토의 주인이 되게 하자는 것이었다.

"이봐 상팔이, 우리는 동학농민의 후예들 아닌가? 즉 일하는 농민이 농촌 경제의 주인이 되자는 거 아닌가? 그런데 지금은 어떤가. 도시 사람들이 농촌의 새 지주가 되고 있단 말이네. 상팔이, 이런 때야 말로 우리가 정신을 바짝 차려야 하네. 우리 선대가 지킨 고향의 농토를 우리가 지키자 이거네. 공동화 되어가는 농촌이 걱정이고만."

"옳은 말씀인 것 알아요. 그러나 시대가 바뀌어서 그러는데 어쩔 것이요."

"시대가 바뀌어도 농사는 우리의 생명이고, 천하의 근본이네. 그걸 명심해야 혀. 내가 일전에 어느 농업전문가의 글을 읽었어. 그 사람은 식량자급이 국가안보의 기본이라고 했더구면, 옳은 말이여. 안 그런가? 전쟁이 났다고 가정해 보세. 식량이 없는 데 병사나 국민이 어떻게 싸우겠나. 첨단 무기가 있은들 무슨 소용이 있겠는가. 식량자급이 국가안보의 기본이야. 어느 외국 대통령은 '식량주권 없이 국가주권 없다'며 농업개발에 온 국민이 적극 나설 것을 독려한다는 말을 들었네. 우리는 지금 식량자급의 중요성을 잘 모르고 있는 것 같어. 내 오늘 농협에서 어떻게 해서든지 돈을 빌려 줄 테니 자네 논 팔지 말소."

"고맙구먼요. 대신 땅문서는 형님한테 맡길게요. 근데 농촌을 살리려면 젊은이들이 농촌으로 와야 하는데 앞으로 식량전쟁이 난다던데요."

상팔이 말이 옳았다. 서 이장은 하나 있는 아들 정구가 영농후계자가 되겠다고 했을 때, 뛸 듯이 기뻤다. 정구는 수원에 있는 농과대학에 들어갔다. 정구는 효자였다. 한번은 서 이장이 가을 추수기에 아파서 일을 못하고 걱정만 하고 있을 때였다. 그걸 본 열다섯 살 난 정구가 중학교에 갔다 와서는 혼자 일단의 벼를 베어 뉘어놓았다. 장정도 하기 힘든 일을 앳된 중학생이 일주일 만에 해치웠다. 도시사람들이 돈을 벌기 위해서 농촌의 땅을 사들이면 농업의 부실은 불 보듯 뻔했다. 그런 자본가들이 농촌의 지주가 되는 것을 막아야 했다. 그러기 위해서는 농촌 사람들이 더 열의를 내어 자기 농토를 사랑하고 지켜야 했다. 아들 잃은 서 이장은 절망에 빠졌다. 아들의 희망은 농촌 부흥에 힘쓰는 일이었다.

서 이장은 죽은 아들을 생각해서라도 다시 일어나자고 맘먹었다. 없는 용심을 썼다. 그는 주저앉은 농촌의 정을 일으켜 세우는 일에 힘썼다. 마을회관도 자기 집 별채를 개조해서 만들어놓고 동네 사람들이 아무 때고 회관에 와 놀면서 화목을 다지도록 했다. 누에치기도 새로했다. 누에치기는 적은 자본으로 많은 수익을 올릴 수 있는 괜찮은 부업이었다. 서 이장은 마을 일도 더 열심히 돌보았다. 머잖아 뽕나무 열매인 오디를 건강식품으로 개발하여 출시하는 사업에도 동참할 예정이었다.

서 이장은 농협에 들러 자기 논을 잡히고 돈을 대출 받아 상팔이에게 주었다. 해동이가 도와주어 일이 수월하게 끝났다. 조합장을 만나 정부의 쌀 수매 가격을 작년의 가격보다 10% 인상하도록 정부에 강력히 건의해 줄 것을 부탁했다. 농협일이 끝난 다음에 시장에 가서 분유와 산모의 먹거리를 사가지고 집으로 돌아왔다. 어느 새 동네 아낙네들과 어른들이 거의다 집에 왔다갔다. 이 집에 큰 업이 들어왔군, 경사 났네, 하는 사람이 있는가 하면 산모가 뭔가 수상하다고 고개를 갸우뚱하고 가는 사람도 있었다.

서 이장은 누에 방에 가보았다. 하얀 고치가 주렁주렁 열린 보화 방이었다. 이제 천만 원 정도 수입을 올려 줄 참으로 사랑스러운 놈들이었다. 섶을 짓던 누에들이 거의 다 고치 안에 들어갔다. 서둘러 뽕잎을 정리하고 바짝 긴장했던 어깨를 풀자 눈앞에 아들이 어른거렸다.

3

여자가 온지 닷새째 되는 날이었다. 산 너머에 사는 외동딸이 소문을 듣고 허겁지겁 친정집에 왔다. 얼굴에 못마땅한 기색이 역력했다.

"아버지, 어머니 저 색시가 누군지 알기나 하세요?"

"모른다."

"모르는 사람을 집에 들여놓고 애를 받기까지 해요?"

"그렇게 되었다. 샥시가 나타나더니 곧 진통을 시작하는 디 어쩔 것이여. 사람을 살려 놓고 보아야지, 안 그러냐."

"그럼, 어서 빨리 색시 신원을 알아본 다음, 색시가 갈 곳으로 데려다 줘야 쓰지 않겠어요?"

"지금은 무리다. 색시가 원체 몸이 약해져서 움직이기가 힘들다. 당분간 우리 집에 더 있어야 한다."

"그러다 색시가 우리 집에 그냥 눌러앉는 게 아네요?"

"애를 주워다 키우기도 하는데 제 발로 들어온 업을 키우는데 그게 어쩐다니?"

"왜 남의 새끼를 키워요. 그렇게 아이를 갖고 싶으면 우리집 용만이를 데려다 키우세요."

"용만이를? 그럼 너는 어떻게 하고."

"나는 또 아들을 낳으면 되니께."

서 이장은 딸의 속셈을 알고 있었다. 재산이 문제였다. 그속셈이 얄밉기도 했지만 이해할 만도 했다. 더구나 딸은 정구가 없는 집안에 유일한 혈육이었다.

"그럼 이렇게 하자. 좀 무리인 것 같다만 네가 온 김에 색시와 말을 해보자. 누구를 찾아 왔는지 알아보고 찾아온 사람에게 보내자."

세 사람은 안방으로 들어갔다.

"색시 말할 기력이 있남?"

"네, 괜찮아요."

여자의 안색이 굳어졌다. 올 것이 왔다는 긴장감이 얼굴에 나타났다.

"샥시, 이 동네 누굴 찾아왔다고 했는디, 누굴 찾아왔능가?"

여자는 한동안 침묵하다가 어렵게 입을 열었다.

"저, 실은 서정구 씨 부모님을 찾아왔습니다."

"뭐라고! 서정구 부모님?"

"네."

"뭐라고! 우리가 그 부몬디!"

서 이장 부부는 어안이벙벙한 채 땅바닥에 철퍼덕 주저앉았다. 그리고 한동안 말을 잇지 못했다.

"그럼 정구와는 어떤 사이여? 자초지종을 말해봐!"

정구의 여자 선아는 성수대교 복구사업현장을 물끄러미 바라보고 있었다. 조금 전의 히스테릭한 자신을 다독여 잠재운 뒤였다. 전신의 힘이 쏘옥 빠졌다. 부모의 심한 간섭도 무거운 짐이 된 그녀는 늘 고민이 봉미산 천사봉만큼이나 부풀었다. 21세 대학생이 감당하기에는 힘겨웠다. 그런 그녀는 미친바람 부는 마음 때문에 시내를 배회하다가 정구네 부모님을 찾기로 했다. 그렇게 마음먹자 한강의 물소리가 정구의 소리로, 신의 소리로 여울을 이뤘다. 한강 둔치를 걸어 나왔다. 그녀는 벌써 임신 7개월 2주 2일째였다. 갑자기 비가 우둑거렸다. 건너편 빌딩에 일렬종대로 늘어서 있던 창문들이 열리면서 형체 없는 눈들이 그녀를 향했다. 그녀는 가벼운 비를 그대로 맞았다.

비는 이마와 얼굴에 달라붙었다. 눈들이 빌딩 벽을 타고 일제히 그녀 앞으로 달려왔다. 정구의 눈, 부모의 눈, 하늘의 눈, 아기의 눈. 여자가 눈들을 모아서 한강에 가두었다. 비는 더욱 얼굴을 때리고 공중에 뜬 조명은 물에 번져 붉으래했다.

비가 내리는데 개들이 산발적으로 짖어댔다. 난데없이 어디선가 베토벤의 전원 교향곡이 들려왔다.

"베토벤은 매독에 걸린 아버지와 결핵에 걸린 어머니의 다섯째 아들로 태어났어. 사산, 유산, 기형아의 위험이 도사리고 있는 가운데서도 베토벤의 아버지는 부부의 일그러진 관계를 성을 방패삼아 아픈 아내와 소통하려 했던 모양이야. 그때 베토벤의 어머니는 결핵을 앓는 중이었대. 그런데 덜컥 임신이 되어버렸어. 그러나 베토벤의 부모들은 애를 낙태하지 않았어. 그 아기가 바로 악성 베토벤이래. 사실 베토벤 위의 형제 중 하나는 죽고, 셋은 불치병이었대. 선아, 혹여 모르니까 다짐해 두는데 낙태는 절대 안 돼! 누가 알아? 선아한테서 세계적인 농업 베토벤이 나올지. 그렇게만 된다면 우리 농촌은 수지맞는 거야. 내 말 명심해!"

정구가 유언처럼 말했다.

아무튼 남모르는 임신으로 우울한 선아는 1년 남은 대학생활을 엉망으로 보냈다. 친구들은 취직시험 준비로 눈코 뜰새

없이 바빴다. 정구와 함께 1년 아르바이트한 뒤, 그 돈으로 신개념 농업을 보기 위해서 미국 캘리포니아 오렌지 밭에 갔을 때였다. 눈 덮인 산으로 병풍을 두른 오렌지 밭은 겨울과 푸른 봄이 공존하는 대자연의 품속이었다. 그녀는 정구의 고향인 대자연속에서 아기도 낳고 농촌 진흥에 이바지하는 사람을 위한 상금도 탈 요량이었다. 베토벤의 전원교향곡이 계속 이어졌다. 아름다운 새소리와 졸졸 흐르는 도랑물소리가 들리는 듯했다. 바람이 불었다. 임신 8개월에 접어들자 바로 선아는 다 관두고 조용히 '영농후계자'의 출산 준비를 하기 시작했다.

선아는 더듬더듬 일어나서 구석에 세워놓은 가방을 서 이장네 가족들 앞에서 열었다. 그녀는 그 안에서 정구의 학생증과 안경, 둘이 함께 찍은 사진, 주고받은 편지를 꺼냈다.

"아이고, 이런 일이! 니가 우리 며느리구나."

안터댁이 그녀에게 무릎걸음으로 달려가 안았고 서 이장과 그의 딸은 놀라 눈을 크게 떴다. 정신을 수습한 안터댁이 쉰 목소리로 소리쳤다.

"뭐 허냐? 네 올케 언니 미역국 좀 데워다 주지 않고. 어서 서둘러!"

서 이장은 누에 방으로 갔다. 하얀 눈밭, 누에고치들이 한 방 가득했다. 손자와 흰 눈밭 같은 고치방이라니! 후후후, 하하하, 흐흐흐. 서 이장이 크게 웃었다. 만족했던 웃음이 사라지고 텅 비어 공허해진 미소가 입가에 걸렸다. 갑자기 맥이 빠졌다. 뽕잎 속에 숨어있다 누에들의 습격을 받던 아들이 보였다. 아들이 못 견디게 그리웠다. 늘 그리던 아들로 해서 서 이장의 속은 흙빛이었다. 거기에 생겨난 것이 누에고 친손자였다. 갑자기 하늘에서 뚝 떨어진 친손자가 생겼는데도 실감나지 않았다. 서 이장의 마음에는 아들을 향한 그리움이 키를 돋우었다. 그는 마음에 비문처럼 새겨놓았던 아들의 말을 떠올렸다. '농촌을 위해 살고 싶다.' 그때 아들이 그의 앞에서 웃는 듯했다.

"정구야, 아흐흐흑, 흑……"

이튿날 저녁 서쪽 해가 설핏했을 무렵이었다. 마을회관에서 갑자기 꽹과리, 징, 장구, 북치는 소리가 요란했다. 일정한 가락에 맞춘 선율이 하봉리 대지를 신나게 들먹였다. 길가 나무 위 새들은 놀라 하늘로 날아오르고 사람들도 놀라 밖으로 뛰쳐나와 귀를 세웠다.

"저 집에 업이 들어왔는디, 그래서 저런가?"

"가만있자. 오늘 동네 남정네들이 동진강에 가서 고기 잡는 날 아니여? 월척을 많이 낚았나? 왜 저리 신난다냐."

서 이장은 온 동네가 어울려 먹고 노는 풍물놀이 행사를 1년에 두 번 크게 했다. 마을 사람들과 함께 봄에는 줄포만에 가서 바닷고기와 징거미새우를 잡아왔고, 가을에는 동진강에서 민물고기와 참게 등을 잡아와 먹을거리 굿판을 벌였다. 풍물놀이가 있다하면 사람들은 가슴앓이 같은 이웃에 대한 서운함이든가 일에 대한 고단함을 풀었다.

"아니, 저건 돼지 잡는 소리 아녀? 큰 판이 벌어진 모양이네."

"이럴게 아니라 가보세, 가봐."

회관 건물 정면에는 '농업이 곧 천하의 근본이다'란 현수막이 걸려 있고 그 앞마당에 동네 사람들 거의가 함께 했다. 한쪽 평상에는 먹거리가 수복이 쌓여갔다. 해동이 어머니가 떡과 술로 북쪽 땅을 향해 고수레를 마치자 동네에 몇 안 되는 아이들은 떡과 과자를 우악스럽게 먹기 시작했다. 어른들은 돼지고기를 새우젓에 싸서 술과 함께 맛있게 먹었다. 부엌 아궁이에서는 시퍼렇게 타고 있는 싸리불이 연신 미처 덜 삶은 돼지고기를 마저 삶았다. 그 삶은 돼지고기 냄새가 동네에 진동했다. 한편 마당 가운데에서는 풍물놀이가 한창이었다. 상팔이의 꽹과리가 가락을 선도했다. 꽹과리 하면 그였다. 그가 꽹과리 잡은 손을 하늘 높이 쳐들면서 힘껏 두들겼다. 그러자 꽹과리 특유의 날카로운 금속음이 밤하늘에 메아리쳤다. 북도 꽹과리를 따라 흥겨웠다.

이때였다. 서 이장이 포대기에 싼 아기를 안고 안방에서 나오면서 외쳤다.

'여러분들. 여길 보시오. 여길!"

풍물놀이가 뚝 그치고 일손들도 멈추었다. 갑자기 넓은 회관 마당에 정적이 감돌았다. 사람들이 일제히 서 이장을 바라봤다. 그는 포대기를 열고 아이를 내보이면서 큰 소리로 외쳤다.

"여러분들, 여기 훗날의 영농후계자가 왔소!"

"그 아이가 누군디?"

"내 뒤를 이을 후계자요. 내 손자요!"

어리둥절해진 동네 사람들은 일단 와! 함성을 질렀다. 누군가 외쳤다.

"우리 동네 경사났네. 하봉리에 경사났네."

이때 상팔이가 냅다 마당 한가운데로 튀어나오고 덕만이도 뒤따라 나와 꽹과리와 장구를 치자 이에 질세라 상구도 뛰어나와 덩실덩실 학춤을 추었다. 밤이 새도록 하봉리 마을에서는 흥겨운 잔치가 이어질 것 같았다.

선아는 이곳에 와서 처음으로 사방을 주의 깊게 둘러봤다. 환히 밝힌 마루 전등불빛이 닿지 않는 헛간 쪽에 피워놓은 모닥불을 누군가 뒤집었다. 타다닥, 타다닥 튀어 오르는 불꽃에

비치는 아름다운 광경 하나가 우울한 선아를 잠시 행복하게 했다. 할아버지의 품에 안겨 새근새근 자고 있는 신생아의 꿈같은 모습이었다. 이 세상의 어떤 것으로도 표현이 어려운 광경이었다. 선아는 이 매혹의 안식처에 감사했다. 하늘을 봤다. 달이 밝다. 장독대에 떠놓은 사발위에도 보름달이 떴다. 달은 조용히 사발의 물속에 들어앉아 울었다. 선아도 울었다. 눈물을 훔치면서 다짐했다. '정구씨, 정구씨 부모님과 함께 당신의 아들이랑 잘 살게. 당신의 뜻을 꼭 이룰 거야. 걱정 마. 알았지?'라고 말하자 말 뒤에 적막이 따라왔다. 적막 뒤에 하늘에 뜬 달이 따라와 선아의 어깨를 토닥였다. 선아는 홀쭉해진 자신의 배를 쓸면서 달을 봤다. 철부지 처녀가 어머니가 되었다는 두려움이 온몸을 감쌌다. 그러나 자신은 전과는 달리 세상을 보는 눈이 달라져야한다는 생각을 했다.

"우리 며느리를 소개하겠습니다."

선아를 발견한 서 이장이 자신의 곁으로 오라는 손짓을 했다. 동네사람들은 '와 와' 소리 지르고 휘파람을 불며 박수를 쳤다. 선아가 멋쩍어했다. 선아가 더듬더듬 주저하는데 동네사람들은 이미 서 이장을 중심으로 원을 만들어 돌고 있었다. 선아는 자신의 작은 다락에서 내려와 드넓은 평야의 사람들과 살게 될 것을 예감했지만 낯선 사투리와 낯선 얼굴들 속에서 살아간다는 것이 20대 초반의 처녀로서는 선뜻 받아들여지지 않았다. 하지만 그녀는 천천히 고개 숙였다.

"안녕하세요? 노선아예요."

사람들은 환호했고 달은 더욱 빛났다. 낯선 곳, 낯선 시간 속에 처한 자신도 낯설어지는 순간이었다. 아마도 전생에서 같이 살던 사람들이 이생에서 다시 모여 사는 게 아닌가 싶게 그녀의 눈에 동네 사람들의 얼굴이 어디서 본 듯했다. 적어도 어머니가 되고 나면 사물부터 친근해지는 모양이었다. 인사를 나누고 아이 곁에 선 그녀는 자신도 모르게 모든 사람을 살가운 눈으로 바라보았다. 신이 자신을 실험도구로 삼지 않았나? 의심했다. 그렇잖으면 젊은 자신에게 이런 무거운 짐을 지우다니! 허나 바로 마음을 바꾼 그녀는 여자의 일생은 어머니가 되는 것이다라는 듯, 아이의 고사리 같은 손을 쥔 채 얼굴 가득 행복한 미소를 지었다.

해설

자연과 인간의 탐색, 그 자유로운 여행
— 조경선 소설집『사막의 환幻』

김성달 소설가

1

　조경선 작가의 두 번째 소설집 『사막의 환』 전체를 관통하는 키워드는 자연과 인간이다. 작가는 원시적인 자연의 본원적인 매혹과 인간의 본원적인 감성을 특유의 섬세한 문체로 풀어놓고 있다. 자연의 원시성과 인물들의 심리를 섬세하게 대비시키면서 생명의 본성을 오염시키는 현대문명 혹은 물신주의에 대한 비판을 작품으로 형상화하고 있다. 이 작품집에서 조경선 작가는 일관되게 그런 시선을 유지하며 사건들에 결부시키고 있다. 그런면에서 이 작품집은 독자들의 이목을 끌어 흥미를 불러일으키는 사건이나 광경에서 상당한 부분 그 목적을 달성하고 있다.

『사막의 환』에는 사막에 나무를 심는 남자, 보아뱀을 키우는 사람, 산에서 나무를 키우고 효소를 연구하는 여자, 세상의 추악한 냄새에 극도로 민감한 코를 가진 남자, 자신을 괴롭히는 사내를 매달기 위해 동굴을 찾아나서는 남자, 산에 살던 아버지의 생명수인 여자를 찾아가는 아들, 자살을 꿈꾸는 여자를 경호하는 경호원, 에로물 전문 성우인 남편과 이혼하는 여자, 신발을 모으는 여자 예비화가, 하봉리 산골에 찾아온 수상한 임산부. 이와 같은 인물들이 자연과 인간의 경험 속을 자유롭게 여행하고 있다. 그 여행을 조경선 작가는 기계적인 호기심이나 어떤 결말에의 욕망 때문이 아니라 과정 자체의 유쾌한 활동으로 독자들을 이끌고 있다. 그 모습이 소설가 류담 선생의 표현을 빌리자면 '일곱 빛깔 보아뱀으로 풀어낸 서로 다른 이야기'인 것이다.

　조경선 작가는 자연과 인간에 대한 예리한 통찰을 가지고 있다. 그것이 극히 미세한 사건이나 극히 범상적인 현상도 그를 통해 불가사의한 색채와 광채를 발하게 만든다. 또한 그의 정갈하고 미묘한 문체는 일종의 인상주의인데 그 자체가 해맑은 은율을 지니고 있다. 그래서 그의 소설을 읽다보면 시적인 산문체를 많이 만나게 된다. 자칫 산문에 이런 시적인 요소를 가미하면 이도 저도 아닌 혼미에 빠지기 쉬운데 조경선 작가는 그것을 훌륭하게 정착시키고 있다. 이 소설집이 그것을 잘 증거하고 있는데, 그것은 작가가 기교에 빠지지 않고 작가적 성실성으로 일관하고 있으며, 최선을 다하는 작가정신과 혼연일체가 되었기 때문이다. 또한 인생의 여러 가지 고난을 겪어오면서 그 고비를 자기수양의 기회로 닦아 탁마한 흔적이 작품 곳곳에 남아있다. 그의 작품에 간간히 보이는 그늘과 풍자와 애수가 그것을 보여주고 있다. 이제 자연과 인간에 대해 그가 안내하는 자유로운 탐색의 길을 따라 가보자.

2

「사막의 환」은 모래뿐인 사막에 희망의 씨를 뿌리는 남자의 이야기이다.

다니던 직장에서 퇴출당한 남자는 사랑하는 아내를 두고 혼자 사막으로 온다. 아무도 없는 사막에 물을 모으는 안개 그물을 설치한 남자는 모래바람과 싸우며 척박한 땅을 갈고 씨를 뿌린다. 남자가 사막에 온 것은 열여섯 살에 죽은 딸 하영이 때문이다. 중3인 딸이 남자친구에게 버림받고 울먹이는 모습을 본 남자는 이성을 잃고 녀석의 동공을 찌르고 만다. 남자는 그 때부터 평생 죄의식에 시달린다. 실연의 상처에서 좀처럼 벗어나지 못하는 딸을 남자는 사막의 나무 심는 자원봉사자로 신청해버린다. 억지로 봉사를 떠난 하영은 사막에서 사고로 목숨을 잃는다. 딸이 죽은 후 남자는 무작정 사막으로 들어와 땅을 갈고 씨를 뿌리기 시작한다. 사막의 원주민 모아브 역시 딸을 사막의 모래바람 속에서 잃었다. 남자와 모아브는 의기투합하여 각자 딸의 모습대로 씨를 뿌려 숲을 만들기로 한다. 끈질긴 노력 덕분에 결국 사막에 뿌린 씨앗에 새싹이 나오기 시작한다. 하지만 사막에 온 이후로 하루도 쉬지 않고 일을 한 남자의 몸은 이미 돌이킬 수 없을 정도로 망가져 있다. 하루에도 몇 번씩 피를 토하며 뒹굴던 남자는 뒤늦게 사막으로 달려온 아내 유진의 손을 잡고 숨을 거둔다. 세상은 남자에게 '사막의 전사'라는 호칭을 붙여주고 녹색연맹에서는 그 사막의 숲을 '하영의 숲'으로 부르기로 한다.

이 작품에서 남자의 외로움과 고독은 정말 처절하고 철저하다. 사랑하는 딸을 잃고 아내와도 이별을 한 남자의 동반자는 모래뿐인 사막과 모래 굴리는 소리와 사막여우뿐이다.

남자는 풀씨를 뿌릴 장소를 찾아 나선다. 주위에 사람하나 없는 모래뿐인 사막, 따가운 햇살이 눈과 살을 찌른다. 더욱 선명해진 모래언덕들은 허풍을 떨 듯이 산을 만들기도 하고 탑을 보일 때도 있지만, 그것들은 어느 새 바람이 빠진 듯 주저앉고 사라져 버린다. 그런 사막의 석양은 황홀하고도 서럽다. 초자연적인 이곳의 마력에 빠져있노라면 가까운 곳에서 모래 굴리는 소리가 난다. 돌아보면 한 마리 사막여우가 반갑다는 듯, 손을 까불댄다. 남자도 반가워서 다가가면 사막여우는 다가간 만큼 달아난다.(「사막의 환」 중에서)

남자는 견디기 어렵다는 고독을 스스로 선택한다. 그 고독 속에서 남자는 참다운 자아를 만나 지난 날 자신의 잘못을 뉘우치며 때론 자연의 큰 섭리인 우주와의 일체감을 느끼기도 한다. 절망을 느끼면서도 때로는 어떤 관능적인 기쁨도 느낀다. 자연 속으로의 일체화의 과정을 겪으면서 무모한 줄 알면서도 풀씨를 뿌리고 나무를 심는다. 그가 지치지 않고 땅을 파고 나무를 심을 수 있었던 것은 생명애 때문이었다. 남자는 남다른 사명감을 가진 특별한 사람이 아니다. 그냥 평범한 가장이고 샐러리맨이다. 하지만 딸을 잃은 후 생긴 생명애 대한 애착이 사막에 숲을 가꾸게 한 원동력이 되었다. 살아있는 모든 것은 인간과 죽음을 화해시킨다는 것을 남자는 사막에 풀씨를 뿌리고 나무를 심는 과정에서 차츰 느끼기 시작하는 것이다. 이 작품은 사막의 숲을 통해 생명의 부활을 꿈꾸며, 결국 죽은 딸과의 화해에 이르게 되는 과정이 마두금의 애잔한 선율처럼 사막을 적시며 독자의 심금을 울리고 있다. 또한 스스로 보잘 것 없다고 생각하는 사람도 고결한 생각을 가지고 굽힘없이 목표를 추구해가면 기적을 만들 수 있다는 희망의 메시지를 강하게 전달하고 있다. 그래서 점점 사막화 되어가는 우리의 마음에 희망의 녹색 나무를 심어주고 우리의 메마른 영혼에 푸른 잎을 피워낼 풀씨를 심어주는 작품이다. 남자의 체험을 우리 모두에게 보편화시키는 힘이 매우 강렬하게 읽히는 작품이다.

「내 생명의 꽃 보아뱀」은 조경선 작가의 대표작으로도 손색없는 빼어난 작품이다.

나는 집에서 2미터 가까운 아름다운 비단 구렁이, 래인보우 보아뱀을 기르고 있다. 주식투자를 하다가 빈손이 되어 폐인이 되어 살던 나는 우연히 보아뱀을 발견하고 첫눈에 반한다. 원시림에서 살다가 한국의 성남시장까지 와 버린 보아는 종일 뱀장수에게 목을 잡힌 채, 구경꾼들의 눈요깃거리가 되고 있다. 뱀 장수를 도와 보아 먹이를 사러 간 덕분에 나는 뱀 장수를 덮친 승용차의 사고에서 무사하다. 보아는 내 생명의 은인이다. 뿐만 아니라 '침묵으로 일관하는 부드럽기 짝이 없는 나의 애인'이다. 나는 보아만 목에 걸면 그가 '내뿜는 원시성 때문인지 말레이에 살고 있는 피그미제족의 추장'이 된 듯 호기를 부린다. 하지만 보아는 늘 제가 살던 원시림을 그리워한다.

보아는 짙푸른 정글 어디든지 스며들 구멍이 있었다. 지면과 작은 구멍에 닿기만 하면 바로 작은 폭발이 일어나던 그곳, 보아가 지나가는 길목마다 곤충들이 튀거나 날아올랐다. 툭, 투둑, 툭, 꾸국 정글의 반응에 으스댔다. 금파리 같은 경우에는 짝짓기를 하는 동안에 보아가 지나가면 놀란 암컷이 수컷을 잡아먹었다. 보아는 나무 위에 똬리를 틀고 나무아래 먼 곳과 가까운 곳 보기를 좋아했다. 보아는 원시의 깊은 숨결로 몸통이 굵을 수 있었다. 그러나 그곳을 떠나온 뒤, 보아는 처절했다. 손가락만 하지만 자유로운 실뱀들을 부러워하게 됐으니까.(「내 생명의 꽃 보아뱀」 중에서)

이렇게 제 고향을 그리워하던 보아는 결국 그 스트레스를 견디지 못하고 자신의 눈앞에서 자꾸 짖어대는 강아지 아롱이를 덥석 삼키고 만다. 뿐만 아니라 뱀 장수까지 꿀꺽 삼켰다가 뱉어낸다.

이번에는 뱀 장수의 버둥거리던 다리가 보아의 입속을 들락거렸다. 보아의 입속에서 메케한 연기가 피어났다. 갑자기 보아의 피가 내 무게를 지탱하는 쪽으로 몰렸다. 그 부분이 뜨거워지기 시작하더니 그 부분만 붉어졌다. 한 송이 붉은 장미가 보아의 목덜미에서 피어났다. 또한 그것은 나에 대한 애정의 표시였다. 보아는 휘익 소리와 함께 몸속에서 검은 연기를 폭폭 쏟아냈다. 오염과 시멘트 독에 찌든 악취로 사람들은 코를 쥐었다. 뱀 장수가 공중에서 쿵 소리 나게 떨어졌다.(「내 생명의 꽃 보아뱀」 중에서)

뱀 장수를 뱉어버린 보아는 공중에서 몸을 곧추세웠다. 그 모습이 약간 휘었으나 일직선이 된 무지개였다. 그리고 나와 뱀 장수에게 우아한 포즈를 취한 다음 서서히 내려앉더니 리을 자를 그리며 숲속으로 사라졌다.

이 작품은 인간과 자연 그리고 동물에 대한 공존의 필요성을 묻고 있는 작품이다. 우리가 살고 있는 세계는 뜻밖에도 생명에 무관심하거나 심지어 적대적이기까지 하다. 이 작품은 그런 현실을 원시림에서 잡혀온 보아뱀을 통해 통렬하게 풍자하면서 자연과 인간의 공존은 외부의 어떤 질서가 아니라 내부에서 생명들에게 서로 전달되는 조화로운 과정을 통해 이루어진다는 것을 보여주고 있다. 조화를 이루는 순간이야말로 가장 강렬하게 살아있는 순간이다. 주인공인 나는 유리집에 들어가 보아뱀을 어깨에 얹어 같이 놀고 있을 때에 정말 살아있다는 것을 느낀다. 이런 내적 조화가 이루어질 때 자연과 인간, 동물의 조화가 더불어 이루어진다는 것을 이 작품은 역설하고 있다. 인간은 더 크고 깊은 자연 속에 포용되어 있고, 있어야 한다는 것을 보아뱀을 통해 잘 형상화하고 있다.

「난초」는 자연에 대한 작가의 묘사력이 시적인 산문체로 발현되고 있는 작품이다. 작가는 강원도 횡성 둔내 산골의 난초네 집으로 가는 길을 이렇게 묘사하고 있다. '산 밑으로 너른 땅에는 붉은 팥알이 달린 듯, 다닥다닥 피는 개별꽃. 당신한테 온 마음을 빼앗겨 당신 발소리만큼 듣고도 초롱한 눈으로 달려갈 거예요 하는 듯, 초롱초롱 달린 꽃, 나는 모든 것을 당신께 바친다는 꽃말의 냉이꽃이 지천이었다. 앵초, 민청가시덩쿨, 연복초들이 땅바닥을 덮고 있었다.' 작품 곳곳에 이런 풍경의 묘사가 나타나는데 그것이 이 작품을 흡인력 있게 읽히는 밑바탕을 이루고 있다.

미국에서 귀국해 난초를 찾아가는 내 주머니에는 낡은 비단 지갑이 들어있다. 내가 성공할 수 있게 난초가 씨알을 넣어 준 지갑이다. 나는 젊었을 때 친구에게 이름 석 자 잘못 빌려주었다가 가진 것 모두 날린 피폐한 몸으로 갈 곳이 없어 난초를 찾아간다. 여고를 졸업한 난초는 할머니, 아버지와 함께 산골에 파묻혀 약초를 캐고 효소를 담그며 틈틈이 그림을 그리며 살았다. 나는 난초의 도움을 받아 미국으로 가서 성공할 수 있었다. 지난 세월 한 번도 난초를 잊은 적이 없는 나는 20년 만에 그녀를 찾아간다. 하지만 결혼해 딸 하나를 두고 남편과 사별한 난초는 폐암말기의 환자이다. 그동안 난초의 집 주위에 스키장이니 골프장이니 들어서면서 바뀐 환경에 적응하지 못한 난초는 결국 병이 들었다. 나는 미국에 돌아갈 생각을 포기하고 난초의 할머니가 산골에 천막을 치고 병약한 아들을 위해 효소를 만들기 시작했듯이, 난초를 위해 효소를 만들 작정을 한다.

난초가 웃었다. 바람에 베이는 것 같던 그 고운 웃음. 하르르 하르르 하얀 꽃잎이 떨어졌던 그때, 해가 뉘엿거렸다. 붉은 기운이 산 뒤로 번졌다. 그 기운이 서서히 확장해갔다. 낮달이 떴다. 바람이 불었다. 그녀와 내 주위로 꽃잎이 쏟아졌다. 배꽃이파리들이 난초의 홈드레스 위로 떨어졌다. 어디선가 들장미향기가 날아들었다. 내가 의자에 앉아 무릎을 벌리고, 난초를 내 무릎에 눕게 했다. 배꽃은 바람에 눈처럼 떨어져 난초를 덮기 시작했다.(「난초」 중에서)

이 작품의 자연 묘사와 난초라는 인물 표현에는 작가의 의도가 명백히 나타나고 있다. 그것은 산초가 인간이면서 곧 자연이라는 것이다. '그때 산 꿩이 울었다. 여기는 산 중턱이라 산에 있는 나무들이 낮게 빛났다. 때로는 골짜기에 햇살이 반짝 빛날 때 누군가의 얼굴이 겹쳐 보일 때가 있었다. 그것은 자연과 인간의 찰나적인 만남이며 신의 축복이 현실로 반사되는 순간이었다'와 같은 표현을 통해 작가는 그것을 아주 직절하게 보여주고 있다. 끈질기게 자연을 묘사하고 있는 작가는 매번 자연묘사에 새로운 광경을 우리 앞에 제시하고 있다. 그 다양함에 놀라울 따름이다. 산천의 서늘한 그림자, 냇물의 속삭임 등과 같은 자연의 묘사는 그래서 단조롭지가 않으며 인간과 자연에 대한 작가의 느낌과 감정에 장단으로 갖추어져 있다. 그것은 결국 이 작품에서 인간과 자연이 하나로 융합되는 과정을 훌륭하게 보여주는 장치로 나타나고 있다.

「냄새」는 부정하고 오염된 냄새를 맡는 남자의 이야기이다. 김준구는 코를 수술한 후부터 부정한 것으로 흘러나오는 수상한 냄새를 맡게 된다. 그는 전무의 방에서 흘러나오는 수상하고 역겨운 냄새 때문에 도저히 견딜 수가 없다. 그래서 이 전무를 없애기로 결심하고 그의 뒤를 쫓는다. 김준구 냄새의 근원은 배진숙이라는 여자이다. 피아노학원 원장인 그녀를 만난 후부터 더욱 냄새에 민감해진다. 그녀는 김준구의 코만 민감하게 해놓고 다른 남자와 결혼한다. 필사적으로 이 전무를 없앨 기회를 노리던 그는 결정적인 순간에 이 전무를 죽이기는커녕 죽음의 위기에서 구해준다. 회사 승진에서도 누락하고 이 전무 없애기에도 실패한 김준구는 결국 회사를 그만둔다. 하지만 그는 뜻밖에도 이 전무와 의기투합해 투명코 만드는 회사를 설립한다. '해방 이후 부정부패로 바람 잘 날 없는 한반도가 드디어 그가 만든 투명코로 모든 것이 투명해질' 것을 꿈꾸며 그는 모처럼 냄새 없는 세상에서 단잠을 잔다.

이 작품은 물욕으로 오염된 세상에 대해 통렬한 직격탄을 날린 풍자 소설이다. 냄새에 민감한 남자의 삶을 유머러스하게 때로는 아이러니하게 그려내고 있다.

제 코는 부정한 돈 냄새에만 민감합니다. 일테면 돈 냄새가 생선비린내로 둔갑한다거나 돈 아닌 다른 냄새로 둔갑하는 경우가 많아요. 혼합된 냄새라도 표현하기가 좀 애매해요. 구리하거나 독한 암모니아 냄새거나 때로는 염료 냄새로 둔갑하고 시궁창 냄새로도 둔갑합니다. 이건 돈 때문에 돌아

버리겠습니다.(「냄새」 중에서)

이 작품은 사회가 강요하는 결핍감으로부터 자유로울 수 없는 현대인의 초상화이다. 끊임없이 자본주의적 욕망의 전차 속에서 자기를 소진시켜야 하는 우리들의 현재 모습을 그야말로 양가적으로 그려내고 있는 작품이다. 현대성에 대한 독특하고 개성적인 형상화로 읽힌다. 투명코를 통한 사회악의 청산을 꿈꾸는 인물을 통해 현대사회를 새롭게 은유화하는 시도가 재미있다.

「동굴에 매달린 사내」는 자신을 협박하는 사내를 동굴에 매달기 위해 고군분투하는 사내의 이야기를 이국적인 풍경 속에서 역동적으로 풀어내고 있다. 스위스 은행에 파견된 나는 이석우로부터 스위스 은행에 숨겨놓은 전직 대한민국 대통령의 비자금을 동결하고, 자신이 주식투자에 실패해서 잃은 돈을 당장 내놓으라고 협박당한다. 협박에 시달리다 못한 나는 그를 동굴을 찾아 매달아버릴 작정을 한다. 마약을 하는 아내 때문에 골머리를 앓고 있는 핀트도 아내를 동굴에 매달기를 원하고 있다. 우여곡절 끝에 나는 이석우를 동굴로 유인해 들어와 매달았지만 끝내 그를 죽이지는 못하고 풀어준다.

이 작품은 사물의 표층에만 작가의 시선이 머무는 것이 아니라 실재의 심층을 투시하고 있는데 그것이 동굴로 나타나고 있다. 객관적인 묘사로 형상화되어 짧지만 집중된 장면들을 계속 보여주는 수법을 통해 강렬한 인상을 준다. 개성적인 형상의 자연묘사의 밑바탕 위에 크고 작은 융기를 빚어내고 산과 계곡과 호수와 대평원의 지형을 이야기 속에서 마음껏 형상화하고 있다. 그러나 이 작품은 그런 자연묘사의 속성에만 머물지 않고 있다. 협박에 쫓기고 마약에 빠진 아내의 온갖 패악질에 질린 남자들의 심리와 내면 혹은 사건들을 서정적인 자연묘사와 대비되는 굴곡지고 완만하게 에두르는 작가 특유의 문채로 시니컬하게 형상화하고 있다. 특히 다음과 같은 장면은 압권이다.

내가 그의 밧줄을 풀어주자 이석우는 핸드볼 선수가 날치기 하듯 날아와 나를 날렸다. 그리고 수없이 나를 짓밟았다. 그 바람에 나는 찌그러진 알루미늄 냄비 꼴이 됐다. 그러나 짓밟혀 찌그러진 내 몸 어두운 구석에서 그동안 공포에 시달려 단련된 내 의식이 햇빛처럼 빛났다. 그 뒷면 벽에 거꾸로 매달린 사내가 살짝 비쳤다 사라졌다. 그 사내가 나 같기도 하고 이석우 같기도 했다. 퍼득 내 불안과 공포에는 대상

에 대한 유사성의 혐오일지도 모른다는 생각이 들었다.(「동굴에 매달린 사내」 중에서)

「산에 사는 아버지의 생명수」는 인연에 관한 이야기이다.

지난 15년 동안 소식이 없던 아버지가 어느 날 아무 일도 없었다는 듯이 갑자기 집으로 돌아온다. 그동안의 아버지 행적이 궁금해 기웃거리던 나는 '개운암자, 내가 거기에 숨어든 건 정말 운명적이었다. 그녀는 내게 있어서 생명수였다'라고 적힌 빛바랜 쪽지를 발견한다. 순간 생명수라는 단어 그 자체가 싱싱한 호흡으로 연결된다. 나는 그 생명수도 찾고 고시공부도 할 겸 개운암자를 찾아 나선다. 그곳에서 아버지의 생명수였던 신 보살을 만난다. '호리호리한 몸매에 초로에 접어든 여자 보살이었다. 그녀는 거센 세월에도 정적과 숲의 깊은 숨결을 마시면서 살아온 사람한테서만 풍기는 맑은 물소리가 나는 여자였다.' 나는 고시공부를 하면서 틈틈이 신 보살과 대화를 하던 중 억울한 누명을 쓰고 쫓기던 아버지가 개운암자에 숨어들어 신 보살에게 민주화 투사라 속이고 보살핌을 받았다는 사실을 알게 된다. 나는 내가 아버지의 아들이라는 사실을 숨기면서도 신 보살의 조카에게 사랑을 느끼고 나만의 생명수를 발견한다. 나중에 내가 아버지의 아들이라는 것을 알게 된 신 보살은 '자네 아버지가 당신 대신 아들을 보낸 거여. 그러니께 우리 아들 도 되는 거여'라며 내 손을 꼭 잡는다.

내가 신 보살의 조카딸을 사랑한다면 우리는 이곳에서 부자가 죄를 짓는 일이었다. 나는 숨을 몰아쉬기를 여러 번, 갈 길은 먼데 여차하면 일격에 내 모든 계획들이 수포로 돌아가면서 죄업 하나 짓는 것이었다. 끓는 내 피가 고여서 색을 잃을까봐 신이 내게 내린 축복일까. 본능만이 싱싱한 피를 유지할 수 있으니까. 나는 지금 길을 가다 순백의 목련꽃을 보고 한 눈을 파는 장돌뱅이 허걸이었다. 그녀가 뒤돌아보는 순간 나체가 되고 내 피는 붉게붉게 타오르는, 너무 순결해서 차마 만지지 못하고 바라봐야 하는 안타까움으로 스스로 타들어가야 하는 내 아버지의 아들, 김만호였다.(「산에 사는 아버지의 생명수」 중에서」)

자연과 인연이 어우러진 사랑의 울림이 짙은 이 작품은 집요하면서도 진지한 탐색정신으로 삶의 속살을 헤집어보는 진경을 보여주고 있다. 아버지와 아들의 갈등을 '신 보살'을 통해 풀어가는 과정은 치밀하게 구조화되어 있어 진부하거나 딱딱하지 않고 즐겁고 훈훈하다. 운명의 어긋남에 기대기보다는 그럴 수밖에 없는, 혹은 그렇게 될 수밖에 없는 상황으로 만들어 가는 작가의 시선이 따뜻하게 다가오고 있다.

「경호원」은 죽은 애인을 잊지 못해 자꾸 자살을 하려는 여자를 지키려는 경호원의 이야기를 실존의 깊이까지 밀고 나간 작품이다. 경호원인 나는 첫 대면부터 상대방의 여자가 대수롭지 않다. '그녀가 나를 빤히 봤다. 나도 그녀를 빤히 봤다. 그녀의 눈가에는 마음의 한파가 만들어낸 자잘한 주름이 모여 있었다. 아니 가꾸지 않고 내쳐 둔 얼굴에 생긴 주름은 상심의 흔적이 확연했다. 죽은 사람이 사랑이 그녀의 영혼에 착종되었다는 증거였다. 나는 그녀가 유난히 흰 목선에 화인 맞은 기분이었다. 가슴이 뛰었다. 젊은 여자는 실재적 존재이면서 꽃의 상징이듯이 그녀는 꽃을 연상케 했다. 상대가 사랑의 환상을 키우기에 충분한 미모였다.' 이런 여자가 걸핏하면 자살을 시도했고 나는 그런 여자를 지키려고 안간힘을 쓴다. 여자의 죽은 애인이 경호원인 나와 흡사하게 닮았다고 한다. 나는 그녀의 모습을 통해 병원에 있는 아버지를 생각한다.

내 아버지는 불속에서 어린애를 구하려다가 도리어 자신이 다쳐 죽어갔다. 용감한 아버지는 불꽃 속을 겁도 없이 뛰

어다니며 다른 생명 구하기에 정신이 없었다. 아버지는 울었
다. 나는 내 목숨 바쳐가면서 생명을 구했다. 불은 다른 생
명 대신 내 생명을 끄슬렀고 그 바람에 난 죽어간다. 아버지
는 정신이 들 때면 '내 인생은 사기당한 거 아냐?'하고 소리
쳤다. 아버지의 그런 모습이 못내 아팠다. 위험이 도사린 곳
이면 어디든지 달려가던 의지의 소방관이었다. 화상으로 심
한 고통에 시달리던 아버지가 내 손을 잡고 애원했다. "나
좀 살려줘 생구야, 나 좀 살려줘."(「경호원」 중에서)

살고 싶어하는 아버지의 병원비를 벌기 위해 죽고 싶어하는
여자의 경호원을 하는 남자의 심리가 현실적으로 절실하게 와
닿는 작품이다. 또한 경호하는 자와 받는 자의 입장이 교묘하
게 바뀌는 과정을 심리적으로 잘 묘사하고 있다. '이번에는 아
래채에 옮겨 앉은 그녀가 모니터를 통해서 나를 보게 되었다.
거실이 훤히 보이는 그 방안은 모니터가 설치 된 유리 상자였
다. 이번에는 거꾸로 그녀가 내 모든 행동을 볼 수 있었다.' 이
작품에서는 인간의 모습이야말로 서로를 감시하는 관계이지만
결국 자기 자신의 분신이라는 것을 간파해내는 작가의 통찰력
이 번뜩이고 있다.

「목소리, 그의 목소리」는 이 소설집에서는 드물게 부부문제를 다루고 있다. 18년 동안 함께 살던 남편과 이혼을 하던 날 눈이 온다. 성우였던 남편은 여자와 술로 본래의 자기 목소리를 잃어간다. 옆에서 그 모습을 지켜보던 나는 고통스러운 순간순간을 글로 남기다보니 어느덧 시인이 되어있다. 남편은 젊은 여자와 살림을 차렸고 나는 시인 애인과 만나고 있다. 더 이상 지속할 수 없는 부부관계이다. 나는 딸에게는 미안하지만 남편과 헤어질 결심을 굳히고 법원으로 간다. 그곳에서 뜻밖에도 옛날 학교 제자를 만나 도망치듯이 헤어지고 법정에 들어섰지만 판사는 이혼판결을 할 수 없다고 이상한 고집을 부린다. 알고 보니 좀 전에 만났던 제자의 아버지이면서, 내 애인인 시인의 아버지와 친분이 있는 판사이다. 그 판사는 지금은 절대 이혼을 해주지 말라는 내 애인의 부탁 때문에 이혼판결을 해줄 수 없다고 하지만 나는 다시 이혼신청을 한다.

이 작품은 파경을 앞둔 부부, 특히 여성의 심리를 정면으로 보여주지 않고 독백처럼 나즈막하게 깔리는 목소리를 통해 들려주고 있다. 이 작품을 읽으면서 독자들은 어쩌면 목소리가 그 사람의 삶의 전부이며 운명의 궁극일 수도 있다는 것을 인식하지 않으면 안 된다. 또한 18년 동안 분명하게 자리 잡고 있는 듯 하면서도 결코 존재감이 없는 남편의 형상이 독자들을 당혹스럽게 한다. 남편이 목소리를 잃은 것은 정신적인 불구성을 상징한다. 즉 삶과 가족의 훼손, 자기애의 상실, 영원한 방랑 등을 민낯으로 드러내고 있다. 그래서 아래와 같은 장면의 여운이 길다.

그는 방송국 성우였다. 그의 목소리는 우선 감미로웠다. 그의 목소리를 들으면 안개를 떠올린다는 여자가 많았다. 그래서 그는 에로물의 단골 성우였다. 주위에는 늘 여자들이 안개처럼 진을 쳤으며 자연히 그는 다른 여성으로부터 자유롭지 못했다. 그의 직업의 특성으로 봐서 이해는 하면서도 나라는 인간은 그런 것을 극복하면서 적당히 살아가지 못하는 성격이었다. 그는 여자들 사이를 헤엄쳐 다니느라고 머리가 빠지고 피부도 윤기를 잃더니 급기야 쇳소리를 내기 시작했다.(「목소리, 그의 목소리」 중에서)

「신발을 모으는 예비화가」는 분단국의 우리 현실을 영화의 스크린 형태로 구성한 특이한 작품이다.

실체를 모르고 간첩을 사랑하던 여자 예비화가가 처참하게 죽은 사건이 있었다. 그 실화를 바탕으로 나는 '한 벽'이라는 영화를 만들지만 크게 주목 받지 못한다. 그 영화에 내 약혼녀

기이도 한 승미가 출연한다. 나는 승미와 함께 죽은 예비화가 여자의 고향을 찾아간다. 그의 가족들이 그녀를 위한 조그마한 기념관을 만들었기 때문이다.

그녀는 좀 엉뚱했다. 그녀는 서울에서 고향에 올 때는 작은 신발가방을 들고 왔다. 웬 신발이냐? 그림도구도 힘이 드는데 신발 가방이라니. 하지만 그녀는 누구의 말도 듣지 않았다. 학년이 올라갈수록 그림의 소재를 찾아서 그녀는 전국을 떠돌았다.

그녀에게 신발은 일종의 주술 같은 것이다. 마음이 답답할수록 신발을 보면 속이 트인다. 세상을 돌다가 불쑥 집에 오는 그녀를 자연의 순리 따라 사는 부모형제는 이해할 수 없었다.(「신발을 모으는 예비화가」 중에서)

'우리 가족은 각자의 신발을 섬 삼아 살고 있다.' 그녀가 신발을 주제로 그린 그림 속의 문구는 많은 것을 시사하고 있다. 이념의 아픔이 선연하게 살아있는 말이다. 이 작품은 경험적 충동을 극대화하기 위하여 구성방식을 현실과 영화를 이어놓은 스크린 형태로 바꿔놓고 있다. 이야기는 플롯을 무시한 채 다양한 장면들이 겹치고 있다. 사건이 사건을 따라 이어지는 것이 아니라 장면 위에 겹치고, 경험의 시간을 따른 것이 아니라 생각의 시간을 따르고 있다. 곳곳에 들어 있는 일종의 아이러니가 분단이라는 비극이 만든 상처를 신발이라는 매개물을 통해 묘사되고 있다. 등장인물이나 배경은 어떤 통일성을 가지기 보다는 플래시백 같은 영화적 수법으로 연결된 독특한 구조의 작품이다.

「하봉리 수상한 임산부」는 희망의 이야기이다. 그것도 돌이킬 수 없이 쇠퇴해가는 농촌이 부여한 희망의 언어이다. 시골 하봉리에 찾아온 임산부가 마을회관에서 갑자기 아이를 낳는다. 알고 보니 그 아이는 하봉리 서 이장의 손자이다. 대학생이던 서 이장의 아들 정우는 캘리포니아 농업현장견학을 다녀온 후부터 우리 농촌 혁신에 강한 신념을 보인다. 하지만 성수대교가 뚝 끊어지던 날 그의 그런 신념은 물론이고 생명마저 끊어진다. 그 충격에서 헤어나지 못하고 있던 서 이장 앞에 나타난 임산부는 다름 아닌 아들의 씨를 잉태한 정우의 연인이었고 손자까지 낳는다. 서 이장은 그 손자를 안고 '영농후계자가 나타났다고' 흥분하며 울부짖는다. 옛날부터 하봉리 마을에 불운하게 떠돌던 '처음에는 나비로 오지만 나중에는 큰 재앙이 있은 후에 이 평야를 살찌울 인물이 나타날 것'이라는 말이 실현

되는 순간이다.

　　힘차게 우는 새 생명! 서 이장은 자신의 손자가 아닌 것에 잠시 떨떠름했던 기분을 가슴 깊숙이 집어넣었다. 그러자 신생의 울음소리가 싱싱한 에너지가 되어 서 이장의 가슴 가득 차올랐다. 안터댁은 양수에 불어 들뜬 아기를 보물처럼 안고 놋대야 물로 살살 씻겼다. 핏덩이인 갓난애가 버둥거렸다. 안터댁은 깨끗이 씻은 갓난아기를 수건으로 감싸 닦았다. 그러고는 아기를 여자 옆에 뉘었다. 여자의 진땀으로 얼룩진 몸과 얼굴도 닦아 주었다. 여자가 눈을 떴다. 옆에 누운 아기를 내려다보고 있었다.(「하봉리 수상한 임산부」 중에서)

이 소설은 농촌 현실에 대한 작가의 날카로운 인식과 따스한 시선이 공존한다. 서 이장과 그의 동네 사람들의 삶의 속살을 보듬는 작가의 시선이 훈훈한 감동을 불러 일으킨다. 존재를 하지만 더이상 삶의 의미를 부여받지 못할 지경이 된 농촌에 대한 문제를 제기하면서도 새 생명의 탄생을 통해 그 부활의 징후를 보여주고 있어 매우 고무적으로 읽힌다.

3

위에서 살펴보았듯이 조경선 작가의 소설집 『사막의 환』에서는 어떤 사연을 직접 말하기보다는 자연 그리고 인간의 본성을 통해 먼저 보여주고 있다. 또한 유형화된 자연과 인간의 모습이 아니라 본래의 원시성과 인간의 본래적인 감성을 지닌 모습으로 사건 속으로 투영된다. 그래서 사건이나 이야기들이 공상에 가까운 생각에 파묻히기도 하고 때로는 어린애 같은 행동을 보여주기도 하면서 머리를 떠나지 않는 온갖 생각들을 지닌 채로 자연과 인간의 실제의 생생한 장면으로 투영되다가 때로는 허구의 먼 지평 위를 떠돌기도 한다. 분방한 상상력의 소유자인 조경선 작가는 이야기의 뼈대를 크게 의식하지 않고 소설을 쓴다. 소설의 핵심이 되는 하나의 사건이나 행위에 크게 집착하지 않는다. 물론 각 작품마다 크고 작고 소소한 사건들이 제시되고 있지만 대부분 과거의 기억과 뒤엉켜 재정립된다. 그 과정에서 사건이 있으나 그 전개나 결말이 불확실해진다. 또한 행동이 있으나 그 시간적 순서가 뒤집히기 일쑤이다. 그의 소설은 장면과 장면을 자로 잰 듯이 정확하게 잇대는 것이 아니라 서로 겹치게 만들어 상황성을 더욱 극대화시키고 있다. 그리고 이 상황성의 강조를 위해 독자들에게 이미 지나간 시간을 되돌아보거나 흘러가버린 시간을 더듬어보게 하지도 않는다. 지금 눈앞에 있는 삶에 독자들을 밀어 넣고, 앞으로 전개될 미지의 삶에 발을 자꾸 들이밀게 하는 것이다. 그래서 그의 소설은 새롭고 특이한 모습으로 독자들을 유혹하는 것이다.

『사막의 환』에 실린 대부분의 소설들은 낯설다. 소설의 존재 이유가 낯선 세계를 보여줌으로써 타성과 안일에 빠진 우리의 의식과 이성에 충격을 주는데 있다. 그런 의미에서 조경선 작가의 두 번째 작품집은 충분히 문제적이다. 하지만 그 낯섦의 기이한 언어가 환상적으로 독자들에게 더욱 설득력을 얻으려면 그의 소설에서 서술되어지는 것들에 대한 구체적 증거가 필요하다. 문학은 감각, 욕구, 충동, 활동 등의 인간이 의식적으로 혹은 의미의 차원에서 구가할 수 있는데 대한 생생하고 구체적인 무엇이 거기에 더해질때 더 현장성으로 독자에게 와닿게 되는 것이다.

조경선 작가의 자연과 인간에 대한 탐색의 깊이는 남다르다. 그 남다른 깊이를 떠받쳐주는 환상의 세계 역시 남다르다. 그 남다름을 넘어서는 구체성의 현장을 기대해보며 앞으로 그가 펼칠 또다른 환상의 세계를 기다려 본다.

두 번째 소설책을 묶다

매미는 땅 속에서 굼벵이로 7년 살다가 때가 되면 세상 밖으로 나와 2주 동안 온 세상을 후벼 파며 울어댄다.

아름다운 비단 구렁이도 때가 되면 허물을 벗는다.

감나무 가지 끝에 걸린 달
가수들
사랑타령 얼쑤! 달 타령하던 시대도 지났다.

초등학교 때, 내가 쓴 위문편지 자주 칠판에 올려 반 아이들 베껴 쓰게 하시던 M 선생님, 선생님은 세상 뜨시고 나는 그때 아이들을 수고하게 한 벌로 나이 들어서도 놀지 못하고 글과 씨름한다.

아무쪼록 나는 어려서도 뭐든 손에 넣기만 하면 읽었다. 나이 들어서는 책을 읽고 신문을 읽고 인터넷에서 많은 정보를 얻어 읽었다. 그로 인해 젊은이들과 소통할 수 있었고 소설이라는 매체를 통하여 사람들과 교감할 수 있었다. 그것 또한 내게 큰 복이었다.

단편 10편을 묶어 낸 첫 번 소설집을 낸 후, 7년 만에 두 번째 창작집을 내게 되어 기쁘다.

이른 봄날 능수버들기지개 켜는 소리에 아지랑이 아른대고, 살구꽃 피는 담 모롱이를 돌아 손자 둘 안고 걸리면서 동네 마을 가시던 시모, 목침 괴고 낮잠 주무시던 할아버지 콧구멍에 손가락 넣고 장난치던 손자들이 이제 커서 장가들고 하나는 저만의 세상을 구가한다. 그만큼 세월 갔건만 아직도 내 소설은 어리다. 그래서 세상에 내놓기 부끄럽다. 하지만 달도 기울고 때가 됐으니 밤잠 설쳐 가며 짠 내 소설이라는 피륙을 세상에 내놓는다.

흰 옥양목 치맛자락 걷어 올려 논둑길 가던 목이 긴 내 어머니, 물푸레나무 아래 오지그릇 반쯤 찬 오이지 푸르게 익던 시절, 그때에는 먹을 것 변변치 않았어도 까르르 핫핫, 웃음 쏟아졌었다. 그 시절도 엮어 짰다. 돈 되는 것이면 물불 가리지 않는 귀신같은 인물들 때문에 사막은 늘어가고, 세상인심은 사막처럼 메말라간다. 그래서 꿈이 오히려 사막으로 도망가고, 2~4

미터 넘는 비단구렁이가 시멘트로 떡칠한 도시로 와서 인간들의 장난감이 되는 이야기도 함께 짰다.

봄은 이미 떠나고, 6월도 떠나려한다.
우리는 늘 무엇인가를 잃어버린 듯 뒤가 허전해서 서성인다.
삶의 근원인 어머니 같은 자연을 훼손한 뒤부터 우리는 불안하다. 이제부터 사람은 자연을 다스리고 관리하자는 운동이 일어나야 한다.
가장 시급한 것은 인간성 회복이다.

소설집이 나오는데 물심양면으로 지원해 주신 분들께 고마움을 전한다.

나를 있게 하신 하나님께 감사드리며
나의 힘이고 방패 되시는 주님께 한없는 사랑과 찬송을 드린다.

이천십오 년 유월
서울 종암동 개운산 아래 산방에서
조경선